DAMIT DIE GEZEITEN NICHT DREHEN

DETEKTIVIN LIZ MOORLAND
BUCH 3

PHILLIPA NEFRI CLARK

DAMIT DIE GEZEITEN NICHT DREHEN

EINE KURZE NOTIZ

Die Detective Liz Moorland-Serie spielt in Australien und verwendet australische Terminologie und Referenzen für ein authentisches Leseerlebnis.

PROLOG

Die Esel weckten sie.

Sie schrien sich die Seele aus dem Leib, anstatt zu schlafen, in den wenigen Gemeinschaftsunterkünften, in die sie sich alle gerne quetschten, anstatt sich aufzuteilen. Warum sie sich überhaupt die Mühe gemacht hatte, so viele Unterkünfte zu bauen, und dann auch noch ordentliche, war ihr ein Rätsel. Die verdammten Viecher machten ihre eigenen Regeln, wenn es um Unterkünfte und so ziemlich alles andere ging.

Meistens waren sie nachts ruhig, und sie wartete ein paar Minuten in der Erwartung, dass der Tumult abklingen würde.

Könnte ein Fuchs sein, der durch ihre Koppel streift und nach etwas Passendem für sein Abendessen sucht und sich vor einem schnellen Huftritt in den Hintern hütet. Wahrscheinlich sind sie sauer, dass ihr Revier verletzt wurde.

Aber der Lärm hielt an und Lyndall schleppte sich aus dem Bett.

Bevor sie die Schiebetür zur überdachten Veranda öffnete, schlüpfte sie in ihre Stiefel und nahm die Taschenlampe, die an einem der vielen Haken hing. Es regnete, und während sie in einen Ölzeugmantel schlüpfte und einen Hut über ihr dickes, graues, widerspenstiges Haar zog, murmelte sie ein paar wohlgesetzte Worte über die Geschöpfe, die sie sonst so sehr liebte.

Draußen war es miserabel, der Regen peitschte in Böen zur Seite. Bewegungsmelder durchbrachen die Dunkelheit, aber ihre Taschenlampe konnte kaum etwas ausmachen.

Die Schreie wurden lauter, und sie eilte den Weg zum oberen Paddock hinauf. Was auch immer sie aufgewühlt hatte, es hatte sie in Aufruhr versetzt. Wenigstens war Apple heute Abend nicht hier. Das alte Pony ihrer Nachbarin Vince Carter besuchte die Esel oft, um ihnen Gesellschaft zu leisten, aber heute Morgen war sie nach Hause gegangen und würde sicher und warm in ihrem Stall sein.

Ich wünschte, ich wäre es auch.

Lyndall schätzte, dass es weit nach Mitternacht war. Sie hatte sich nicht angewöhnt, nach dem Aufwachen auf die Uhr zu schauen - was sie fast jede Nacht tat -, denn dann begann sie zu rechnen, wie viel Schlaf ihr noch blieb, und das ärgerte sie nur. Normalerweise würde sie wieder zur Ruhe kommen, zumindest fühlte sie sich in diesen Tagen endlich sicher in ihrem eigenen Zuhause. Diese Nacht war schon vorbei, denn sie war hellwach.

„Beruhigt euch, Kinder", rief sie, als sie das Tor zur Koppel öffnete, aber Wind und Regen würden ihre Stimme nicht weit tragen. Hier draußen gab es kein Bewegungsmelderlicht, und sie benutzte ihre Taschenlampe, um den Boden vor sich zu untersuchen. Er war glitschig und matschig, und auszurutschen wäre nicht angenehm.

Der größte Schuppen war an einer Seite offen, und nach einer schnellen Zählung der Köpfe waren alle zwölf Esel darin. Sie hatten dem Wetter den Rücken zugewandt und beschwerten sich bitterlich an einer Wand.

„Leute! Niemand kann den Regen aufhalten, und ihr seid hier drin und trocken, also um Himmels willen, haltet die Klappe!"

Einer nach dem anderen bemerkten die Esel Lyndall und versammelten sich um sie, schnaubten missbilligend und stupsten sich an den Sack. Hier gab es nichts, was einen solchen Aufstand rechtfertigte. Keine wilden Kreaturen, keine Löcher im Dach, keine umgefallenen Wassereimer. Es waren nur Esel, die sich wie Esel benahmen.

Sie wartete, bis jeder von ihnen gestupst und gestreichelt worden war und sich wieder beruhigt hatte, bevor sie ihn verließ. Es genügte immer einer, der sich über eine wirkliche oder eingebildete Beleidigung aufregte und einen Aufstand gegen Ruhe und Frieden begann. Aber jeder von ihnen war aus schrecklichen Situationen gerettet worden, und Lyndall würde ihnen nicht vorwerfen, überreagiert zu haben. Die Dunkelheit der Nacht war für manche Seelen schlimmer.

Lyndall zog sich gleich hinter der Tür aus, hängte den Ölmantel an den Haken und den Hut an einen anderen. Auch die Taschenlampe. Sie verriegelte die Schiebetür. Sie war doppelt verglast. Schwer. Das Schloss lief in verstärktem Stahl über und unter den Führungsschienen auf und ab. Wie jede Tür und jedes Fenster im Haus.

Ihr Schlafanzug war trotz des Wetters trocken. Aber ihre Füße waren kalt, und sie machte sich auf die Suche nach einem Paar dicker Socken, wobei sie im Vorbeigehen das Licht über der Küchentheke einschaltete. Sie würde zurückkommen und sich etwas zu trinken machen. Etwas Heißes mit einem guten Schuss Cognac. Vielleicht ein Stück von dem Karamellbonbon essen, den Melanie gestern mitgebracht hatte. Vince' Enkelin war schnell zu einem Lichtblick in seinem Leben geworden. Jahrelang hatte es nichts gegeben, was die unendliche Dunkelheit seiner Seele durchbrochen hätte, aber dieses kleine Mädchen... sogar ihr Großvater... übte eine Art Magie auf sie aus.

Mit einem Lächeln, das bei dem Gedanken an ihre einzigen Nachbarn vertraut wurde, zog Lyndall ihre Socken an und kehrte in die Küche zurück.

Es war dunkel.

Ich hatte dieses Licht eingeschaltet.

Und da war ein Geruch. Menschlicher Geruch. Etwas, das nicht hierher gehörte.

Zum ersten Mal seit dem Aufwachen wanderten Lyndalls Gedanken an Orte, die sie nicht mochte.

Aber dies war *ihr* Haus.

Auf einer Seite war der riesige offene Wohnbereich. Ein Esstisch. Eine Sitzecke. Sie wusste, wo jedes Möbelstück stand.

Das einzige Licht kam von der Ofenuhr. Nutzlos.

Lyndall tastete sich langsam zurück zu den Schlafzimmern. Fünf davon. Ihres am Ende des Flurs.

Vor der Schlafzimmertür war eine weitere, und mit einer schnellen Bewegung – ihre Hand gegen einen kleinen Bildschirm – öffnete sich diese Tür lautlos nach innen, und Lyndall schlüpfte hinein, wobei sie die Tür hinter sich schloss.

Überreagiere ich schon wieder?

Sie würde heute Nacht hier schlafen und die Kameras im Auge behalten. Es könnte so einfach sein wie eine durchgebrannte Glühbirne... aber der Geruch war real gewesen.

Ohne sich mit Lichtern in diesem sicheren Teil des Hauses zu beschäftigen, schaltete Lyndall die Monitore ein. Zehn insgesamt. Sechs im Haus, einschließlich einer Kamera über der Tür zum Panic Room.

Es waren schattenhafte Gestalten an der Tür, die sie gerade geschlossen hatte.

Drei, alle mit verdeckten Gesichtern und alle mit Waffen.

Also habt ihr mich gefunden.

Ohne das Haus in die Luft zu jagen, würden sie nicht in den Raum gelangen. Es machte es nicht besser, dass sie hier waren, und es würde keine bequeme Nacht werden, sie nur Zentimeter entfernt zu haben.

Lyndall tippte einen Code in einen Oberschrank ein und griff nach ihrem Gewehr.

Es war nicht da.

Aber derselbe menschliche Geruch war es.

Sie hatte einen ausgezeichneten Geruchssinn. Und Sehvermögen und Gehör.

Während sie vorgab, nach dem Gewehr zu suchen, das vermutlich auf ihren Kopf gerichtet war, fand Lyndall den winzigen Alarmknopf, der gegen die Maserung des Holzes verborgen war, und drückte ihn. Dann nahm sie das Mobiltelefon, das hier immer eingeschaltet war. Sie tippte darauf, mit pochendem Herzen, in der Hoffnung, dass sie Vince eine Nachricht schicken könnte.

„Das würde ich nicht abschicken."

Wie bist du überhaupt in diesen Raum gekommen?

Aber selbst als sie sich umwandte, um dem Mann gegenüberzustehen, den sie seit Jahrzehnten nicht gesehen hatte, wusste Lyndall es. Er hatte immer einen Weg gefunden.

„Hallo, Marcus."

EINS

Das war nicht das, was Liz erwartet hatte.

All das Gerede über *Operation Nobody* hatte Bilder in ihrem Kopf entstehen lassen.

„Jede erdenkliche Finesse in der Polizeiarbeit, Liz", hatte Pete ihr mehr als einmal gesagt. „Informationssysteme, die du dir nicht vorstellen kannst, und alles auf dem neuesten Stand der Technik."

„Alles?"

„Von Waffen über Informationen bis hin zu Transportmitteln. Warte nur ab, bis du unser neues Zuhause siehst."

Liz hatte eigentlich kein eigenes Zuhause mehr. Nach dem letzten Fall hatte sie endlich die miese Wohnung aufgeben können, in der sie fast zwanzig Jahre gelebt hatte. Ein Teil ihrer Sachen war eingelagert, ein anderer im Gästezimmer ihrer Schwester, aber die Dinge, die sie täglich brauchte, waren in einer Airbnb-Wohnung in der Stadt.

Sie hatte die Wohnung aufgrund der Lage, Privatsphäre und des Zugangs zu öffentlichen Verkehrsmitteln und Hauptverkehrsstraßen ausgewählt. Vorerst würde es genügen – ein Schlafzimmer, Wohnzimmer, Küche und etwas, das sie vorher nie hatte: Ein Balkon. Eine monatliche Verpflichtung. Die Tatsache, dass sie den Fluss überblickte, war ein Bonus, ebenso wie der sichere Parkplatz im Untergeschoss. Es war keine langfristige Lösung, aber bis sie Zeit hatte, einen eigenen Ort zum Kaufen zu finden, war dies mehr als ausreichend.

Aber das Gebäude, vor dem sie stand, war enttäuschend.

Als Teil des brandneuen Teams, handverlesen von einem der besten Detektive, den sie je getroffen hatte, erwartete Liz ein glänzendes neues Büro. Vielleicht etwas in den obersten Etagen eines der neuesten Wolkenkratzer Melbournes, mit Platz für zwei Hubschrauber und einer Tiefgarage voller schicker, kugelsicherer Einsatzfahrzeuge.

Sie hätte gedacht, sie hätte die falsche Adresse, nur dass sie keine Adressen falsch verstand.

Das Gebäude war aus rotem Backstein. Mindestens hundert Jahre alt. Mitten in einem Industriegebiet in der Nähe des Citylink und anderer Hauptstraßen, umgeben von Lagerhäusern und leeren Grundstücken.

Ein trauriger Teil von Melbourne, gefangen zwischen seinen Wurzeln und einer Zukunft, in der all dies abgerissen werden könnte, um einem Hochhaus oder Reihen von Stadthäusern mit einem gehobenen Supermarkt und einem symbolischen Park Platz zu machen.

Liz schauderte.

Sie hatte für ein Leben genug von Vorstadtparks.

Nun, sie war jetzt hier, und ob das Gebäude ihre Zustimmung fand, war nebensächlich. Ben Rossi hatte es ausgewählt, und sie vertraute ihm.

Die Tür zur Straßenseite des Gebäudes war zugenagelt. Liz folgte den Anweisungen, die ihr vor einer halben Stunde per Bote zugeschickt worden waren, und ging in eine schmale Gasse zwischen diesem und dem nächsten Gebäude – welches verlassen war. Sie war breit genug für ein Fahrzeug. Drei Viertel des Weges entlang war eine Laderampe in die Seite eingelassen. Jemand hatte sich vorgestellt, dass ein Lastwagen dort zurücksetzen könnte, und vielleicht würde es ein talentierter Fahrer schaffen, aber es war Platz für vielleicht zwei Autos. Die Rampe bestand aus einem breiten Rolltor und daneben einer normalen Personentür.

Wenn normal so schwer wie eine Feuerschutztür und mit zwei Sicherheitspanels bedeutet.

Sie schaute sich um, suchte nach Überwachung, und tippte dann einen kurzen Code in das untere Panel ein. Es leuchtete grün auf, und sie fügte einen zweiten, längeren Code in das obere Panel ein.

Als dann nichts passierte, richtete Liz ihren Blick auf die versteckteste der vier Kameras, die sie bemerkt hatte.

Mit einem Klicken öffnete sich die Zugangstür einen Spalt.

Pete ist wahrscheinlich da drin und hat zu viel Spaß auf meine Kosten.

Er war in den letzten Jahren ihr gelegentlicher Partner bei der Mordkommission gewesen und hatte maßgeblich dazu beigetragen, dass ihr dieser Job angeboten wurde. Sie war bereit gewesen, den Dienst zu quittieren, und er wusste es. Ihm ging es genauso. Aber in einem ihrer dunkelsten Momente geschah dies. Eine neue Taskforce, so tief, dass nur eine Handvoll sehr hochrangiger Beamter von ihrer Existenz wusste.

Liz betrat einen schmalen Korridor, und die Tür schloss sich hinter ihr. Es gab eine einzige Glühbirne, die in einer erratischen Weise blinkte, die eher zu einem Horrorfilm gepasst hätte. Eine Treppe direkt voraus war die einzige Option, und Liz nahm sie.

Drei Stockwerke höher erreichte sie die oberste Etage, und das Einzige, was sie davon abhielt, Pete anzurufen und neue Anweisungen zu erbitten, war die hochmoderne Sicherheit unten. Wenn dies nicht der richtige Ort wäre, hätte der Code nicht funktioniert.

Was nun also?

Sie stand auf einem kleinen Treppenabsatz ohne Fenster. Eine Seite war derselbe rote Backstein wie außen. Gegenüber war eine Tür, die mit zwei großen Vorhängeschlössern verschlossen und von ihrer Seite aus zugenagelt war. Liz hätte fast laut gelacht. Wenn dies ein Test war, dann fiel sie durch. Ihr erster Tag könnte ihr letzter sein.

Sie spähte das Treppenhaus hinunter. Es war düster, da es kein natürliches Licht gab und nur eine nackte Glühbirne über jedem der drei Treppenabsätze baumelte. Ein Albtraum für die Arbeitssicherheit. Sie lehnte sich gegen die zugenagelte Tür, ihr Ohr gegen das raue Holz gedrückt, und lauschte. Nichts.

Kurz davor, eine Etage nach unten zu gehen, überlegte sie es sich anders und tat dasselbe gegen den Backstein. Es war dumm, aber in ihrer seltsamen neuen Welt musste sie auf alles gefasst sein. Das Team – nun, was sie bisher davon kannte – war allesamt einfallsreich und clever. Dies war keine typische Einheit, und sie musste daran denken, nichts als gewöhnlich zu behandeln.

Sie erwartete, dass der Backstein kalt sein würde. War er nicht. Es gab das leiseste Summen dahinter.

Liz trat grinsend zurück und schaltete die Taschenlampe an ihrem Handy ein.

„Ich weiß, was hier los ist."

Das Licht enthüllte winzige Lücken um das Mauerwerk in einem rechteckigen Muster. Nicht in normaler Türgröße, war es dennoch der wahrscheinlichste Weg vorwärts.

Da sie sich weigerte aufzugeben und Pete anzurufen, fuhr Liz mit der Hand leicht über den Bereich und drückte auf Ziegel. Nichts. Aber als sie das Licht nach oben richtete, fand sie eine Kamera. Eine sehr coole, winzige Kamera zwischen den Ziegeln. Sie warf ihr einen Kuss zu.

Mit der Taschenlampe auf den Boden zu beiden Seiten der Quasi-Tür gerichtet, fand Liz den Schlüssel.

Es gab eine Diele, die nur ein kleines bisschen weniger schmutzig war als die anderen, und sie trat darauf, nahe an der Wand. Natürlich war es nicht so einfach, also probierte sie Kombinationen aus. Ein Schritt, zwei. Zwei Schritte, drei. Kurz.

Lang. Der Spiele müde, trat sie zurück und hob ihren Mittelfinger in Richtung der Kamera.

Mit einem leisen Rauschen bewegte sich das Mauerwerk und schwang von ihr weg.

Pete stand auf der anderen Seite.

„Drei Sekunden, Liz. Halten, dann loslassen. Dann noch einmal tippen."

Hinter ihm tauchte Ben Rossi im Halbdunkel auf.

„Liz, willkommen bei Operation Nobody."

ZWEI

Ben war sofort umgedreht und verschwunden. Pete grinste dümmlich.

„Dachte, du hättest das geschafft, Liz. So knapp."

„Schön, dass du deinen Spaß hattest. Was jetzt?"

„Du folgst mir, das ist los."

Dieser Flur ging nur ein paar Meter weit und an einer Wand befand sich ein Aufzug. Er war schmal, aber die Tür sah neu aus.

„Funktioniert der?"

„Natürlich."

„Was sollte das dann alles - ach, lass gut sein. Irgendein Test, den du dir ausgedacht hast?"

„Nicht ich."

Hinter dem Aufzug war eine andere Art von Tür. Diese war aus einem schwarzen, glänzenden Material, und als Pete sie berührte, verschwand das Pigment und gab einen fast klaren Blick auf das frei, was dahinter lag.

Liz sog scharf die Luft ein.

Hier befanden sich also all die Schmankerl.

Pete streckte seinen Arm über den Kopf und legte seine Handfläche auf die Oberfläche. Ein Panel – in das Material der

Tür eingebaut – erschien, und er tippte einen Code ein. „Meg wird dir deine eigene Version davon einrichten."

„Meg? Unsere Meg?"

Er grinste, als die Tür aufglitt. „Komm rein, ich mache uns einen Kaffee."

Ich habe wohl zu viele futuristische Polizeiserien geschaut und jetzt eine zum Leben erweckt.

Dies war eine völlig neue Ebene der Technologie, und ein unerwarteter Stich des Zweifels erschütterte Liz. Was, wenn sie all das nicht erlernen konnte? Was, wenn Ben Rossis Glaube an ihre Fähigkeiten unbegründet war?

Sie war allein. Pete war die einzige andere Person hier drin, pfeifend von der anderen Seite einer zweidrittel hohen Wand. Vielleicht eine Küche.

Liz ließ ihren Blick durch den Raum schweifen.

Er war riesig. Sie schätzte, dass ihre gesamte Wohnung – ehemalige Wohnung – hier hineinpassen würde, mit noch etwas Platz übrig. Obwohl es ein offener Grundriss war, gab es am anderen Ende ein paar verglaste Büros und zwischen ihnen eine Tür, die zu einem weiteren Raum führte.

In der Mitte des Raumes stand ein Tisch. Er war leer, die Oberfläche aus demselben schwarzen Material wie die Tür, durch die sie gekommen war, und etwas größer als ein Billardtisch in voller Größe. In einem groben Kreis darum herum befanden sich sechs Arbeitsstationen. Jede hatte lange, gebogene Schreibtische und zwei Computer. Alle außer der am weitesten von ihr entfernten, die einen langen Schreibtisch mit drei Bildschirmen und Tastaturen hatte.

Megs. Ich kann nicht glauben, dass sie hier ist.

Liz hatte in den letzten paar Jahren mehrmals mit Meg Mackie zusammengearbeitet. Sie war eine forensische Analystin, die von einer anderen Abteilung für ein kurzfristiges Experiment zur Vermisstenstelle abgeordnet worden war. Die Fähigkeiten und Ergebnisse, die sie mitbrachte, führten dazu, dass die Abordnung auf unbestimmte Zeit verlängert wurde, und Meg war eine der Beamtinnen, die maßgeblich dazu beigetragen hatten, kürzlich einen jahrzehntealten Fall zu lösen. Ein Fall, der Liz erschüttert hatte, obwohl er Abschluss in ihre eigene dunkle Vergangenheit brachte. Oder zumindest einen Teil davon.

Es gab wenig anderes in dem Raum. Keine Aktenschränke oder Whiteboards oder Unordnung.

Oder Menschen.

„Liz?"

Ben winkte von der Tür zwischen den beiden verglasten Büros.

„Kommst du zu uns?"

Trotz eines Anflugs von Nervosität ging sie in seine Richtung.

Die Sache war, dass Liz kein wirkliches Verständnis von diesem verdeckten Team hatte. Sie war eingeladen worden, beizutreten, basierend auf einem zweiminütigen Gespräch mit Ben in einem Park. Pete folgte mit ein paar spärlichen Details über etwas so Neues und Verdecktes und Selbstverwaltetes, dass niemand, den sie kannten, von dessen Existenz wusste. Das reichte für Liz, um zuzustimmen. Sie war fertig mit der Polizei. Oder zumindest fertig damit, eine Detektivin zu sein, die an Mordfällen und schweren Verbrechen arbeitete. Jetzt arbeitete sie für alle praktischen Zwecke nicht mehr für die Victoria Police. Sie hatte gekündigt. Hatte Drinks mit Kollegen, die ihr alles Gute wünschten, aber nicht wirklich verstanden, warum eine Kollegin auf dem Höhepunkt ihrer Karriere, die gerade einen großen Fall gelöst hatte, aussteigen würde.

Zu einem Zeitpunkt, bevor das alles passierte, hatte Pete Andeutungen gemacht, in die Privatwirtschaft zu gehen. Eine Agentur zu leiten. Wollte, dass sie sich ihm anschließt.

Sie war versucht gewesen.

Alles andere als die Einschränkungen ihrer Rolle, wo ihr während des wichtigsten Falls ihres Lebens die Hände gebunden waren.

Aber dann machte Ben Rossi – ehemals Kriminalhauptkom-

missar Ben Rossi, der bis vor ein paar Jahren Leiter der Vermisstenstelle gewesen war – ihr ein Angebot.

Liz warf einen Blick auf die beiden verglasten Büros. Sie
waren nichts, was sie nicht schon gesehen hatte, entworfen für
die ranghöchsten Mitarbeiter zur Nutzung. Sie trat durch die
Tür zwischen ihnen.

Dieser Raum war kleiner als der erste, erstreckte sich von
vorne nach hinten des Gebäudes und war offensichtlich für
verschiedene Zwecke unterteilt. Sie bekam den Eindruck von
Bereichen zum Arbeiten und einigen zum Spielen, aber ihre
Aufmerksamkeit wurde völlig von den Gesichtern eingenommen, die sie von einem Tisch aus anschauten.

Meg saß neben Ben und lächelte und winkte Liz zu.

Da waren zwei Leute, die sie noch nie getroffen hatte, und
zwei, die sie nicht erwartet hatte.

Eine war eine wunderbare Streifenpolizistin, der sie über die
Jahre hinweg begegnet war – Polizeiobermeisterin Annette
Benski. Ihr lächelndes Gesicht zu sehen, war wie eine warme
Umarmung. Obwohl sie nie enge Freundinnen gewesen waren,
hatten sie ein nettes Verhältnis und arbeiteten gut zusammen.

Die andere war ebenso unerwartet, aber aus anderen
Gründen.

Dr. Candace Carroll. Psychologin, Kriminologin, forensische
Expertin. Eine Profilerin.

Sie hatten sich bei Liz' letztem Fall kennengelernt. Die
Doktorin war eine Beraterin, die Liz' Entwurf eines Profils in
eine polierte und unheimlich genaue Darstellung ihres Verdächtigen verwandelte. Liz hatte gemischte Gefühle gegenüber
Candice, einer scharfsinnigen Person, die scheinbar allzu leicht
in ihren Kopf sehen konnte, aber für die sie auch tiefen Respekt
empfand.

„Setz dich, Liz. Pete wird dir irgendwann einen Kaffee bringen." Ben grinste und deutete auf die Auswahl mehrerer leerer
Stühle. „Du kennst fast jeden. Was, wenn wir alle der Reihe nach
die wichtigen Dinge erwähnen?"

„Wie mein Lieblingssnack, wenn du willst, dass etwas schnell erledigt wird?", fragte Meg und zwinkerte Liz zu.

Sie wählte einen Sitz mit leeren Plätzen zu beiden Seiten. „Dänische Teilchen und Zimtschnecken funktionieren bei dir. Anständiger Kaffee – und ich meine, wirklich anständig. Ein Schuss Karamell ist ein Bonus."

„Und das ist der Grund, warum Liz immer meine ungeteilte Aufmerksamkeit haben wird."

„Und meine."

Pete trug ein großes Tablett.

„Ich mache dir anständigen – *wirklich* anständigen Kaffee."

„Oh... deshalb bist du hier. Oberster Kaffeekocher." Meg machte eine gute Imitation von jemandem, der gerade den Sinn des Lebens entdeckt hatte.

„Eine der offensichtlichsten meiner vielen Talente." Pete stellte das Tablett in die Mitte des Tisches. Es enthielt nicht nur zwei Tassen dampfenden Kaffee, von denen Pete eine an Liz weitergab, sondern auch eine Platte mit Gebäck, Obst und Proteinbällchen. „Das, Liz, ist unsere Art, dich willkommen zu heißen."

Für ein paar Minuten war es am Tisch relativ ruhig, während sich alle an den Angeboten bedienten. Liz nippte an ihrem Kaffee und er war gut. Weit entfernt von dem Mist, der in der Mordkommission serviert wurde. Alle anderen hatten ein Getränk, die meisten heiß, ein paar Säfte.

Ist das hier Standard? Oder nur, um mich zu beeindrucken?

Pete hatte einen der Stühle neben Liz eingenommen und unterhielt sich leise mit der Person auf seiner anderen Seite, jemand, den sie nicht kannte. Ben beobachtete den Raum und als sich ihre Blicke trafen, lächelte er ganz leicht. Er war schon immer ein Beobachter gewesen und das war ein Teil dessen, was ihn so verdammt gut bei der Vermisstenstelle gemacht hatte. Er würde die kleinsten Hinweise aufschnappen – oft solche, die mehr als einmal übersehen worden waren. Aber eigentlich sollte er glücklich an der Gippsland-Küste leben und den lokalen Polizisten mit seiner Familie spielen.

„Ich fange an!", verkündete Meg. „Mein Name ist Meg und ich bin arbeitssüchtig."

„Hallo, Meg", antworteten alle, was an eine andere Art von Suchtgruppe erinnerte.

„Und das war's von mir."

Es gab ein Kichern, bis der Mann neben ihr das Wort ergriff.

„Hallo, Liz. Ich bin Reuben Barnes. Habe ein Jahrzehnt in einer leitenden Position in einer Organisation verbracht, die ich nicht nennen darf." Er sah sehr ernst und aufrichtig aus. „Irgendwas mit der Sicherheit des Landes. Fängt mit A an und hört mit O auf... falls du wirklich einen Hinweis brauchst." Sein Gesichtsausdruck war todernst, aber seine auffallend blauen Augen funkelten.

„Wenn ich die fehlenden zwei Buchstaben ergänze und sie ausspreche, bekomme ich dann Ärger?", fragte Liz.

„Du hast keine Ahnung, wie viel."

Liz mochte ihn.

„Gut, ich bin dran", sagte Pete.

Alle brachten ihn zum Schweigen und er versuchte, beleidigt auszusehen, scheiterte aber. Stattdessen nahm er sich das größte Gebäckstück und biss hinein, unbekümmert um die Krümel, die herabrieselten.

Ben reichte ihm eine Serviette. „Jeder kennt mich."

Und ich habe so viele Fragen dazu, warum du hier bist.

Da sie nicht unangebracht über die Person sprechen wollte, die jetzt ihr neuer Chef war, nickte Liz nur. Ben zwinkerte ihr zu und sie ertappte sich dabei, wie sie lächelte. Er würde sie auf den neuesten Stand bringen, wenn die Zeit reif war.

„Ich muss sagen, Liz, ich bin mehr als aufgeregt, mit dir zusammenzuarbeiten." Das war Annette Benski, die sich am Tisch umsah. „Ich weiß, dass einige von uns neu füreinander sind, aber Liz und ich kennen uns schon lange. Mehr als ein

Jahrzehnt, würde ich sagen. Nie direkt zusammengearbeitet, aber ich habe so viel Respekt vor Liz."

„Das beruht auf Gegenseitigkeit", sagte Liz. Ihr früheres Gefühl der Unzulänglichkeit verblasste mit jedem, der sprach. Jeder war aus einem bestimmten Grund hier, und obwohl sie ihren eigenen noch nicht kannte – noch nicht –, war sie aufgeregt über das, was vor ihr lag.

Im Bewusstsein zweier Augenpaare, die sich in sie bohrten, wandte Liz ihre Aufmerksamkeit dem Gesicht zu, das sie nicht kannte. Candace Carroll konnte noch einen Moment warten, und um ehrlich zu sich selbst zu sein, wollte Liz ein wenig Zeit, um sich zu sammeln.

Die Frau, die sie jetzt ansah, war die Jüngste im Team, vielleicht Ende zwanzig. Sie trug einen intensiven und leicht besorgten Ausdruck unter perfektem Make-up und wunderschönem, schulterlanges rotes Haar. Obwohl sie saß, war klar, dass sie modelmäßig dünn war, und ihr Schmuck und ihre Bluse schrien nach Qualität.

„Hi", sagte Liz und lächelte ermutigend, als die junge Frau nicht reagierte.

„Ähm... klar. Ich bin Phoebe Renshaw. Ich schätze, du weißt schon, wer ich bin. Aber wie auch immer, ich hoffe, von dir etwas zu lernen. Und hallo."

Ihr Blick senkte sich auf ihre Hände, die sich auf dem Tisch umklammerten.

„Schön, dich kennenzulernen, Phoebe."

Und ich habe keine Ahnung, wer du bist.

Pete hatte sein Gebäck aufgegessen. „Da wir einen vermissen, werde ich ihn für die Vorstellung vertreten."

„Bitte nicht", drängte Ben.

„Hab nicht gehört, was du gesagt hast. Jedenfalls... ah, schöne Dame, komm und setz dich neben Hamish." Petes Stimme war vornehm geworden und er klopfte auf den leeren Sitz neben sich. „Hamish Mathers-Smythe. Mathers genügt. Zu Ihren Diensten."

„Hör auf damit, Pete. So redet er nicht", sagte Ben.

„Doch, tut er tatsächlich." Das war Meg, aber Candace, Annette und Phoebe nickten alle.

„Du wirst keine Erwähnung von mir finden, es sei denn, du suchst nach den reichsten und snobistischsten Menschen der Welt", fuhr Pete fort. „Ich bin jedoch hervorragend in meinem Job. Und was ist mein Job, fragst du?"

Liz kicherte. „Armer Hamish. Ich glaube, ich muss seine Seite ergreifen, wenn du ihn so nicht magst."

Pete ließ die Schauspielerei fallen und grinste breit. „Nee. Du wirst dir schon bald genug deine eigene Meinung bilden. Aber er wird dich mögen. Sehr sogar."

Candace hatte den Anflug eines Lächelns auf den Lippen. Sie analysierte zweifellos alle aus dieser Kennenlernrunde, und vielleicht war es das, was Liz verunsicherte. Es gab keine Logik hinter ihren Gefühlen für die andere Frau, die sich seit ihrer ersten Begegnung nicht geändert hatten. Liz fühlte sich auf einer Ebene zu ihr hingezogen, die sie noch nicht verstand, war aber zutiefst vorsichtig, zu viel von sich preiszugeben.

Nicht dass ich das je jemandem gegenüber tue.

„Es scheint, ich bin an der Reihe", sagte Candace. „Mein Hintergrund und meine Leidenschaft ist es, den menschlichen Geist und die Psyche zu verstehen. Ich habe in mehreren Bereichen gearbeitet, aber alle beziehen sich auf Profiling, und ich glaube, ich fange gerade erst an, meine beste Arbeit zu leisten. Ich habe eine offene Tür für jeden, der seinen eigenen Weg erkunden möchte."

Die letzten Worte waren an Liz gerichtet. Die Augen der Ärztin waren aufrichtig und Liz bot als Antwort ein kleines Lächeln. Wenn sie im selben Team sein würden – wieder einmal –, dann war es Zeit, nicht mehr so zurückhaltend zu sein. Candace war immer nur ermutigend und freundlich gewesen.

„Du bist dran, Liz", grinste Pete. „Scheinwerfer auf den Neuling und alle Fragen sind willkommen."

„Warum übernimmst du nicht die Ehre für mich? Bedenke

dabei, dass ich mehr oder weniger in Reichweite bin, anders als der arme Hamish."

Petes Augen leuchteten auf. „Klar doch. Okay, mein Name ist Liz Moorland und ich bin eine der besten Detektivinnen, die dieses Land je gesehen hat. Ich bin äußerst intelligent-"

„Hör auf damit, Pete."

„Empathisch, furchtlos. Du willst nicht in mein Visier geraten, denn ich bin unerbittlich."

„Okay, der letzte Teil gefällt mir."

Liz spürte, wie ihr die Hitze ins Gesicht stieg und alle Augen auf sie gerichtet waren, während er weitermachte.

„Außerdem hatte ich das Glück, die beste Partnerin zu haben, die je die Flure der Victoria Police betreten hat."

Er grinste wieder.

Liz nickte mit ernstem Gesicht. „Der Teil stimmt. Vince Carter war ein außergewöhnlicher Polizist."

Alle brachen in Gelächter aus, während Pete seinen Kopf in seine Hände fallen ließ.

DREI

Das Team hatte sich aufgelöst und dabei das Tablett und die leeren Teller mitgenommen. Sie schlossen die Tür und ließen nur Ben und Liz zurück.

„Warum bin ich hier?" Diese Frage hatte Liz schon seit Wochen gequält, aber jetzt, da sie alle kennengelernt und in diese neue Welt hineingezogen worden war, wurde sie noch dringender. Einige der Leute, die sie getroffen hatte, waren verständlicherweise dabei. Pete. Meg. Candace. Reuben. Andere hingegen nicht so sehr.

„Du hast Pete gehört. Er wird für dich sprechen, wenn du es nicht tust. Deine Fähigkeiten sind für mich ziemlich klar, und angesichts der Unterschiede zwischen den Leuten, die sich uns angeschlossen haben, brauche ich jemanden, der seinen Job ohne ständige Betreuung erledigen kann."

„Ah. Also bin ich gut darin, Befehle zu befolgen?" Sie konnte sich das Grinsen nicht verkneifen.

„Klar. Glaub das ruhig, wenn du willst."

„Bisher sehe ich hier Spezialisten. Meg. Candace. Pete – wenn man jemanden braucht, der weiß, wie man sich in dunklen Gassen herumschleicht – und Reuben muss wohl einige Sicherheits- oder ähnliche Fähigkeiten mitbringen? Ich sollte wohl wissen, wer Phoebe Renshaw ist. Und so sehr ich Annette auch liebe und respektiere... nun, sie ist eine engagierte Streifenpolizistin."

„Du hast Hamish vergessen."

„Ich kann mir über ihn kein Urteil bilden, weil er laut Pete so eine Art James-Bond-Figur ist. Er mag die Damen und sie *lieben* ihn."

Ben gluckste. „Mach dir dein eigenes Bild, wenn du ihn triffst. Er wird etwas später hier sein. Was Annette angeht? Sie ist eine solide Polizistin. Mehr als solide. Sie ist außergewöhnlich und wurde an ihrem alten Posten verschwendet. Sie ist nicht nur zuverlässig und beständig, sondern liebt es auch, in Akten und dergleichen herumzuwühlen."

Liz stimmte seiner Zusammenfassung zu, war aber etwas überrascht, dass Annette den Job verlassen würde, den sie so lange geliebt hatte.

„Und Phoebe. Offensichtlich verbringst du keine Zeit auf TikTok und Instagram."

„Ich weiß genug, um sie bei Ermittlungen zu nutzen, aber da beginnt und endet es auch schon. Ist sie eine Influencerin?"

„In gewisser Weise. Sie hat einen True-Crime-Kanal, und während er oberflächlich und leicht unterhaltend rüberkommt, trotz des Themas, passiert im Hintergrund tatsächlich eine Menge. Phoebe hat der Vermisstenstelle geholfen, Kinder zu finden, die von Verwandten entführt wurden, hat verschiedenen Polizisten Informationen über eine Reihe von Verbrechen geschickt und es geschafft, dabei keinen Verdacht bei denen zu erregen, die ihr die Tipps gegeben haben."

„Das ist clever. Wirklich clever."

Obwohl sie nervös und schüchtern rüberkam. Passt nicht ganz.

„Ich möchte dich auf den neuesten Stand bringen, und dann wählst du aus, wer dir deiner Meinung nach bei deinem ersten Auftrag helfen kann."

„Und der wäre?"

„Kyle Moorland zu finden."

Liz' Herz machte einen Sprung.

„Denkst du, es wird Zeit, dass wir deinen Vater ein für alle Mal aufspüren und vor Gericht bringen? Oder?" Ben schob seinen Stuhl zurück. „Lust auf eine kurze Führung?"

Längst überfällig.

„Muss ich weitere Tests bestehen, um zum Beispiel auf die Toilette zu gelangen?"

„Ich überlasse es Candace, dir ihre Gründe für die kleinen Rätsel zu erklären, die sie uns allen stellt."

„Candace? Ich dachte, das wäre Pete, der nervt." Liz folgte Ben nach draußen.

„Diesmal nicht."

Der Hauptraum summte vor Aktivität. Die Leute saßen an ihren Arbeitsplätzen, und nur Meg schaute mit einem breiten Lächeln auf. Wenn sie Teil dieser neuen Einheit war, dann wusste Liz, dass es wichtig war. Meg war einer der intelligentesten Menschen, die sie kannte, und jemand, der Muster sah, wo sonst niemand sie erkannte. Digitale Forensik mochte ihr Hintergrund sein, aber sie hatte sich seit Liz sie vor ein paar Jahren kennengelernt hatte, mehr als nur in andere Bereiche der Polizeiarbeit vorgewagt.

„Das ist die Nobody-Zentrale oder der Hub", sagte Ben. „Wir erwarten, dass wir bald genug Personal haben werden, um eine 24-Stunden-Besetzung zu gewährleisten. Das ist noch ein bisschen hin, aber es ist mein Fokus. Menschen zu finden und dann zu rekrutieren, die nicht nur brillant in ihrem Fachgebiet sind, sondern auch das bestehende Team ergänzen, ist, nun ja... nicht einfach."

„Aber du suchst über die Polizei hinaus?"

„Ja. Wir werden uns bald zusammensetzen und die Struktur durchgehen, damit du ein solides Verständnis davon hast, wo das alles steht. Es ist nicht genau das, was du erwarten würdest."

Liz hatte diesen Eindruck von Anfang an. An dem Abend, als Ben vorgeschlagen hatte, sie solle über seine neue Einheit nachdenken, hatte es einen Hinweis darauf gegeben, dass es sich nicht um eine gewöhnliche verdeckte Operation handelte – nicht dass man irgendeine von ihnen als gewöhnlich bezeichnen könnte. Der heutige Tag bewies, dass sie nicht einmal an der Oberfläche dessen gekratzt hatte, was sie sich vorgestellt hatte.

Bens Telefon vibrierte, und bevor er es überprüfte, führte er den Weg in den Bereich, wo Pete zuvor gewesen war.

„Ich werde nachsehen, wer mich sprechen will. Verbring ein paar Minuten damit, dich umzusehen. Durch diese Tür findest du Toiletten, Duschen und ein paar Schlafbereiche. Wenn du einen weiteren Kaffee möchtest, nimm dir ruhig einen und komm mich finden, wenn du bereit bist."

Er war in einer Sekunde verschwunden, und Liz schaute sich um.

Dies war ein Küchenbereich, der so gut ausgestattet war wie ein Luxushaus. Doppelbackofen. Induktionskochfeld. Großer Kühl- und Gefrierschrank, und als sie in jeden hineinspähte, war Liz verblüfft von der Qualität und Menge der Lebensmittel darin. Es gab einen Barkühlschrank – bestückt – unter einer Theke und Glasfrontschränke mit einer Auswahl an Besteck, Tassen und Gläsern. Eine High-End-Kaffeemaschine war das i-Tüpfelchen, und sie ertappte sich dabei, wie sie leicht den Kopf schüttelte.

Wer um alles in der Welt hatte das finanziert? Nicht die Küche, sondern die Einheit.

Sie öffnete eine Tür zu einem schmalen Gang. Mehrere Räume gingen zu beiden Seiten ab, darunter Umkleideräume mit Schließfächern, Badezimmer mit Duschen, ein Lagerraum und drei Schlafquartiere. Diese hatten Doppelbetten, einen kleinen Schreibtisch und einen Fernseher.

Wahnsinn. Bin ich in irgendeinem seltsamen Hotel?

Nachdem sie die Toilette besucht hatte, kehrte Liz in den Hauptraum zurück und bemerkte sofort eine Veränderung der Stimmung hier draußen. Meg starrte Ben über den Rand eines Monitors hinweg an, während er nur einen Meter entfernt telefonierte. Pete stand mit den Händen in den Hüften da und hörte aufmerksam zu. Der Rest des Teams passte genau auf.

Ben blickte zu Liz und winkte sie herüber, während er das Telefon auf Lautsprecher stellte.

„Kumpel, Liz ist jetzt hier."

Die raue Stimme durch den Lautsprecher ließ Liz' Armhaare zu Berge stehen. Vince Carter war einer ihrer ältesten und liebsten Freunde und ein Kollege und Mentor, als sie bei der Polizei anfing. Sie hatten gute und schwere Zeiten durchgemacht.

„Lizzie, es geht um Lyndall."

„Was ist passiert? Geht es dir gut? Ist es Melanie?"

„Ja. Aber etwas ist furchtbar schiefgelaufen. Lyndall ist verschwunden."

Zehn Minuten später versammelte sich das gesamte Team um den Tisch in der Mitte des Raumes. Liz verarbeitete immer noch Vinces Gespräch - zumindest das, was sie davon mitbekommen hatte. Am schlimmsten war die Verzweiflung in seiner Stimme, denn Vince Carter war niemand, der Gefühle zeigte.

„Ich muss zugeben, das Letzte, womit ich in unserer ersten Betriebswoche gerechnet hätte, war, jemanden zu suchen, den einige aus unserem Team kennen. Zumindest jemanden, der kein Bösewicht ist."

Ben fuhr sich mit der Hand durchs Haar. Er saß an einem Ende des Tisches und Reuben hatte den Platz am gegenüberliegenden Ende eingenommen. Er hatte nach dem Anruf nichts gesagt, im Gegensatz zu Pete, Meg und Annette, die sofort ein Gespräch begonnen hatten. Sogar Candace hatte sich beteiligt, wenn auch nur mit ein paar tröstenden Worten.

„Wer kennt Vince Carter nicht... oder hat nicht von ihm gehört?" Ben blickte um den Tisch und nur Phoebe hob die Hand. „Wie sieht's mit Lyndall aus?" Diesmal waren es alle außer Pete, Liz und Meg. „Wer von euch beiden möchte uns ein paar Details geben?"

Wenn Pete jetzt einen blöden Spruch über Vince macht-

„Ich lasse Liz reden. Sie kennt sie am besten."

Alle Augen richteten sich auf Liz.

„Zu Phoebes Information: Vince Carter ist ein ehemaliger Sergeant der Polizei von Victoria. Seine ganze Karriere in Uniform. Er ist vor ein paar Jahren in den Ruhestand gegangen und lebt mit seinem kleinen Enkelkind oben am Razorback im Lerderderg State Forest."

Phoebe nickte, während sie in einem Notizbuch kritzelte.

„Lyndall ist Vinces Nachbarin - die einzige in Sichtweite. Beide leben auf großen Grundstücken, aber ihres ist ziemlich groß. Sie ist eine gute Freundin für Vince und Melanie, die letztes Jahr zur Waise wurde und zu Vince zog. Lyndall ist wie eine Oma-Figur."

„Eine Killer-Oma", murmelte Pete.

„Entschuldigung, hast du gesagt, sie sei eine Killerin?", fragte Phoebe mit hochgezogenen Augenbrauen.

Annette antwortete: „Es gab Gerüchte, dass sie einen Mann erledigt hätte, der hinter Melanie her war, bevor Pete ihn erwischte."

„Oi. Natürlich war ich das."

Pete und Liz tauschten einen schnellen Blick aus.

„Was wissen wir sonst noch über Lyndall?", fragte Ben.

„Nicht viel, ehrlich gesagt", sagte Liz. „Sie weiß, wie man ein Gewehr benutzt. Laut Melanie war Lyndall irgendwann mal eine berühmte Künstlerin. Vince denkt, dass ihrer nahen Familie vor Jahren etwas Schlimmes zugestoßen ist. Und dann ist da noch die andere Sache."

Phoebe hörte auf zu schreiben und sah auf. Alle hörten zu.

„Sie hat einen Panikraum in ihrem Haus."

Die Leute begannen gleichzeitig zu reden. Ben hob die Hand und das Geplapper verstummte. „Ich habe Lyndall nie getroffen, aber ich kenne Vince. Die Tatsache, dass er mich angerufen hat, jemanden, von dem er glaubte, er leite eine kleine Einheit in Gippsland, zeigt, wie wenig er jemandem außer ein paar Leuten vertraut. Liz, er hat dich nicht zuerst angerufen. Er dachte, du wärst auf Reisen, nachdem du gekündigt hast."

Liz biss sich auf die Lippe. Sie hatte im letzten Monat so ziemlich jeden, den sie kannte, angelogen, während sie ihr neues Leben sortierte.

„Weiß nicht, warum er mich nicht angerufen hat."

Wenn Liz etwas Werfbares gehabt hätte, wäre es in Petes Richtung geflogen, aber sie entschied sich, ihn zu ignorieren. Die anhaltende gegenseitige Abneigung zwischen ihren beiden vertrauenswürdigen Partnern bei der Polizei - einer alt, einer nicht ganz so alt - wurde ermüdend und jetzt war nicht der richtige Zeitpunkt dafür. Aber Pete zwinkerte ihr zu. Er lockerte die Stimmung auf typische Pete-Art.

Ben fuhr fort: „Lyndall ist über Nacht aus ihrem Haus verschwunden. Es gab keinen Alarm und keine Anzeichen für einen gewaltsamen Einbruch, laut Vinces Untersuchung. Und die Tür zum Panikraum ist unverschlossen und steht offen. Meg, Liz, Pete. Ich möchte, dass ihr jetzt sofort dorthin fahrt. Reuben, kümmere dich um die Überwachung. Phoebe, hilf mir herauszufinden, wer sie wirklich ist. Annette, es kommen Akten rüber. Hauptsächlich über den Fall letztes Jahr mit der Schießerei, aber das ist so ziemlich das einzige Mal, dass ich Lyndall in unserem System finden kann."

„Und ich?" Das war Candace.

„Fang an, ein Profil zu erstellen. Hilf Annette und wir werden dir alle jeden Krümel zukommen lassen, den wir finden."

„Ich liebe Krümel." Über den Tisch hinweg blickte Candace Liz fest an. „Wir werden sie finden. Es gibt niemanden hier, der keine schnelle Lösung sehen möchte."

Warum fühle ich mich dann so unwohl?

VIER

Die Landschaft flog vorbei, während Pete für ihren ersten Fall die Rolle des Fahrers übernahm. Das war ein gewaltiges Upgrade gegenüber den Autos aus beider Vergangenheit und mit mehr Ausrüstung ausgestattet, als Liz Zeit hatte, wahrzunehmen. Es war besser, dass er fuhr, bis sie die Gelegenheit hatte, sich mit einem Armaturenbrett vertraut zu machen, wie sie es noch nie gesehen hatte.

„Hast du eine Ahnung, wo die Lichter und Sirenen sind?", fragte Pete.

„Ernsthaft?"

„Das sagt er jedes Mal, wenn er einen von denen fährt, Liz. Wir sind alle schon damit gefahren", sagte Meg vom Rücksitz aus, den Laptop geöffnet. „Ich glaube, Pete ist ein unterdrückter Vater."

„Hallo, ich bin direkt hier. Und ich bin nicht unterdrückt."

„Also *bist* du ein Vater?", fragte Meg mit völliger Unschuld. „Kann mir nicht vorstellen, dass eine Frau so verzweifelt wäre, dich zu lassen-"

„Okay, okay. Soweit ich weiß, wurden meine glorreichen Gene noch nicht weitergegeben."

„Trotzdem bestehst du darauf, diese Vaterwitze zu machen,

als ob du dich nach einem leichtgläubigen Kind sehnst, das du mit deinem glitzernden Humor verblüffen kannst."

Pete warf Liz einen Blick zu. „Schwieriges Publikum heute."

Liz war nicht in der Stimmung für Scherze. Pete nutzte seinen schrecklichen Humor, um Spannungen abzubauen, und meistens würde sie mitmachen.

Diesmal nicht.

Meg schloss ihren Laptop. „Hast du irgendwelche Informationen über diesen sogenannten Panic Room von Lyndall? Ist es nur ein Raum mit einer schweren Tür und Schlössern? Gibt es etwas, worauf ich achten sollte?"

Liz rutschte ein bisschen, um Meg besser sehen zu können, und schüttelte den Kopf. „Es ist das echte Ding. Richtig in das Haus eingebaut während des Baus mit verstärktem allem. Es gibt sogar einen versteckten Alarm, was das Ganze noch beunruhigender macht."

„Und wo im Haus?"

„Alle Schlafzimmer liegen in einem Flur, weg von den Wohnzimmern. Lyndalls Schlafzimmer ist ganz am Ende und der Panic Room ist direkt davor."

Meg neigte den Kopf. „Siehst du, da gibt es eine Menge Informationen, die für mich nicht ohne Weiteres verfügbar sind, und das nervt. Ich weiß, dass Lyndall die Kugel abgefeuert hat, die diesen schrecklichen Mann getötet hat, aber es gibt so gut wie keine Spuren, die das bestätigen, was mir gesagt wurde."

Pete warf ihr einen Blick im Rückspiegel zu. „Die Feststellung war, dass der tödliche Schuss von meinem Gewehr kam. Tatsache ist ... sie hat zuerst geschossen. Ich spürte, wie die Kugel an mir vorbeizischte, während ich ihn noch im Visier hatte, aber ich stellte verdammt sicher, dass ich ihn an derselben Stelle traf, bevor er zu Boden ging."

„Stolz?", grinste Meg.

„Eigentlich nicht. Der Verstand macht seltsame Dinge unter Druck und es war Lyndalls Ziel, das mir zeigte, wohin ich schießen sollte. Lyndall erschien mir immer als *guter Mensch* und irgendetwas schaltete sich ein und sorgte dafür, dass sie deswegen keinen Ärger bekam. Mir brachte es jede Menge ein, aber sie war eine Zivilistin, die ihre nutzlose Nachbarin vor einem Mörder schützte. Kein Grund, dass sie darunter leiden sollte."

Da gab es so viel zu verarbeiten.

Sie waren nicht weit von Vince' Haus entfernt. Pete wurde langsamer, als die Straße enger wurde und begann, sich in langen Kurven zu winden. Die Seiten fielen ab, eine zu Ackerland und die andere in ein tiefes Tal voller Buschland, und dahinter noch höhere Bergrücken. Eine Straße schlängelte sich ab und Pete nahm sie. Es gab hier nur wenige Häuser und keines für mindestens einen Kilometer, bevor das Fahrzeug langsamer wurde und in eine Auffahrt einbog.

Meg lehnte sich nach vorne, um zu sehen. „Ist das Vince' Haus auf der linken Seite?"

„Ja. Sein Land geht noch ein gutes Stück weiter, ist aber zu steil zum Nutzen, abgesehen von einem kleinen Obstgarten weiter oben."

Sie fuhren an einem fast neuen Cottage vorbei mit einem Stück Rasen und einigen Gemüsegärten. Ein Pony graste auf der einzigen Koppel und hob den Kopf, um ihnen nachzuschauen.

„Und das ist Apple", sagte Pete.

Überrascht, dass er sich genug dafür interessierte, um sich zu erinnern, holte Liz tief Luft, um plötzliche Nervosität zu beruhigen. Sie war nicht hier als Detektivin. Nicht im üblichen Sinne. Sie vertrat weder die Mordkommission noch die Vermisstenstelle. „Wissen wir, ob irgendwelche Polizisten kommen werden?"

„Ben hat mir ein Update geschickt", sagte Meg. „Er hat Vince gebeten, mit niemandem sonst zu sprechen, bis wir die Situation eingeschätzt haben - nicht dass Vince daran interessiert schien, dies über die üblichen Kanäle zu melden. Außerdem braucht er Lyndalls Vorgeschichte, so oder so. Alles, was sie in ihrem Haus über ihre Vergangenheit aufbewahren könnte. Dass sie die Dinge so geheim hält, könnte bedeuten, dass sie irgendwann Hilfe hatte."

„Hilfe? Im Sinne von ... Zeugenschutz?"

„Nur eine von mehreren Möglichkeiten."

Die Auffahrt war ein paar hundert Meter lang und wurde zunehmend steiler. Oben auf dem Hügel wurde es eben und sie fuhren an einer Garage vorbei, die groß genug für mehrere Fahrzeuge war, und zwar große. Liz erinnerte sich, die Türen offen gesehen zu haben, und es hatte einen Traktor sowie Lyndalls alten Geländewagen gegeben. Aber jetzt waren die Türen geschlossen. Die Auffahrt endete in einem quadratischen Parkbereich und Pete fuhr hinein. Das einzige Fahrzeug.

„Noch etwas, das ich wissen sollte, Liz?", fragte Meg, während sie ihre Laptoptasche über eine Schulter und die Umhängetasche über die andere zog. „Über Vince?"

Pete schnaubte, aber ein scharfer Blick von Liz hielt ihn davon ab, den Mist zu sagen, den er vorhatte, und er stieg aus und schloss die Tür hinter sich.

„Vince ist schroff. Er wird verzweifelt besorgt sein, was ihn abrupt machen könnte. Direkt auf den Punkt. Aber er hat einen scharfen Verstand und Instinkte, die du dir nicht vorstellen kannst, also lass ihn reden ... führe ihn sogar dazu, zu reden."

Vince näherte sich Pete aus Richtung des Hauses. Sie blieben ein paar Meter voneinander entfernt stehen, beide mit defensiver Körpersprache ... die Arme verschränkt, die Beine auseinander, jeder lehnte sich ein wenig zurück. Liz und Meg wussten sehr wohl, dass die Männer eine schwierige Beziehung hatten und sich bis vor Kurzem nicht einmal die Tageszeit gegönnt hätten.

Aber plötzlich streckte Pete seine rechte Hand aus und als Vince sie ergriff, war ihr Händedruck fest und dauerte ein paar Sekunden.

„Wunder geschehen doch", sagte Liz.

Die vier standen draußen, während Vince die Ereignisse der letzten Stunden durchging.

„Wann hast du Lyndall zuletzt gesehen?", fragte Liz.

„Gestern Abend gegen neun. Mel und ich haben hier oben zu Abend gegessen und sind danach zum Cottage zurückgelaufen. Wir wollten eigentlich nicht so lange bleiben, da es eine Schulnacht war, aber die beiden haben gezeichnet und ich dachte, es würde nicht schaden, wenn sie fertig werden."

„Ist Melanie jetzt in der Schule?"

„Ja. Sie weiß es nicht."

Vinces Gesicht zeigte nicht die Emotion, die Liz in seiner Stimme hören konnte. Nach allem, was er durchgemacht hatte, musste das hart für ihn sein.

Pete blickte auf die Straße hinunter. Der Ausblick erstreckte sich über mehrere Koppeln mit vereinzelten Rindern, die Lyndall gehörten, und es gab kaum einen toten Winkel auf ihrem oder Vinces Grundstück. Es gab einige Unterstände für das Vieh und eine Reihe Schattenbäume an der Seite, die von Vinces Grundstück abgewandt war, aber ansonsten gab es wenige Stellen, an denen eine Person vom Haus aus nicht gesehen werden würde.

„Bevor du fragst, ich habe keine Fahrzeuge gehört. Nichts Ungewöhnliches, außer dass die Esel gegen ein Uhr durchgedreht sind."

Pete drehte sich um. „Hast du nachgesehen, warum?"

Vince machte ein genervtes Geräusch, das entweder Pete oder den Tieren gelten konnte. „Lyndall hat eine Fünf-Minuten-Regel. Wenn sie sich in dieser Zeit nicht beruhigen, sieht sie nach ihnen. Ich habe fünf Minuten gewartet und sie hörten auf, aber die Frage ist, wie lange haben sie schon Lärm gemacht, bevor ich sie gehört habe? Ich bin rausgegangen, aber kein Mucks, und obwohl im Haus ein Licht anging, ging es nur wenige Sekunden später wieder aus. Und wenn sie in diesem Moment entführt wurde, dann..." Seine Hände ballten sich zu Fäusten.

„Kannst du mich zum Panic Room bringen?", sprach Meg zum ersten Mal, seit Liz sie Vince vorgestellt hatte. „Und mir alle Teile des Hauses zeigen, die möglicherweise kompromittiert wurden."

„Tut mir leid... Meg? Wenn du Fingerabdrücke suchst, bezweifle ich, dass du welche finden wirst. Wer auch immer Lyndall mitgenommen hat, wusste, was er tat." Vince warf einen Blick auf den Koffer, den sie aus dem Kofferraum des Fahrzeugs geholt hatte.

„Fingerabdrücke sind so oldschool." Sie grinste Vince an. „Ich glaube, du wirst meine Arbeitsgeräte ziemlich interessant finden. Würdest du uns den Weg zeigen?"

So unsicher er auch aussah, Vince nickte und die beiden gingen zur Rückseite des Hauses. Meg hatte eine Art mit Menschen umzugehen. Die, die sie mochte, behandelte sie mit Respekt und Fürsorge, wie bei Vince. Die anderen? Die würden glauben, sie täte, was sie wollten, bis der richtige Zeitpunkt kam, und dann ging es los. Das machte sie zu einem wichtigen Teil jedes Teams, ganz abgesehen von ihren Fähigkeiten als forensische Analytikerin.

Liz bedeutete Pete, ihr zu folgen, und nahm einen Weg, von dem sie wusste, dass er zur ersten der hinteren Koppeln führte.

„Wie oft warst du schon hier?", fragte er und hielt mit ihr Schritt.

„Oft genug, um eine ziemlich gute Vorstellung vom Grundriss zu haben. Lyndall hat mich ein paar Mal zum Abendessen mit Vince und Mel eingeladen."

„Ja, ich auch, aber nicht mit ihnen."

Liz blieb abrupt stehen und drehte sich zu Pete um. „Du hast nie ein Wort gesagt. Was weißt du über Lyndall?"

„Ich?"

„Komm schon, Kumpel. Du kannst den Detektiv nicht einfach abschalten, nur weil du zum Essen vorbeischaust."

„Du lässt es klingen, als wäre das was Schlechtes."

„Nein. Nein, das ist einer der Gründe, warum wir den letzten Fall, an dem wir gearbeitet haben, gelöst haben, und ich bin dir ewig dankbar für das, was du getan hast. Aber das hier ist anders. Worüber habt ihr gesprochen? Hast du den Panic Room gesehen?"

Pete schüttelte den Kopf. „Nein zum Panic Room. Und wir haben über Dinge geredet, die ich nicht wiederholen werde, und bevor du mich anschreist, nichts davon hatte mit ihrer Vergangenheit zu tun. Nicht einmal eine Frage über ihre Scharfschützenfähigkeiten kam über meine Lippen. Sollen wir uns diese Esel ansehen?"

Vince stieß nach ein paar Minuten zu ihnen. Es gab zwölf Esel in einer Reihe von Koppeln, die durch offene Tore verbunden waren. Jede Koppel hatte einen Unterstand und es gab einen viel größeren Unterstand in dieser oberen Koppel. Alle waren damit beschäftigt, Mundvoll Heu aus einer riesigen Futterkrippe zu ziehen und kümmerten sich nicht darum, als Liz und Pete um sie herumgingen. Aber als Vince auftauchte, ließen mehrere von ihnen vom Fressen ab, um ihn zu begrüßen.

Alle drei standen in der Mitte der Koppel.

„Wir haben Lyndalls Handy auf ihrem Nachttisch gefunden. Diese Meg von dir kennt sich wirklich aus."

Gut. Er vertraute Meg genug, um sie allein in Lyndalls Haus zu lassen. Er war niemand, der schnell vertraute oder Menschen den Vorteil des Zweifels gab, hatte aber ein ausgezeichnetes Urteilsvermögen. Es war eine der Eigenschaften, die Liz einmal das Leben gerettet hatten.

„Was würde sie aufscheuchen?", fragte Liz und deutete auf die Esel. „Ist es normal, dass sie nachts deinen Schlaf stören, so weit unten bei dir?"

„Nicht so sehr nachts. Wie du sehen kannst, gibt es mehrere Schuppen, aber Lyndall hat es aufgegeben, sie in separate Koppeln einzusperren, weil sie die ganze Zeit gesellig sein wollen. Aber das hat seine eigenen Nachteile, einer davon ist, wie schnell ein kleines Problem eskaliert, wenn sie so nah beieinander sind. Aber Menschen in der Nähe - Fremde - würden es tun."

Seine Augen verrieten seinen Kampf, sich nicht selbst die Schuld zu geben, und Liz beschloss, ihn beschäftigt zu halten.

„Gibt es einen anderen Weg auf das Grundstück, besonders mit einem Fahrzeug?"

„Höchstwahrscheinlich könnte jemand über Pfade aus dem Tal im Hintergrund hochkommen, aber es würde einen anständigen Geländewagen brauchen und viele Zäune müssten durchgeschnitten werden. Das Grundstück nebenan, dort drüben-" Vince zeigte in Richtung der hinteren Ecke, die am weitesten von ihnen entfernt war, „du kannst gerade noch sehen, wo es mit dieser Baumgruppe beginnt? Lohnt sich, einen Blick darauf zu werfen. Bevor Lyndall hier gebaut hat, gab es einen Weg, der bis zur Hauptstraße führte. Ich schätze, er ist zugewachsen und unbrauchbar, aber das wäre der Weg, den ich wählen würde, um mich einzuschleichen."

„Pete?"

Mit einem Nicken machte sich Pete in die allgemeine Richtung auf. Einer der Esel folgte ihm eine Weile, bis er über den ersten Zaun kletterte.

Vince packte Liz am Arm. „Muss mit dir reden. Bevor er zurückkommt."

FÜNF

Pete joggte entlang der Zaunlinie und passierte dabei mehrere Koppeln, die alle nach Lyndalls exakten Plänen angelegt waren. Pfosten- und Riegenzäune, ein ordentlicher dreiseitiger Unterstand, ein kleiner Wassertank, der einen Trog füllte. Selbst wenn die Esel ihre Bemühungen nicht zu schätzen wussten, würde sich dieses Grundstück zu einem anständigen Preis verkaufen lassen, wenn sie sich entschließen würde, es zu verkleinern.

Falls überhaupt.

Er hätte Liz kein Wort darüber sagen sollen, dass er hier zum Abendessen war. Erst sprechen und dann filtern, das war sein Ding, und er war zu alt, um sich zu ändern. Sie würde nicht locker lassen, und er musste sich etwas einfallen lassen, um ihr etwas zu geben. Nur nicht die Wahrheit.

Was nötig war, war eine umfassende Durchsuchung des Grundstücks. Uniformierte Polizei, SES, Freiwillige, die alle in jeden Winkel und jede Ritze von Lyndalls Land und den Tausenden von Hektar drumherum, die größtenteils aus dichtem Busch bestanden, vordringen sollten. Bisher wollte Ben, dass dies auf die Einheit beschränkt blieb, bis frühe Erkenntnisse sie in eine Richtung führten. Aber es könnte alles zu spät sein.

Pete erreichte das Ende von Lyndalls Grundstück und atmete lange, flach ein, um seinen Herzschlag zu beruhigen.

Er blickte zurück. Vince und Liz verschwanden gerade aus seinem Blickfeld, in ein tiefes Gespräch vertieft. Hatte Vince eine Ahnung von dieser neuen Einheit? Wie würde Liz ihre Anwesenheit hier erklären, wo die Welt doch glaubte, sie hätte als Polizistin gekündigt? Immerhin hatte Vince Ben angerufen, wissend, dass er noch bei der Polizei war.

Lyndalls Pfosten- und Riegenzaun grenzte direkt an Stacheldraht und Metallpfähle. Er machte sich eine Notiz auf seinem Handy, herauszufinden, wem das Nachbargrundstück gehörte. Warum nicht einfach den Schrottzaun entfernen, anstatt zwei Grenzen zu haben?

Pete kletterte hinüber und fluchte, als ein Stachel seine Hose erwischte. Er befreite sich und landete auf beiden Füßen, fluchte dann erneut, als er nach unten sah. Vor ihm waren frische Reifenspuren und Fußabdrücke, auf denen er gerade stand. Er fand eine festere Stelle, trat ins Gras und begann, eine Reihe von Fotos zu machen, wobei er langsam neben dem trockenen Schlamm entlang ging und bei der ersten Reifenspur endete. Diese schickte er an Ben.

Der fast sofortige Anruf war zu erwarten.

„Boss."

„Schick mir die Koordinaten für diese Bilder."

„Ja, ich lerne immer noch, wie dieses Telefon funktioniert, aber ich mach's."

Ben gluckste.

„Schön, dass du lachst. Magst du herkommen und helfen? Könnten noch weitere fünfzig, vielleicht hundert Leute zum Suchen gebrauchen."

Ernst antwortete Ben: „Noch nicht. Und glaubst du, sie ist einfach weggelaufen? Oder wurde getötet und irgendwo in der Nähe zurückgelassen?"

„Nein und nein."

„Dann nutzen wir unsere Ressourcen, um herauszufinden,

wohin sie gegangen ist. Schick die Koordinaten dringend, dann mach weiter Fotos. Folge der Spur, Kumpel." Er beendete den Anruf.

„Ich würde der Spur folgen, wenn ich das Ding zum Laufen bringen könnte."

Er hatte eine grundlegende Schulung in der Software erhalten, die die Einheit benutzte. Bisher war sie im Feld ungetestet, und es sah so aus, als wäre Pete der Erste. Er verschwendete ein paar Minuten damit, die falschen Apps auszuwählen, die im Programm versteckt waren, und war kurz davor, Meg anzurufen, als er es fand. Es brauchte nur ein Öffnen, und plötzlich hatte sein Telefon ein Eigenleben entwickelt, der Bildschirm verwandelte sich in etwas, das wie ein futuristisches Navigationsprogramm aussah. Nach wenigen Sekunden blinkten die Worte „Verbindung hergestellt" zweimal auf, und dann wurde der Bildschirm schwarz.

„Uh oh."

Er rief Ben an, der beim ersten Klingeln abnahm. „Hab die Verbindung, Pete. Mach weiter Fotos, solange du etwas siehst, das es wert ist, aufgezeichnet zu werden. Ich schicke jemanden rauf, um dir zu helfen."

Bevor Pete fragen konnte, was er mit der Verbindung meinte, war Ben schon wieder weg.

Es gab so viel über diesen neuen Job zu lernen. Nur Meg, Candace und Reuben hatten alle Trainingsmodule abgeschlossen - zumindest die Grundlagen - und der Rest holte auf. Die arme Liz hatte noch nicht einmal an ihrem eigenen Schreibtisch gesessen.

Er starrte den Weg entlang. Wer hätte erwartet, dass Lyndall verschwinden würde? Operation Nobody war als schnell reagierende Einheit ohne Wenn und Aber konzipiert, aber für eine tatsächliche Ermittlung kläglich unvorbereitet. Ben hatte geplant, das Team mit der Suche nach Liz' kriminellem Vater zu beginnen, um sich einzuarbeiten und die Technologie, Fahrzeuge und Waffen ohne Druck kennenzulernen.

Ja. So viel zu dem Plan.

Vince und Liz verließen die Eselkoppel und schlenderten in Richtung Haus. Pete war außer Hörweite, und Liz war sich sicher, dass sie wusste, was ihr alter Partner gleich fragen würde.

„Du hast die Polizei verlassen, Liz. Und doch bist du hier mit Pete und Meg. Da ist auch ein schickes SUV, nur größer als normal, das ich noch nie als Polizeiauto gesehen habe. Und Ben hat dich geschickt, obwohl er in einer Polizeistation in Gippsland arbeitet."

Sie blieben am Fuß der Treppe zur hinteren Veranda stehen, und er verschränkte die Arme, wartend auf eine Antwort.

Sie verzog das Gesicht. „Ich weiß ehrlich gesagt nicht, was ich sagen darf. Heute ist mein erster Arbeitstag, und ich wurde noch nicht einmal eingewiesen."

„Ist das ein verdecktes Team?"

„Irgendwie. Na ja, völlig. Ich bin noch nicht in alle Details eingeweiht, wo wir hineinpassen."

Vince nickte. „Und es war reines Glück, dass ich Ben angerufen habe und er involviert ist... leitet er es?"

„Ja, tut er."

„Und warum ist der Idiot hier?"

Liz unterdrückte ein Lachen, bevor es ihre Lippen verlassen konnte. Vince und Pete waren jahrelang Feinde gewesen, und obwohl sie kürzlich einen Ort gegenseitigen Respekts gefunden hatten, zogen es beide vor, so zu tun, als existiere der andere nicht. Der warme Händedruck vorhin war echt, der Rest allerdings nur Show. Aber sie wurde schnell wieder ernst. Dies war nicht der Zeitpunkt, um in irgendetwas anderes als den Grund ihres Hierseins einzutauchen.

„Lass uns Meg finden. Ich möchte mit euch beiden durch das Haus gehen und Fragen stellen."

Lyndalls Haus war vom Architekten entworfen, schön und funktional. Die große, überdachte Veranda, die sie betraten, war aus nachwachsendem Holz gebaut und fing die Nachmittagssonne im Winter ein, was sie zu einem angenehmen Ort zum

Sitzen machte. Es gab einen Tisch mit sechs Stühlen, und Liz hatte hier vor ein paar Monaten eine Mahlzeit mit Lyndall, Vince und Melanie genossen.

Dies führte zur Schiebetür nach draußen. Es gab eine Haustür, aber Liz hatte sie nie benutzt gesehen.

Meg war auf dem Weg nach draußen. „Ich hätte nichts dagegen, Vince ein paar Fragen zu stellen."

„Ich dachte, wir könnten das beide machen, während Vince uns das Haus zeigt. Du hast gesagt, dass für eine Minute ein Licht angegangen ist. Hast du eine Idee, welches Licht?"

Sie hielten direkt hinter der Tür an. An einer Wand waren Haken mit Jacken, Hüten und dergleichen, darunter ein Schuhregal und eine Sitzbank. Nach innen gerichtet war dieser Bereich nur wenige Schritte von der Küche entfernt, die auf den Essbereich und das tiefer gelegene Wohnzimmer blickte. Links war ein Flur, der, wie Liz vermutete, zur Waschküche führte.

„Ich würde sagen, die Küche. Oder das Esszimmer. Beides ist von meinem Cottage aus sichtbar, was Melanie mir eines Abends gezeigt hat." Er lächelte kurz. „Wir brachten Apple ins Bett und als wir zur Tür zurückkamen, schaute sie hier hoch und sah ein Licht an. Sie ließ mich raten, dann riet sie selbst und dann bat sie um mein Handy und rief Lyndall an, um zu fragen."

„Ich muss unbedingt Melanie kennenlernen!", sagte Meg. „Klingt, als hätte sie eine Zukunft in der Analyse."

„Oder in der Kunst. Lyndall hat ihr im letzten Jahr so viel beigebracht und Mel hat echtes Talent."

Kunst stand ganz oben auf Liz' Frageliste.

„Weißt du, unter welchem Namen Lyndall in der Kunstwelt bekannt war?", fragte Liz.

Vince schüttelte den Kopf. „Keinen. Ich weiß, dass sie eine schwierige Vergangenheit hat, aber ich kenne sie nur als Lyndall Smith. Sie hat es Mel aber erzählt."

„Besteht die Chance, dass sie sich erinnern könnte?"

Er war beschützend gegenüber seiner Enkelin und letztes Jahr, als beide in Gefahr waren, hatte er sich geweigert, Liz oder jemand anderen mit dem Kind sprechen zu lassen, das gerade erst seine Eltern verloren hatte. Wenn er immer noch so fühlte, müsste Liz es vorerst auf sich beruhen lassen.

Mit einem Seufzer nickte er. „Vielleicht. Die beiden verbringen so viel Zeit miteinander, dass sie es wissen könnte. Aber lass mich fragen, wenn sie nach Hause kommt."

Erleichtert wollte Liz nicht weiter drängen. „Cool, danke."

Meg war in der Küche und überprüfte die Lichter. Sie schaltete eines nach dem anderen ein und wieder aus. „Sie funktionieren alle. Und so altmodisch und unwahrscheinlich es auch ist, Ergebnisse zu erzielen, ich *werde* die Schalter auf Fingerabdrücke untersuchen." Sie grinste Vince an. „Und die im Esszimmer."

Liz stand im Panikraum, sowohl beeindruckt von der Einrichtung als auch damit ringend zu verstehen, warum sie nötig war. Sie kannte Lyndall schon lange – zugegeben, nicht gut – und diese Seite der Frau stand völlig im Widerspruch zu der Persona, die sie der Welt zeigte.

Was weiß ich über dich?

Sie hatte Vinces Leben gerettet. Und Melanies. Sie liebte ihre Esel und die Handvoll Kühe, die derzeit auf der unteren Weide waren – alle aus düsteren Zukünften gerettet. Sie war zäh und freundlich und lustig. Und wusste, wie man ein Gewehr auf große Entfernung handhabt, was nur wenige Menschen gut konnten.

Vince und Meg gesellten sich zu ihr.

„Hatte sie die Gewehrbox nicht außerhalb des Raums?", fragte Liz Vince.

„Hat sie nach dem, was letztes Jahr passiert ist, umgestellt. Aus mehreren Gründen. Melanie ist so oft hier. Die Angst, dass ihre Waffe von der Polizei beschlagnahmt werden könnte... nicht, dass es sie aufgehalten hätte, wenn sie es wirklich gewollt hätten. Sie fühlte sich sicherer, die Waffenbox hier reinzubringen, und ich habe ihr dabei geholfen."

Die besagte Box war lang genug, um Gewehre aufzunehmen,

und stand weit offen. Ein Gewehr war sichtbar und ein paar Munitionskisten.

„Die Sache ist", Vince deutete auf die Box, „innen gibt es einen stillen Alarmknopf. Er soll eine Sicherheitsfirma alarmieren, und ich wäre die erste Person, die sie anrufen würden. Es ist nichts passiert, also hatte sie entweder keine Zeit, ihn zu drücken, oder sie tat es, und etwas ging schief."

Meg machte etwas am Panel neben der Tür. „So kommt man also rein, und es ist wirklich der einzige Weg, abgesehen von Sprengstoff. Obwohl es einen Code gibt, ist die Biometrie weit fortgeschritten und Lyndall müsste nur für eine halbe Sekunde ihre offene Hand auf den Bildschirm legen, um Zugang zu erhalten. Viel schneller als einen Code einzugeben, wenn sie verfolgt würde, aber es gibt auch eine Backup-Lösung."

„Wie das?", fragte Liz.

„Diese Dinger sind empfindlich, also wenn eine Hand gewaltsam auf den Bildschirm gedrückt würde, öffnet er sich nicht. Er erkennt Lyndalls Berührung ebenso wie ihre Fingerabdrücke. Aber wenn etwas sie daran hindern würde, ihre Hand zu benutzen – sagen wir, eine Verletzung – dann gibt es einen Code, den nur Lyndall kennt."

Vince rutschte unruhig hin und her, und alle Augen richteten sich auf ihn.

„Sie wollte, dass ich eine Möglichkeit habe, die Tür zu öffnen", sagte er.

„Warum?"

Er seufzte tief. „Liz, sie würde mir nicht die Geschichte ihres Lebens anvertrauen, aber gab mir den Code für den Zugang zu dem einen Raum, in dem sie sich sicher fühlte... jedenfalls machte sie irgendeinen Witz darüber, sich versehentlich einzuschließen und zu vergessen, wie man rauskommt. Als ich nachhakte, murmelte sie, dass wenn sie in einem Notfall da reingehen würde, aber schwer verletzt wäre, dann bräuchte sie Hilfe."

Liz berührte seinen Arm. „Wir müssen mehr über sie reden. Kannst du mir einen Moment mit Meg geben?"

Vince nickte und verschwand den Flur entlang. Einen Moment später war Wasser in der Küche zu hören, wahrscheinlich für Kaffee, nach dem Liz plötzlich ein Verlangen verspürte.

„Kannst du auf die Kameras zugreifen?", fragte Liz.

Meg verdrehte die Augen.

„Ich formuliere es anders. Wann kannst du mir etwas zum Ansehen geben?"

„Schon besser. Geh und sprich mit Vince, ich gebe dir Bescheid. Und Liz? Es gibt immer eine Spur, und diese Tür offen zu lassen, hat irgendeine Bedeutung. Ich weiß noch nicht, ob Lyndall es nach drinnen geschafft hat oder sie öffnete und wegrannte, aber es ist wichtig."

„Warte... denkst du, sie könnte sich irgendwo verstecken?"

„Nur ein Gedanke."

Und ein guter dazu. Wir werden mehr Leute hier oben brauchen, um zu helfen.

Vince wühlte im Kühlschrank. „Milch? Vielleicht ist noch welche da?"

„Schwarz ist in Ordnung."

Liz' Handy klingelte und sie trat von der Küche weg. Bevor sie antworten konnte, huschte ein Schatten an einem der Fenster auf der anderen Seite des Wohnzimmers vorbei. Ein menschenförmiger Schatten, und ihr erster Gedanke war, dass es Pete sein könnte.

Aber die Person duckte sich unter dem nächsten Fenster, sodass sie nur deren Haare sehen konnte, die pechschwarz und definitiv nicht Petes waren. Sie mussten dicht an der Außenwand des Hauses sein und sich daran entlangarbeiten. Ihre Sinne gingen in Alarmbereitschaft und sie schob das Telefon, das immer noch klingelte, in eine Tasche und rannte an der Küche vorbei, während sie Vince zurief.

„Du und Meg, bleibt drinnen. Sag ihr, sie soll Pete zurückholen."

„Lizzie, was zum Teufel?"

Draußen ging sie rechts von der Terrasse. Wenn der Eindringling seine Richtung beibehielt, würde sie auf ihn treffen. Ihre Hand griff instinktiv nach einer Waffe. Keine da. Sie hatte noch keine der offiziellen Ausbildungen durchlaufen und wusste ehrlich gesagt nicht einmal, wie sie sich bei einer Verhaftung vorstellen sollte. Liz wurde klar, dass sie auf Pete warten sollte, und sie hielt an der ersten Ecke an.

Behalte sie im Auge. Pete wird nicht lange brauchen.

Diese Seite des Hauses lag an einem Hang und es gab einen kleinen Kriechkeller, der hinter Büschen versteckt war. Ein Mann griff durch die Büsche, sein Kopf war nicht sichtbar, als er sich vorwärts bewegte. Wenn er dort drunter käme, würde sie ihn noch fangen können? Es könnte mehrere Ausgänge geben.

Als seine Schultern verschwanden, stürzte sich Liz auf ihn.

Ihre Arme packten um seinen Bauch und sie nutzte den Schwung des Laufens, um ihn zurückzuziehen. Sie rollten einmal, zweimal und landeten irgendwie mit ihm auf dem Rücken im Gras und Liz rittlings auf ihm. Ihre Hände bewegten sich, um seine Handgelenke zu packen und sie auf den Boden zu drücken.

„Keine Bewegung."

Dunkelbraune Augen blinzelten ein paar Mal. Er machte keinen Versuch sich zu wehren – wenn überhaupt entspannte sich sein Körper –, was sie dazu brachte, genau auf Anzeichen zu achten, dass er versuchen würde, sie zu überwältigen, wenn sie ihre Wachsamkeit verringerte.

„Du musst Liz sein." Die Stimme hatte einen englischen Akzent. Vornehmes Englisch. „Ich bin Hamish."

SECHS

Liz konnte nicht schnell genug von dem Mann runter.

Er lag da und grinste. „Geh nicht."

Meg, gefolgt von Vince, eilte auf sie zu.

Bitte lasst sie das nicht gesehen haben. Bitte.

Aber es hätte sowieso keine Rolle gespielt, denn Pete lachte sich in der Nähe kaputt, sein Handy in der Hand. Liz wusste, dass er mehr getan hatte, als nur zu sehen, wie sie ein anderes Nobody-Mitglied attackierte. Er hatte bestimmt ein Foto gemacht. Sie drehte ihm den Rücken zu. Mit ihm würde sie sich später befassen.

„*Du* bist also Hamish."

„Zu deinen Diensten."

Die rechte Hand zum Handschlag ausgestreckt, sah der Mann immer noch so aus, als hätte er nicht die Absicht aufzustehen. Liz ging ein paar Schritte weg und tat so, als hätte sie seine Hand nicht gesehen, während sie sich abklopfte.

„Warum liegst du am Boden, Kumpel?", fragte Meg und blieb dort stehen, wo er in den Büschen gewesen war. „Was ist das für ein Geräusch?"

„Das bin ich, der lacht." Petes Handy war weg und er sah Liz nicht an. „Du kannst froh sein, dass sie dich nur plattgemacht hat."

Vince kroch zwischen den Büschen hindurch und Meg hatte eine Taschenlampe hervorgeholt, die sie aus der Umhängetasche zog, die sie selten verließ, wenn sie nicht an ihrem Arbeitsplatz war. Sie hielt sie Pete hin.

„Warum sollte ich Carter unter ein Haus folgen? Weißt du, was da unten ist? Spinnen. Ratten. Spinnweben. *Vince*."

Meg drückte ihm die Taschenlampe in die Hand und er seufzte theatralisch.

„Soll ich auf dein Handy aufpassen?", bot Liz an.

„Nur gucken, Lizzie. Nur gucken."

Damit schlüpfte Pete viel leichter durch die Büsche als Vince.

Hamish stand endlich auf und prüfte, ob Gras oder Schmutz an seiner Hose klebte.

Meg streckte die Hand aus und schnippte ein Gänseblümchen von seiner Schulter. „Warum bist du hier?"

„Weil Liz und ich beschlossen haben, uns im ... Gras zu wälzen."

Es dauerte nicht lange, bis sich Liz eine Meinung über den Mann gebildet hatte.

„Du hast noch keine Waffe, oder?", fragte Meg an Liz gewandt. „Auch keinen Taser? Ein Taser wäre die angemessene Reaktion in welcher Situation auch immer gewesen. Oder zumindest sicherer für dich."

„Ist wahrscheinlich in jeder Situation für manche Leute so." Liz sprach direkt zu Hamish, ihr Blick war wieder zu dem ruhigen, kontrollierten Ausdruck zurückgekehrt, den sie jahrelang perfektioniert hatte.

Er lächelte breit. Liz richtete ihre Aufmerksamkeit auf das, was unter Lyndalls Haus vor sich ging.

„Vince? Was passiert da?"

Liz schaltete das Licht ihres Handys ein und kletterte hinterher.

Vince war auf dem Rückweg, aber Pete war weit von ihm entfernt, die Taschenlampe bewegte sich hin und her. Es gab nicht genug Platz zum Stehen, aber eine Person konnte sich vorsichtig bewegen, wobei die Säulen, die das Haus stützten, und ein Labyrinth aus Rohren und Kabeln zu berücksichtigen waren. War Lyndall hier unten?

„Hab ... gefunden ...", Vince war fast außer Atem. Er war nicht mehr so fit wie zu seiner Zeit bei der Polizei und Liz kroch ihm entgegen. „Mutterkatze." Er hielt an und deutete auf den oberen Teil seines Hemdes. Schnurrhaare und dann eine Nase und Augen tauchten auf. „Muss schreckliche Angst gehabt und sich hier unten versteckt haben."

Als Melanie zum ersten Mal bei Vince eingezogen war, hatte Lyndall ihr ein Kätzchen aus einem jungen Wurf geschenkt. Er war jetzt ein junger erwachsener Kater namens Robbie, und wenn seine Mutter einen Namen hatte, wusste ihn niemand. Lyndall nannte sie immer Mama oder Mutterkatze und sie war selten weit von Lyndall entfernt.

„Schaffst du es, mit ihr rauszukommen? Ich helfe Pete."

Vince antwortete nicht, sondern begann wieder zu kriechen, und als sie aneinander vorbeikamen, verschwand die Katze wieder unter seinem Hemd. So viel zu Vinces ständiger Behauptung, er sei kein Katzenmensch.

Pete saß im Schneidersitz, sein Handy über dem Gesicht, während er Fotos von der Unterseite des Hauses machte. „Der Panikraum ist hier oben. Sieh dir die Verstärkung an, Liz. Es würde eine Woche mit ein paar ausgeklügelten Werkzeugen dauern, um das alles durchzuschneiden."

Schätzungsweise war das Innere des Panikraums etwa vier mal vier Meter groß. Hier unten bedeckten massive Stahlplatten einen Bereich, der etwa einen Meter größer war, ringsherum. Sie waren vernietet und dann mit Stahlträgern überkreuzt, die alle von massiven Stützen getragen wurden, die tief in den Boden eingelassen zu sein schienen.

„Ich schätze, dass über den Platten noch mehr Schichten von etwas schwer zu Durchdringendem sind. Möglicherweise auch feuerfest, obwohl ich nicht weiß, ob das Haus selbst das ist." Er beendete das Fotografieren und sah Liz mit dem ernstesten Gesichtsausdruck an, den sie seit Langem gesehen hatte.

„Was denkst du?"

„Warum sollte jemand sein Haus so bauen? Ich verstehe es, wenn man der Chef eines Verbrechersyndikats ist oder eine Milliarde Dollar wert ist, aber das ist Lyndall nicht. Wenn ich sie nicht einen Mann aus lächerlicher Entfernung hätte erschießen sehen, würde ich denken, sie wäre einfach ein normaler, wenn auch exzentrischer Mensch."

„Was auch immer normal ist. Aber ich verstehe, worauf du hinauswillst. Und es muss eine Menge gekostet haben, das einzurichten, also war sie sehr ernst, was ihre persönliche Sicherheit angeht."

Pete ließ das Licht herumwandern, aber es gab nichts, was auf kürzliche Aktivitäten hindeutete, abgesehen von den Spuren, die Vince hinterlassen hatte.

„Ich konnte meinen Augen nicht trauen, als ich sah, wie du diesen nervigen Kerl auf den Rücken geworfen hast."

Toll. Jetzt sorge ich auch noch für deine Unterhaltung.

„Und hätte ich gewusst, dass er zu uns gehört, hätte ich mich zurückgehalten."

„Viel lustiger, dass du es nicht wusstest. Pass nur auf ihn auf. Er mag sich selbst zu sehr."

Liz machte sich auf den Rückweg. „Lösch einfach die verdammten Fotos."

Es kam keine Antwort und sie blickte zurück.

„Okay. Wenn du darauf bestehst."

„Was hast du getan?"

Er zuckte mit den Schultern und begann hinauszukriechen. „Könnte sein, dass ich versehentlich auf Senden gedrückt habe."

Es war gut, dass Ben Rossi gerade Kaffee machte, als er auf

Petes Nachricht klickte, das Geräusch der Maschine übertönte ein Kichern, das er unmöglich hätte unterdrücken können.

Arme Liz. Was für ein Start in deinen neuen Job.

Er hatte kein solches Mitgefühl für den Mann, der flach auf dem Boden lag, die Arme zu beiden Seiten festgehalten, während eine kontrollierte, gefährliche Ex-Detektivin mit Feuer in den Augen ihn zu Boden drückte. Liz war eine beeindruckende Kämpferin und Hamish täte gut daran, sich das zu merken.

Von allen im Team war Hamish die einzige Wahl, die Ben in Frage stellte.

Nicht am Anfang. Der Mann hatte jede Qualifikation, die Ben für das Team brauchte, und wurde von jemandem empfohlen, dem er vertraute. Aber sobald Hamish sich eingelebt hatte, was nur ein paar Tage dauerte, begann er, den meisten anderen auf die Nerven zu gehen. Besonders den Frauen. Früher oder später würde Ben ihn zur Ordnung rufen müssen, oder vielleicht würde er diese Aufgabe Liz überlassen.

Ben hatte durchaus die Absicht, Liz zu seiner Stellvertreterin zu machen, sobald sie die Chance gehabt hätte, wirklich zu begreifen, worum es bei Nobody ging. Ihm war nicht klar gewesen, wie schnell er sie an Bord und voll funktionsfähig brauchte, bis heute. Was für ein Weg, dem Team beizutreten. Sich mit Candaces kleinen Einstiegstests auseinandersetzen, ihre neuen Teammitglieder kennenlernen und dann gleich zu einem Fall ausrücken müssen. Sie hatte noch keine Waffen, nicht einmal ein richtiges Gespräch über den Grund für Nobodys Existenz.

Ich habe sie im Stich gelassen.

Die Kaffeemaschine gurgelte zum Stillstand und er steckte das Handy weg und trug seine Tasse in den Hauptraum.

Alle drängten sich um Annettes Schreibtisch und betrachteten das Foto, das Pete geschickt hatte.

„Ich würde daraus ein nettes Video für TikTok machen, wenn wir nicht verdeckt arbeiten würden", sagte Pheobe mit einem seltenen Grinsen im Gesicht.

„Lass das bloß Hamish nicht sehen, sonst will er eine vergrößerte Kopie davon", sagte Reuben. „Er wird stolz auf sich sein, dass er eine Frau dazu gebracht hat, sich auf ihn zu setzen, auch wenn sie ihn eigentlich verhaften wollte. Der Depp muss sich wie ein Eindringling verhalten haben."

„Ach, ich finde es irgendwie süß", meinte Annette. „In Liebesromanen nennt man das einen Meet-Cute."

„Na ja, er ist nicht süß, und ich würde Liz nicht in einer dunklen Gasse begegnen wollen, wenn ich böse Absichten hätte." Reuben drehte sich um und als er Ben sah, verdrehte er die Augen. „Hast du es schon gesehen, Chef?"

Die anderen zerstreuten sich, außer Annette, die das Handy mit dem Display nach unten auf ihren Arbeitsplatz legte. Ben ignorierte das alles. Seiner Erfahrung nach waren intelligente Erwachsene im Allgemeinen in der Lage, sich selbst zu sortieren, und er hatte klar gemacht, dass er eine offene Tür für alle Probleme hatte, egal wie klein. Er blieb am zentralen Tisch stehen.

„Updates bitte."

Alle versammelten sich.

Reuben tippte auf die Mitte des Tisches und ein Vollbildschirm erschien. „Der Satellit hat Pete entlang des unteren Grats hinter Lyndalls Grundstück entdeckt. Wir sollten innerhalb einer Stunde einige klare Bilder des Geländes zwischen dort und der Hauptstraße haben."

„Kann er in den Busch sehen?", fragte Pheobe. „Ich meine, wenn diese Dame sich versteckt oder... so was, könnte er sie finden?"

„Wir hätten Glück, sie ohne Koordinaten zu entdecken, aber ich bin gerade dabei, mit den Drohnen dorthin zu fliegen. Sofern das für dich in Ordnung ist, Ben?"

„Ja, sobald wir hier fertig sind. Phoebe?"

„Oh. Ich. Okay. Ich arbeite an dem Aspekt der berühmten Künstlerin." Ihre Augen huschten nervös umher. „Ich habe einige Kontakte in der Kunstwelt... hoffe, es war okay, vorsichtig

Kontakt aufzunehmen. Ich dachte, ich könnte eine Sendung über Kunstdiebstähle und Skandale aus der Vergangenheit machen und sehen, ob dabei etwas Ungewöhnliches auftaucht. Sagen wir, eine international bekannte Künstlerin, die plötzlich aus dem Rampenlicht verschwindet."

Die Wahl von Pheobe mochte ein Wagnis gewesen sein, aber wenn das ihre Denkweise war, dann war Ben froh, dass er es eingegangen war. „Guter Gedanke, Pheobe. Sobald du einige Pläne hast, sprich mit mir und wir gehen durch, was sich zur Ausstrahlung eignet. Aber mir gefällt dieser Ansatz."

Ihr Lächeln war klein, aber sie sah ihm für einen Moment in die Augen und sie zeigten ihre Erleichterung.

„Annette, ich habe die Kisten reinkommen sehen. Schon etwas... ich weiß, ich erwarte viel in kurzer Zeit."

„Dann ist es gut, dass ich nichts mehr liebe, als Geheimnisse zu lösen und mich in Beweiskisten zurechtzufinden. Es gibt wirklich nicht viele Informationen, aber ich bin dabei, eine Zusammenfassung zu schreiben. Sollte in weniger als einer Stunde fertig sein. Es sei denn, Pete schickt mehr Fotos."

Ein Kichern ging durch den Raum und Ben konnte nicht anders als zu lächeln. „Ich weiß, es war amüsant, aber was auch immer da draußen passiert ist, könnte beide Beamte in Verlegenheit gebracht haben, also lasst uns weitermachen. Okay?" Er sah in die Runde, bis jeder nickte. „Danke. Und Candace."

„Besteht die Möglichkeit, dass ich mich mit Vince Carter treffe? Man lebt nicht über zwanzig Jahre neben jemandem, ohne Wissen aufzuschnappen, auch wenn vieles davon unwichtig erscheint. Idealerweise wäre ein Gespräch mit Melanie perfekt, aber aus früheren Unterhaltungen mit Liz denke ich, dass sie die beste Person für diesen Job ist. Vielleicht kann ich aber zuschauen."

Candace war seit Jahren eine Freundin für Ben. Es herrschte ein Vertrauen zwischen ihnen, das er in diesem Team nur mit Liz und zur Not mit Pete teilte. Die Tatsache, dass sie ihre Praxis –

eine florierende Praxis – aufgegeben hatte, um sich der Operation Nobody anzuschließen, war ein Geschenk.

Ben blickte um den Tisch und sah gute Menschen. Kluge, innovative Denker, die auch ihr Handwerk verstanden. Ihr Leiter zu sein, war demütigend. Heute sollte es nicht so laufen, aber Liz würde es so gut wie möglich managen und dann könnte ihre Ausbildung beginnen. Diese neue Initiative war gut auf dem Weg.

SIEBEN

Liz ließ Pete, Hamish und Meg ihre Arbeit in Lyndalls Haus fortsetzen und ging mit Vince zum Cottage. Er hatte die Katze immer noch in sein Hemd gesteckt, was lustig war, wenn sie gelegentlich miaute oder über die Knöpfe hinweglugte.

„Wie kann ich helfen? Ich hab schon eine grundlegende Durchsuchung von Lyndalls Grundstück gemacht, aber vielleicht das Buschland ... sogar bis hinter mein Grundstück."

„Wenn du dein Grundstück absuchen könntest, wäre das eine große Hilfe. Aber bring dich nicht in Gefahr, denn ich weiß, dass einiges von dem Land hinter dem Obstgarten ziemlich felsig ist."

„Es fühlt sich einfach an, als würde nichts passieren." Vince blieb an einem Tor im Zaun auf seiner Seite der Einfahrt stehen und blickte zurück zu Lyndalls Haus. „Ich weiß, McNamara ist entlang des Grats herumgelaufen und Meg macht ihre Arbeit, aber ..."

Liz legte ihre Hand auf seinen Arm. „Es *passiert* etwas hinter den Kulissen. Ben wird mehr Leute hierher bringen und wenn das wie etwas aussieht, das zu groß für uns ist, dann wird die reguläre Polizei eingeschaltet. Einer aus unserem Team bringt gerade Drohnen her und von dem, was mir gesagt wurde, sind diese besser als alles, was sogar das Militär hat."

Vince nickte, öffnete das Tor und bedeutete Liz, voranzugehen. Immer der Gentleman. Von der Koppel her wieherte Apple zur Begrüßung.

„Sie sieht gut aus, Vince."

„Keine Ahnung, wie alt sie ist, aber Melanie hat ihr neuen Lebensmut gegeben. Ich glaube, sie erinnert sich daran, wie sie vor all der Zeit mit Susie ausgeritten ist."

Melanie hat dir neuen Lebensmut gegeben, mein Freund.

Die Ankunft seiner achtjährigen Enkelin in seinem Leben, nach dem schockierenden Tod beider Eltern, einschließlich seiner geliebten Susie, hatte ihn allmählich von einem zurückgezogenen und verbitterten Mann in einen verwandelt, der seine Welt wieder genoss. Zumindest mehr als zuvor.

Im Cottage angekommen, nahm Vince vorsichtig die Katze aus seinem Hemd und sie lief davon, kehrte eine Minute später mit Robbie zurück. Sie jagten einander eine Minute lang und verschwanden dann in einem anderen Raum, während Vince seinen Wasserkocher anstellte. Liz ging auf einen Rundgang, während das Wasser kochte. Letztes Jahr war das alte Cottage, das jahrzehntelang hier gestanden hatte, durch ein Feuer zerstört worden, und der Ersatz war nicht nur größer, sondern auch gut konzipiert mit modernen Elementen wie Sonnenkollektoren und ordentlicher Heizung. Früher hatte es einen Kamin im Wohnzimmer gegeben und sonst nichts, um den Ort während der berüchtigten kalten Winter warm zu halten.

An den Wänden hingen viele Bilder und ein Bücherregal war gefüllt mit Büchern, alten und neuen. Bunte Kissen waren auf einem gemütlich aussehenden Sofa verstreut und der Ort fühlte sich sowohl geliebt als auch bewohnt an.

Gut für dich, Vince. Und Melanie.

Zurück in der Küche hatte Vince zwei Tassen dampfenden Kaffee auf den Tisch gestellt und legte gerade Kekse von einer Packung auf einen Teller.

„Setz dich. Trink", sagte er.

„Ich sehne mich nach Kaffee." Liz zog einen Stuhl heraus. „Tut mir leid wegen vorhin. Ich wollte nicht so davonlaufen und alle erschrecken."

Vince setzte sich zu ihr an den Tisch und grinste. „Meg und ich haben vielleicht nichts gesagt, aber wir haben beide gesehen, wie ihr zwei den Hügel hinuntergerollt seid, mit fliegenden Armen und Beinen, und du am Ende die volle Kontrolle über die Situation hattest. Und das ist einer aus deinem neuen Team?"

„Anscheinend. Der einzige, den ich heute Morgen nicht getroffen habe, und jetzt bin ich mir nicht sicher, ob ich mir einen Feind gemacht habe oder einen ..." Es lohnte sich nicht, darüber nachzudenken.

Vince hatte keine solchen Vorbehalte. „So wie er dich angeschaut hat, glaube ich, es ist nur eine Frage der Zeit, bis er mit dir ausgehen will. Ein richtiges Date, ohne Hügel und Gras dabei."

„Hamish wird enttäuscht sein, wenn er denkt, ich wäre sein Typ."

Er ist definitiv nicht meiner.

Ihr alter Partner starrte sie ein wenig zu intensiv an, als dass es ihr gefiel. Er war schon so lange ein Freund und normalerweise respektierte er ihr Privatleben – wie sie seines, abgesehen von Zeiten wie diesen, wenn jemand, der ihm nahestand, in Gefahr war.

„Du und Lyndall? Immer noch nur Freunde?"

Vince verschluckte sich an einem Schluck Kaffee, den er gerade getrunken hatte, und brauchte eine Minute, um etwas Küchenpapier zu holen und sein Hemd trocken zu tupfen.

„Es tut mir leid, dass ich frage. Wir müssen Lyndall finden und sicher ist es besser, ich frage als Pete?"

„Oh, lass uns nicht mit diesem Arschloch anfangen."

„Deine Entscheidung."

„Versuch gar nicht erst, deine umgekehrte Psychologie-Scheiße bei mir anzuwenden, Elizabeth. Wie auch immer,

Lyndall ist das, was zählt, also werde ich so gut antworten, wie ich kann, und was diese Frage angeht? Ja und nein." Zufrieden, dass er sein Hemd getrocknet hatte, knüllte Vince das Küchenpapier zu einem Ball zusammen. „Wir sorgen uns umeinander. Sie ist ein anständiger Mensch. Liebt Melanie. Akzeptiert mich. Tut Gutes, wo sie kann, was viel mehr ist als die meisten Menschen."

„Manche glückliche Ehen sind auf weit weniger aufgebaut." Liz trank endlich einen Schluck Kaffee und genoss die großzügige Art, wie Vince ihn zubereitete.

„Werde nicht heiraten. Hab das einmal gemacht. Ich werde mich nicht in die Lage bringen, eine weitere Ehefrau zu begraben. Außerdem würde Lyndall nie zustimmen. Viel zu viel Schmerz in ihrer Vergangenheit."

Liz lehnte sich ein wenig vor. „Wodurch?"

„Ich habe keine Details."

„Dann sag mir, was du weißt."

Es brauchte noch ein paar Schlucke Kaffee, bevor Vince nickte. „Sie sagte einmal, sie wüsste alles über Menschen mit bösen Absichten. Verstünde, wie es ist, geliebte Menschen zu verlieren. Und sein Leben hinter sich lassen zu müssen. Das war letztes Jahr und es ist nie wieder ein Wort über ihre Vergangenheit gefallen ... nun, nur um die Zeit, als wir die Waffenkiste bewegt haben."

„War das, als sie dir den Code für den Raum gegeben hat?"

„Ja. Wir hatten die Kiste bewegt und gesichert. Jemanden kommen lassen, um den Knopf einzurichten, weil er nicht funktionierte." Er runzelte die Stirn, tiefe Falten zerfurchten seine Stirn. „Lass mich das durchdenken... der Knopf war immer in der Kiste und als sie in der Nacht, als sie den Mann erschoss, der versuchte, Melanie zu töten, ihr Gewehr holte, erinnert sie sich, ihn gedrückt zu haben. Aber niemand von ihrer Sicherheitsfirma kam und als sie das hinterfragte, wurde ihr gesagt, es hätte sie nicht alarmiert."

„Okay, also kam jemand und richtete ihn im Panikraum ein. Von der Sicherheitsfirma?"

Er konzentrierte sich auf seinen Kaffee, während er in seinen Erinnerungen kramte. Liz kannte diesen Blick. Vince war kein großer Redner und zog es vor, seine Fakten zu ordnen, bevor er viel sagte. Sie nahm sich einen Keks und knabberte daran.

„All diese Informationen werden in ihrem Aktenschrank in ihrem Arbeitszimmer sein. Lyndall hat Quittungen und dergleichen aufbewahrt. Ich kann den Mann beschreiben, aber der Name der Firma auf seinem Oberteil fällt mir leider nicht mehr ein. Er war etwa eine halbe Stunde da, und Lyndall ließ ihn nicht aus den Augen. Sie machte einen Testlauf, bei dem sie den Knopf drückte, was dazu führte, dass sie innerhalb von Sekunden einen Anruf von der Sicherheitsfirma erhielt."

Liz' Handy piepste mit einer Nachricht und sie warf einen Blick darauf. Ben, der wollte, dass sie anruft.

„Also hat das funktioniert. Und sie hat dir den Code gegeben?"

„Meinen eigenen Code, nicht ihren. Es hat sie beunruhigt, dass sie Melanie in den Panikraum gebracht hatte, bevor sie kam, um mich zu suchen. Als einzige Person, die einen Code hatte, hätte es lange dauern können, bis wir herausgefunden hätten, wo Mel war, wenn ihr etwas zugestoßen wäre... die vielleicht herausgefunden hätte, wie man rauskommt, oder auch nicht. Ich war ihr Notfallplan und ich habe mich als verdammt schlechter erwiesen." Er stemmte sich auf die Füße und stand am Spülbecken, beide Hände umklammerten den Rand.

„Hey. Das ist ein Haufen Unsinn und ich brauche deine Hilfe, anstatt dass du dir selbst die Schuld dafür gibst." Liz brachte ihre Kaffeetasse rüber und stellte sich neben ihn. „Meine ersten Gedanken? Das ist jemand aus Lyndalls Vergangenheit. Ein hochqualifizierter Profi, der vielleicht Wochen oder Monate damit verbracht hat, ihre Entführung zu planen - vorausgesetzt, sie ist nicht freiwillig mitgegangen."

Vinces Kopf schoss herum, aber er hielt seinen Mund geschlossen. Sie wussten beide, dass sie nicht freiwillig gegangen wäre.

Es sei denn, es war, um dich und Mel zu schützen.

„So oder so, sie wollten nur sie. Nicht die Komplikationen, dass plötzlich andere Leute auftauchen."

Sie hatte zu viel gesagt. Seine Augen verengten sich und Liz war sicher, dass er jetzt alle Anzeichen von Eindringlingen oder am Straßenrand geparkten Autos oder irgendetwas, das auf eine mögliche Überwachung hindeuten könnte, noch einmal durchgehen würde. Wenn ihm etwas einfallen würde, wäre das hilfreich, aber sie wollte auch nicht, dass er bei jedem Schatten zusammenzuckt.

„Gab es noch etwas anderes, das sie gesagt hat? Auch der kleinste Kommentar, der jetzt Sinn ergeben könnte?"

„Lass mich eine Weile nachdenken, Liz. Ich werde alles aufschreiben und dich anrufen."

„Ich werde Lyndall finden, okay? Wir werden alle daran arbeiten, sie nach Hause zu bringen."

Liz rief Ben an, während sie die Auffahrt hochging. Die Handvoll Kühe auf der vorderen Weide warfen ihr einen hoffnungsvollen Blick zu, kehrten aber schnell zum Grasen zurück. Vince würde sich um sie und die Esel kümmern. Und die Mutterkatze.

„Alles okay, Liz?", fragte Ben etwas vorsichtig.

„Ich gehe gerade zurück zu Lyndalls Haus, nachdem ich mit Vince in seinem gesprochen habe. Tut mir leid, dass ich nicht früher geantwortet habe. Oder rangegangen bin... beide Male."

„Ich sehe, du hast Hamish kennengelernt."

„Ich werde Pete körperlichen Schaden zufügen, Chef. Entschuldigung im Voraus."

Das Lachen am anderen Ende der Leitung versicherte Liz, dass Ben auf ihrer Seite war. Nicht, dass sie Pete tatsächlich verletzen würde... nun, zumindest nicht absichtlich. Vielleicht.

„Also haben alle das Foto gesehen?"

„Ja, haben sie."

„Hamish sah verdächtig aus. Er kroch unter dem Haus herum und ich hatte keine Ahnung, wer er war, keine Waffe, um meiner Aufforderung aufzustehen Nachdruck zu verleihen, und-"

„Und Liz, du bist gerade ein Superstar in den Augen des Teams, also hör auf, dich zu rechtfertigen. Weiß Vince etwas Wertvolles?"

Liz ging die wichtigsten Teile dessen durch, was sie erfahren hatte. „Ich werde jetzt das Haus und besonders alle Unterlagen durchsuchen. Soll ich alles für Annette mitbringen?"

„Gute Idee. Reuben sollte in Kürze dort eintreffen. Er und Hamish werden wahrscheinlich die Drohnensuche übernehmen, also überlass ihnen das. Ich habe gerade mit Pete gesprochen und er verfolgt ein halbes Dutzend Spuren."

Am oberen Ende der Auffahrt hielt Liz einen Moment inne und blickte zurück zur Straße. Vince ging am vorderen Zaun seines eigenen Grundstücks entlang. Bis Melanie in ein paar Stunden zu Hause war, war es das Beste für ihn, beschäftigt zu bleiben, und die Überprüfung seines eigenen Grundstücks würde ihn beruhigen, dass Lyndall sich nicht irgendwo versteckt hatte, vielleicht verletzt. Es gab keinen Grund, warum sie sich sonst nicht aus ihrem Versteck gemeldet hätte, und der Gedanke jagte Liz einen Schauer über den Rücken.

Vielleicht sollte ich ihm bei der Suche helfen.

„Candace würde gerne mit Vince sprechen. Und Melanie."

„Viel Glück damit. Er wird mit Candace sprechen, wenn du es ihm sagst, aber er hat eine starke Abneigung gegen das, was er Seelenklempner nennt."

„Dann lassen wir das vorerst. Und Liz?"

Sie begann wieder zu gehen.

„Ich wünschte, dein erster Tag wäre anders verlaufen."

Ich auch, Chef. Ich auch.

„Ich wollte dir nur Bescheid geben, dass die nächste Person, die am Haus vorbeigeht, einer von uns ist", rief Hamish von der hinteren Veranda. Niemand außer Meg, Pete und Liz durfte vorerst ins Haus. „Aber ich mache mir keine Sorgen, weil Reuben bei weitem nicht so gut aussehend oder interessant ist wie ich und du dich nicht damit aufhalten würdest, ihn anzuspringen."

Meg war am nächsten und schob die Glastür zu, um ihn mit einem strengen „Arbeite lieber, anstatt dich wie ein liebeskranker Teenager zu benehmen" auszusperren.

Liz schaffte es, nicht über den Ausdruck gespielter Empörung zu lachen, der schnell durch einen Schmollmund ersetzt wurde, aber er drehte sich um und verschwand von der Veranda, vermutlich um sich mit Reuben zu treffen. Sie hatte nicht vor, irgendjemanden anzuspringen, und er musste sich zusammenreißen.

Sie kehrte dazu zurück, Ordner und große Umschläge aus Lyndalls Aktenschrank in Beweiskisten zu übertragen. Jeden öffnete sie und überflog ihn in der Hoffnung, ein Schnipsel Information über die Vergangenheit der Frau zu finden. Fast alles waren bezahlte Rechnungen für den normalen Alltag eines Hauses und Grundstücks. Viehfutter. Maschinenreparaturen und -käufe. Quittungen für Spenden an verschiedene Tierheime. Es gab Akten über jeden der Esel sowie eine allgemeinere für die Kühe. Bezahlte Tierarztrechnungen. Versicherungen. Nichts Seltsames oder Außergewöhnliches.

Aber in der untersten Schublade ganz hinten befand sich eine Akte mit der Beschriftung „alte Quittungen". Liz erwartete genau das und warf nur einen flüchtigen Blick darauf, stand dann plötzlich auf und trug die Akte zur Küchentheke. Es war ein dicker Ordner mit versiegelten Umschlägen, von denen keiner beschriftet war – im Gegensatz zum restlichen Inhalt des Aktenschranks. Was sie dazu brachte, noch einmal hinzuschauen, war eine teilweise eingerissene Ecke eines überfüllten gelben Umschlags, die Papier enthüllte, das genau wie Fotopapier aussah.

Sie fand ein scharfes Messer und fuhr damit vorsichtig unter die versiegelte Lasche, um sie anzuheben.

Es waren Fotos.

Viele davon, in verschiedenen Größen und aus verschiedenen Jahrzehnten.

Liz legte sie behutsam nebeneinander. Bilder von einer Hochzeit und Babys und Kindern. Viele von einem lächelnden jungen Mann. Einige mit einer jungen Frau, die wie Lyndall aussah. Häuser und Urlaubsschnappschüsse und Fotos von Kunstwerken und Galerien und Bergen und Booten. Viele waren offensichtlich nicht in Australien aufgenommen worden, mit Hintergründen europäischer Wahrzeichen.

„Meg? Wenn du mal eine Minute hast, könntest du dir das hier ansehen?"

„Ich bin fertig. Was hast du gefunden?" Meg gesellte sich zu ihr. „Oh ... die sind fantastisch. Jetzt kann ich wirklich auf die Suche nach Lyndall gehen."

Es gab mehrere Bilder, die Liz aussortierte. „Das ist definitiv Lyndall. Sie muss in ihren Zwanzigern gewesen sein, aber diese Augen sind unverkennbar. Und dieses hier? Mit dem Gemälde ... das wird sicher helfen. Und hier."

Meg nickte. „Das wird einen Unterschied machen, Liz. Ich gehe wohl besser zur Basis zurück und nehme sie mit, wenn das okay ist, denn damit werde ich ihre Geschichte herausfinden."

ACHT

Das Schaukeln des Bootes weckte Lyndall. Mit geschlossenen Augenlidern lauschte sie und nutzte ihre anderen Sinne, um sich einen Überblick zu verschaffen. Unter ihrem Körper befanden sich harte Bretter, ihre Fußgelenke waren zusammengebunden und die Handgelenke vor ihrem Körper gefesselt. Sie lag auf ihrer rechten Seite, die Beine leicht angewinkelt, den Kopf auf etwas, das geringfügig weicher als die Bretter war, aber nach Fisch stank. Sie war mit einer Decke zugedeckt.

Man hatte ihr etwas verabreicht. Ihr Verstand war benebelt.

Marcus. In meinem Haus.

Mehr noch. Er hatte in ihrem Panikraum auf sie gewartet.

Wenn er sich rächen wollte, wäre sie sicher tot. Es war eine geplante Entführung. Er hatte sie zu den Eseln gelockt, um ins Haus zu kommen. Schade, dass sie nicht etwas länger draußen geblieben war, um seine Schläger zu sehen.

Sie öffnete die Lider ein wenig, dann ganz. Es war nicht Nacht, aber sie war im Schatten. Ein Motor brummte, und als sich ihre Augen schärften, erkannte Lyndall, dass sie sich im Rumpf eines Bootes befand. Zu ihren Füßen führte eine kurze Treppe nach oben. Und sie war allein.

Lyndall rutschte herum, bis sie aufrecht sitzen konnte, und

sah sich um. Das Nötigste für eine Nacht war da: eine Toilette hinter einer Tür, die sich mit den Bewegungen des Bootes öffnete und schloss, ein tragbarer Herd und ein paar Campingbetten. Wahrscheinlich war es bald reif für den Schrottplatz und würde in den meisten Gewässern nicht auffallen. Alle schauten auf die schicken Yachten, aber nicht auf die schäbigen alten Boote.

Wohin bringst du mich?

Das letzte Mal hatte sie Marcus vor mehr als dreißig Jahren gesehen, durch das Zielfernrohr ihres Gewehrs. Aber sie hatte seine Stimme und dann sein Gesicht wiedererkannt. Das Altern veränderte nicht die Substanz eines Menschen – nicht bei seiner Sorte. Man hatte ihr die Wahl gelassen, entweder ohne Aufhebens mit seinen Männern zu gehen oder an Ort und Stelle betäubt und weggetragen zu werden. Vielleicht wäre die zweite Option besser gewesen. Es hätte es ihnen schwer gemacht. Möglicherweise hätte sie DNA-Spuren hinterlassen, wenn es ihr gelungen wäre, Blut zu vergießen. Aber was, wenn Vince gestört worden wäre und nachgesehen hätte? Sie hatte letztes Jahr nicht einen Mann erschossen, um Vince zu schützen, nur um ihn jetzt wegen ihrer schrecklichen Vergangenheit zu verlieren.

Sie war ohne Widerstand mitgegangen. Marcus hatte ihr Ersatzhandy in seine Tasche gesteckt und das Gewehr, das er sich genommen hatte, zurückgelegt. Sie tat so, als würde sie sich in der Tür noch einmal umdrehen, was ihr gerade genug Zeit gab, um zu verhindern, dass die Tür sich verriegelte. Irgendwie würde es Vince alarmieren, wenn er merkte, dass sie sich nicht um die Tiere kümmerte. Je früher er Hilfe holte, desto besser standen die Chancen, dass man sie finden würde.

Außer, dass sie mich nicht finden werden. Nicht mit Marcus am Ruder.

Lyndall kam der Gedanke, dass dies durchaus eine Einwegfahrt auf dem Boot sein könnte. Er hatte genügend Gründe, sie tot sehen zu wollen, aber das war nicht sein Stil. Nein, er brachte sie an einen ruhigen Ort.

Schritte dröhnten über ihrem Kopf, dann erschienen Stiefel auf der Treppe.

Alles, was sie hatte, waren ihr Verstand und das Wissen, das sie aus früherer Beteiligung an ihm und seinen Oberen gespeichert hatte. Ihretwegen hatte sie alles und jeden verloren, den sie liebte, und das Schlimmste war, dass sie sich freiwillig in den Schoß gefährlicher Killer begeben hatte.

Und jetzt werde ich einen Weg finden, das zu rächen, was sie getan haben.

NEUN

Pete wurde schnell müde davon, Reuben und Hamish dabei zuzusehen, wie sie darüber diskutierten, wer welche Rolle bei den Drohnen übernehmen würde. Es war offensichtlich, dass Reuben der Experte war, und als Pete wegging, hatte er endlich die Führung übernommen.

Er verstand, warum der ehemalige Geheimdienstmitarbeiter im Team war, war aber weniger überzeugt von Hamish. Der Mann war ein bisschen nervig. Eine Ablenkung mit seinen dummen Kommentaren, und wie der heutige Zusammenstoß mit Liz gezeigt hatte, konnte er sich vielleicht körperlich nicht behaupten. Doch Ben sah offensichtlich etwas in ihm.

Pete beschloss, dass es keine gute Nutzung seiner Zeit war, sich jetzt darüber Gedanken zu machen, und machte sich auf die Suche nach Vince, der irgendwo auf seinem Grundstück eine physische Suche durchführte. Er hatte etwa dreißig Hektar, und abgesehen von der flachen Fläche um das Cottage und die Pony-koppel herum war der Rest steil, felsig und gefährlich. Vor nicht allzu langer Zeit wäre es ihm egal gewesen, wenn der Mann von einer Klippe gefallen wäre, aber es hatte eine subtile Veränderung gegeben, nachdem er letztes Jahr Vinces Leben gerettet hatte. Nachdem er und Lyndall sein Leben gerettet hatten.

Und Lyndall ist im Moment alles, was zählt.

Er fand Vince im Obstgarten. Er stand in der Nähe eines großen Obstbaums, eine Hand am Stamm und die Augen geschlossen. Dies war nahe der Stelle, wo er von dem Mann angegriffen worden war, der viele Male getötet und gerade Vinces Cottage in Brand gesetzt hatte.

„Bist du das, Arschloch?"

„Nur noch ein Geist aus deiner Vergangenheit."

„Was? Um mich zu verfolgen." Vince drehte sich um. „Diese Nacht? Ich kam hierher, um dieses Monster von Melanie wegzulocken und ihr eine Chance zu geben, zu Lyndall und in Sicherheit zu kommen. Und ich war erledigt. Keine Waffen. Nicht mehr schnell genug, um ihm davonzulaufen."

Pete hatte das schon einmal gehört, aber es wurde nie alt.

„Dieser Obstgarten war vernachlässigt. Susie und ich haben ihn gepflanzt, als sie ein Kind war, und über die Jahre habe ich hier kaum etwas getan. Sie kam und pflückte, was die Vögel und Possums übrig ließen, und machte daraus Kuchen und Marmeladen und so." Vince lächelte vor sich hin. „Sie kam nach ihrer Mutter in dieser Hinsicht. Aber in dieser Nacht war ich am Ende. Kein Atem mehr in mir. Bis Susie zu mir sprach und mir sagte, ich solle weitermachen. Ich schwöre, ich konnte sie fast berühren, dann sah ich einen herausragenden Ast und hängte meine Jacke daran auf. Nahm ein solides Stück Holz als Waffe. Sie rettete mein Leben."

„Lyndall tat es. Ich tat es. Und du tatest es, Kumpel. Susie war da, um dich an Fähigkeiten zu erinnern, die du aufgegeben hattest. Ja?"

„Vielleicht. Ich muss Lyndall finden."

„Ich bezweifle, dass sie irgendwo in der Nähe ist. Aber wir werden trotzdem suchen."

Beide schauten auf, als ein Schatten über sie hinwegflog. Eine der Drohnen schwebte, bevor sie zur Seite kippte und davonschoss. Reuben ließ sie wissen, dass sie aktiv waren.

„Liz sagte, es würde Drohnen geben. Gute."

„Modernste", sagte Pete. „Sollen wir laufen?"

Gemeinsam überprüften sie schnell die Gegend, die hauptsächlich aus Obstbäumen bestand und das Cottage überblickte. Es gab einen schmalen Pfad, der zu einem Grat führte.

„Susie pflegte Apple hier hoch und durch den ganzen Busch zu reiten. Fühlte sich damals sicher an." Vince keuchte und sie waren noch nicht weit gegangen. „Sind diese Drohnen gut genug, um durch die Vegetation zu sehen?"

„Das sind sie. Die Bediener arbeiten an einem Raster mit je einer Drohne und werden dann überkreuzen und erneut suchen. Wärmesignaturen werden als Erstes angezeigt. Und Bewegung."

Vince hielt an. „Ich verschwende dann wohl unser beider Zeit."

„Also, wer lebte zuerst hier? Du oder Lyndall?"

Sie drehten um und gingen in Richtung Auffahrt.

„Marion erbte dieses Land von ihrer Tante, etwa zu der Zeit, als Susie zur Welt kam, und wir mochten die Idee, hier draußen zu leben. Das Cottage war schon alt und Lyndalls Grundstück waren nur Weiden. Ein paar Jahre später wurden die Grenzzäune fast über Nacht aufgestellt und es gab Bagger und Lärm und monatelange Bauarbeiten. Als das Haus fertig war, stand es wochenlang leer und dann zog Lyndall ohne viel Aufhebens ein. Ich bezweifle, dass sie überhaupt vorbeigekommen wäre, um Hallo zu sagen, aber Marion ging mit einer Lasagne und ihrer freundlichen Seele zu ihr rauf und sie wurden Freundinnen."

„Glaubst du, Marion wusste etwas über Lyndalls Vergangenheit?"

„Wenn ja, war es ihr Geheimnis."

Marion war vor vielen Jahren gestorben und hatte Vince allein gelassen, um ihre junge Tochter großzuziehen. Und jetzt wiederholte sich die Geschichte mit Susies Kind. Es war eine traurige Geschichte.

Sie waren an der Auffahrt. Vince blickte auf das große Haus auf dem Hügel. Von hier aus sah nichts ungewöhnlich aus.

„Was jetzt, McNamara?"

„Meg ist zum Hauptquartier zurückgekehrt, um einer Spur nachzugehen. Liz wird im Haus fertig und dann gehen wir zurück für ein weiteres Briefing. Die beiden Drohnenbediener werden so lange bleiben, wie sie müssen, aber Ben schickt private Sicherheitskräfte rauf, um das Haus zu schützen. Und er wird ihnen mitteilen, dass du Zugangsrecht hast, um das Vieh zu füttern und so, aber vielleicht bleib aus dem Haus raus."

„Bring sie einfach nach Hause."

Zum ersten Mal allein im Haus, richtete Liz ihre Aufmerksamkeit auf die Dinge, die bei einer vorläufigen Untersuchung übersehen werden könnten. Kleine Berührungen, die eine Person ihrem Zuhause gibt, können viel über sie verraten. Einschließlich der Kunstwerke.

Es gab kein Atelier und keine Anzeichen einer Staffelei und Farben und Pinsel. Malte Lyndall also noch?

Liz hatte viele Zeichnungen gesehen, die Lyndall mit Melanie gemacht hatte, die oft darauf bestand, dass sie sich mit demselben Blatt Papier abwechselten. Katzen, Esel, Kühe, Bäume, Blumen ... sogar Vince. Mel hatte das Zeichnen schon immer geliebt, und ihr Skizzenblock war eines der wenigen Dinge, die sie nach dem Verlust ihrer Eltern trösteten. Unter Lyndalls Anleitung wurde das kleine Mädchen selbstsicherer und strukturierter in ihren Skizzen, behielt aber den Hauch von Wunder bei, den nur ein kleines Kind in die Kunst einbringt.

Liz begann mit den Wohnzimmern und bemerkte den Mangel an Fotografien. Keine Familienporträts oder Schulfotos. Nichts von einer Hochzeit oder einem Jubiläum. Welche auch immer Lyndall hatte, waren in dem Umschlag in der Mappe, die Liz gefunden hatte.

Was ist mit deiner Familie passiert?

Es gab viele Gemälde. Im versenkten Wohnzimmer – das nur eine Wand hatte, der Rest waren Fenster auf den anderen Seiten eines Gehwegs, und der Raum zwischen ihm und der Küche – gab es drei. Alle waren in unterschiedlichen Stilen: ein Aquarell vom Meer, eine Öllandschaft und eine Kohlezeichnung von einem Esel. Diese musste Lyndalls Werk sein. Aber es gab keinen offensichtlichen Künstlernamen auf irgendeinem.

Das Esszimmer und der große Wintergarten waren ähnlich. Drei gerahmte Kunstwerke in jedem und eine ähnliche Mischung wie im Wohnzimmer, und jede Kohlezeichnung zeigte entweder ein Tier oder einen erkennbaren Teil des Grundstücks.

Liz wagte sich in die Schlafzimmer. Meg hatte die Aufgabe bekommen, nach Beweisen zu suchen, die sie verwenden konnte, und anders als bei den meisten Durchsuchungen, die Liz bei der Polizei erlebt hatte, hatte sie jeden Raum so verlassen, wie sie ihn vorgefunden hatte. Zwei Schlafzimmer waren für Gäste hergerichtet. Zwei waren leer, bis auf einen gemütlichen Sessel und einen Couchtisch, die so platziert waren, dass jemand, der sie benutzte, die hübsche Aussicht nach draußen genießen konnte. Und dann war da Lyndalls Zimmer.

Da Liz wusste, dass diese Frau äußerst zurückgezogen und stolz war, zögerte sie an der Tür. Aber Lyndall war gewaltsam aus ihrem sicheren Zuhause entführt worden. Daran hatte Liz keinen Zweifel. Hatte sie die Chance gehabt, irgendwelche Hinweise auf ihren Entführer zu hinterlassen? Die Tatsache, dass der Panikraum nicht verschlossen war, könnte einer sein, und sobald sie wieder in der Stadt wären, etwas, das beim nächsten Briefing zu berücksichtigen wäre. Für den Moment musste sie dies wie einen Tatort behandeln und nicht wie den intimen Raum einer Frau, die tiefe Geheimnisse bewahrte.

Das Schlafzimmer war ungefähr doppelt so groß wie die anderen, mit einem großen Ensuite und einem begehbaren Kleiderschrank. In Letzterem befanden sich Kleidungsstücke, die Liz überraschten. Mehrere Abendkleider, sogar eines mit Pailletten, alle in durchsichtigen Plastik-Kleiderbeuteln. Ein schwarzes Kleid war ganz am Ende, ebenfalls in Plastik und begleitet von schwarzen Schuhen und einem schwarzen Hut mit Schleier. Trauerkleidung. Dann eine Reihe von Kostümen, Bleistiftröcken, Hosen und passenden Jacken in einer Auswahl gedämpfter Farben. Wenn Liz es nicht besser wüsste, würde sie glauben,

Lyndall wäre eine Art Führungskraft oder zumindest mit einer assoziiert. Vielleicht nahm Liz zu viel an. Was, wenn Lyndall vor oder neben ihrer Kunst ein ganz anderes Leben geführt hatte?

Lyndalls Bett war Kingsize. Es gab kein Kopfteil, aber an der Wand hing ein riesiges Ölgemälde. Tatsächlich gab es drei Ölgemälde im Raum, jedes an einer anderen Wand, und Liz fragte sich, ob sie eine Geschichte erzählten.

„Lizzie? Ich bin bereit zurückzufahren."

Es klang, als wäre Pete im Küchenbereich.

„Zwei Minuten. Ich treffe dich draußen."

Nachdem sie eine Reihe von Fotos gemacht hatte, verließ Liz das Schlafzimmer.

Die Tür des Panikraums stand etwa fünfzehn Zentimeter offen, und vom Schlafzimmer aus betrachtet, hoben der Türrahmen und die Türkante ein langes, schmales Rechteck hervor, das eine Wand im Inneren umrahmte. Es war der einzige Teil der Wand, der nicht mit Monitoren oder anderen Geräten gefüllt war.

Warum es wichtig war, hatte Liz keine Ahnung, aber sie machte mehrere Fotos von dem, was sie vom Flur aus sehen konnte, ging dann in den Panikraum und machte weitere. Ein genauer Blick auf die Wand zeigte nichts Ungewöhnliches, und schließlich schüttelte sie den Kopf über sich selbst. Es gab keine Anzeichen eines Kampfes, nichts, was darauf hindeutete, dass jemand überhaupt im Raum gewesen war, außer dass Lyndall ihn aufgeschlossen hatte, aber daran gehindert wurde, hineinzugehen. Liz wurde verzweifelt nach Hinweisen und es war sinnlos, Zeit zu verschwenden, wo keine existierten.

Bevor sie zum Fahrzeug zurückkehrten, gingen Liz und Pete zur anderen Seite des Grundstücks, wo er die Spuren gefunden hatte.

Es war ruhig hier oben, abgesehen von dem fernen, leisen Summen der Drohnen und gelegentlichem Muhen von Rindern. Die Luft war klar ohne Wind und kein Wölkchen am Himmel, und von diesem Aussichtspunkt aus erstreckte sich der Blick über Lyndalls Weiden bis zur Straße und dann zum entfernten Grat auf der gegenüberliegenden Seite.

„Glaubst du, jemand war dort drüben und hat ihre Bewegungen beobachtet?", fragte Liz und zeigte in die Richtung.

„Es gibt ein paar Stellen, die ich in der Karten-App markiert habe, und das ist eine davon. Auch die Spitze des Hügels hinter Vinces Obstgarten ist ein guter Ort und einer, der relativ sicher für langfristige Überwachung wäre. Die Drohnen suchen auch nach potenziellen Verstecken, neben allem anderen."

Die Spuren waren tief genug, um anständige Reifenabdrücke zu bekommen, ebenso wie ein paar der Fußabdrücke. Pete hatte das Tor und die nächstgelegenen Spuren mit Stangen und Plastikband abgesperrt. Statt des Polizeiabsperrbandes, das sie erwartet hatte, stand hier *GEFAHR ZURÜCKBLEIBEN*, während es die gleichen Blau- und Weißtöne hatte.

„Kein Polizeiabsperrband", sagte sie.

Pete warf ihr einen Blick zu. „Wir sind es, aber wir sind es nicht."

„Na danke. Das ergibt perfekt Sinn."

Liz begann zurückzugehen und Pete holte auf.

„Beschissener Tag, um mit der Arbeit anzufangen, was? Kein Briefing. Keine Waffe. Kein Fahrzeugtraining. Aber ich habe dir einen anständigen Kaffee gemacht."

„Das hast du."

„Und ich mache dir noch einen. Eigentlich haben wir das Mittagessen verpasst und der Nachmittagstee ist überfällig."

„Ich brauche nicht, dass du mir Nachmittagstee machst, Pete."

„Nee. Wir halten bei Mäcces."

Das brachte sie zum Lachen.

Reuben winkte vom hinteren Teil des Hauses.

„Hör mal, Liz? Du musst mit Ben sprechen, um einen Überblick darüber zu bekommen, wie diese Einheit funktioniert, weil ich nichts über deinen Vertrag weiß, aber meiner war bei einigen Details recht vage, während er mich lebenslange Knechtschaft aller zukünftigen Enkelkinder schwören ließ, falls ich vertrauliche Klauseln brechen sollte. Sache ist, dass ich die Grundstruktur kannte, bevor ich zustimmte, an Bord zu kommen, und sie ist solide."

Während ich zu ausgebrannt und orientierungslos war nach dem Mist, den mein Vater abgezogen hatte, um mich wirklich darum zu kümmern.

„Ich bin hier, weil ich Ben vertraue und dir vertraue. Und wirf mir das Letztere niemals vor", sagte sie.

Er hielt den Mund, grinste aber immer noch, als sie auf Reuben trafen.

„Sicherheitsteam ist eingetroffen. Ich habe sie eingewiesen und gehe jetzt zurück zu den Drohnen."

„Schon etwas Interessantes?", fragte Liz, obwohl sie bereits ein Nein erwartete.

„Keine Anzeichen von Bewegung außer Kängurus und Rehe, die sich bewegen. Dasselbe bei den Wärmesignalen. Wir haben möglicherweise ein paar Stellen gefunden, die kürzlich zum Campen genutzt wurden, also werden wir uns die ansehen, sobald wir mit den Luftaufnahmen fertig sind."

Liz und Pete ließen ihn zurück, um sich wieder Hamish anzuschließen. Nachdem sie noch einmal überprüft hatten, dass das Haus abgeschlossen war, nahm Liz die Schlüssel für das Fahrzeug. „Muss es früher oder später fahren."

„In Ordnung. Ich zeige dir, wo die Lichter und Sirenen sind."

ZEHN

Liz hatte endlich ein paar Minuten Zeit, sich an ihrem Arbeitsplatz niederzulassen und Vince anzurufen, um einen Termin zu vereinbaren, um Melanie zu sehen.

„Ich hatte vergessen, dass sie heute nach der Schule Tanzunterricht hat. Ich hole sie um fünf ab, aber ehrlich gesagt weiß ich nicht, was ich ihr sagen soll."

„Über Lyndall?"

Armes Kind. Erst ihre Eltern weg und jetzt Lyndall verschwunden.

„Ich möchte nicht, dass sie Angst bekommt."

„Was hältst du davon, wenn ich dich im Cottage treffe und eine Freundin von mir mitbringe? Sie ist Teil dieses Teams und ist Psychologin und Profilerin. Sehr freundlich und sanft."

„Weiß nicht. Mel hat eine Therapeutin, die sie manchmal noch sieht."

„Candace würde aber nicht in offizieller Funktion handeln. Sie hat eine Art, Fragen zu stellen, die sich nicht aufdringlich oder beängstigend anfühlt. Es ist völlig deine Entscheidung, Vince, und wenn du es lieber alleine handhaben möchtest, sag es einfach."

Er brauchte eine Weile, um zu antworten, und Liz' Blick wanderte durch den Raum. Es gab Veränderungen seit ihrer

Ankunft heute Morgen. Anstelle von Whiteboards gab es jetzt durchsichtige Boards auf Rädern; zwei Stück. Eines stand hinter Meg, die regelmäßig aufsprang und etwas darauf schrieb. Das andere befand sich in einem Bereich nahe dem Tisch. Ein Tisch, der sich wie durch Zauberei in eine Art futuristischen Computer verwandelt hatte.

„Ist sechs zu spät?"

„Überhaupt nicht. Nur ich?"

„Bring deine Freundin mit."

Das war gut. Nicht, dass irgendetwas davon gut war, aber dass Vince Hilfe annahm, war etwas, woran er arbeitete.

„Irgendwas von den Drohnen? Ich höre sie ununterbrochen."

„Alles, was ich weiß, ist, dass sie ein paar Stellen identifiziert haben, die möglicherweise als Beobachtungspunkte genutzt wurden. Also wenn du jemanden hinter deinem Haus wandern siehst, bitte nicht auf sie schießen."

Vince lachte. „Solange es nicht dieser Idiot ist, sind sie sicher. Außerdem habe ich keine Waffen auf meinem Grundstück."

„Bis später."

Liz stand auf und drehte sich um, fast direkt in Annette hinein, die nur etwa einen Meter hinter ihrem Stuhl stand. Wie hatte sie sie nicht bemerkt?

„Oh, Entschuldigung, Liz! Ich wollte nur fragen, ob du einen Kaffee möchtest."

„Später, danke. Ich muss nur kurz mit Candace sprechen."

Candace blickte mit einem kleinen Lächeln auf, als Liz sich näherte. „Möchtest du einen Kaffee?"

Ich muss müde aussehen.

„Ja, aber ich wollte dich fragen, ob du um sechs mit mir zu Vince Carters Haus kommen würdest. Seine Enkelin weiß noch nichts von Lyndalls Verschwinden, und er ist einverstanden, dass deine Anwesenheit helfen könnte."

„Natürlich."

„Liz? Hast du Zeit für ein kurzes Gespräch?" Ben ging an ihr vorbei in Richtung seines Büros.

„Verschieben wir den Kaffee?"

„Jederzeit."

Bens Büro erinnerte sie daran, dass er früher die Abteilung für vermisste Personen geleitet hatte. Die Wände waren hauptsächlich aus Glas, und er hatte ein Foto von Lyndall daran geklebt. Daneben waren Kommentare mit Marker geschrieben und Notizen, ebenfalls angeklebt.

„Woher hast du das Foto?"

Lyndall stand mit einem Esel, ihr Arm winkend - aber so, als würde sie dem Fotografen sagen, er solle weggehen. Nicht auf eine ärgerliche Art, aber es lag ein Hauch von Sorge in ihrem Gesicht.

„Hat Melanie das aufgenommen?"

„Ja. Vince hat es auf seinem Handy gefunden. Meg hat eine Kopie und lässt ein Gesichtserkennungsprogramm darüber laufen. Bisher ist es das einzige Foto, das wir von ihr aus den letzten Jahren haben, obwohl Meg denkt, sie könne einige der Bilder verwenden, die du im Aktenschrank gefunden hast." Er deutete Liz an, sich zu setzen. „Wir brauchen ein paar Minuten ohne Unterbrechung. Versuchen wir's."

„Chef?"

Beide schauten auf, als Annette ihren Kopf hereinsteckte.

„Tut mir leid. Ist es okay, wenn ich für eine halbe Stunde verschwinde? Ich muss etwas für mein Kind regeln, weil ich sehe, dass wir spät hier sein werden."

„Geh. Lass es nur einen von uns wissen, wenn du länger brauchst, damit wir das Timing für Besprechungen und dergleichen planen können."

Sobald Annette weg war, lehnte sich Ben nach vorne, die Arme auf dem Schreibtisch. „Zweiter Versuch. Gehst du zurück zu Vince?"

„Ja. Mit Candace."

„Ausgezeichnet. Lass sie dir auf dem Weg den täglichen Ablauf der Einheit erklären. Frag sie alles, und sie wird sagen, wenn sie etwas nicht weiß. Wenn du zurück bist, möchte ich, dass du ein Schnelltraining mit jedem Teammitglied machst. Reuben wird etwas mehr Zeit mit dir brauchen als alle anderen, um die Waffen durchzugehen, aber bis zum Ende des Tages wirst du deine haben und die Routine kennen."

Gott sei Dank.

„Wenn Meg Zeit hat, kann sie dir beibringen, wie man die App benutzt, ansonsten wird das Hamish machen. Und verzieh nicht das Gesicht. Ich weiß, du hattest eine weniger als ideale Einführung, aber er ist genauso professionell wie du."

„Warum kannst du es nicht machen?"

Ben lehnte sich zurück, sein Ausdruck ernst. „Es wird Zeit, dass ich mit unseren Chefs spreche."

„Wer sind die?"

Er lächelte halb, sagte aber nichts.

Liz starrte ihn an, bis sein Lächeln verblasste. Sie hatte genug davon, dass alle Geheimnisse vor ihr hatten.

„Ich fühle mich im Nachteil und ich hasse dieses Gefühl. Ich arbeite am besten, wenn ich gute Informationen habe, aber im Moment untersuche ich eine mögliche Entführung, ohne die geringste Ahnung zu haben, was ich tun kann und was nicht." Sie blickte kurz in den Hauptraum, aber niemand achtete auf sie. „Mein Vertrag ließ mich glauben, dass ich einen Job in der Strafverfolgung annehme. Ich bin nicht qualifiziert, ein Privatdetektiv zu sein, und ich bin als Mitglied der Victoria Police zurückgetreten. Also, in was genau habe ich mich da hineinmanövriert, Ben?"

„Du hast recht und es tut mir leid, dass ich das auf die leichte Schulter genommen habe, besonders angesichts meiner Pläne für dich in der Zukunft. Operation Nobody wird privat finanziert, wird aber von einem kleinen Komitee in der Polizei beaufsichtigt. Deshalb konnte ich die Entscheidung treffen, Lyndalls Verschwinden vorerst intern zu behandeln."

Welche Pläne für mich in der Zukunft?

„Nichts hat sich geändert in Bezug auf die Möglichkeit, jemanden zu verhaften, oder die Verfahren, falls jemand eine

Waffe abfeuern muss. Es gibt immer noch Prozesse, die befolgt werden müssen, und Gesetze, die einzuhalten sind, aber wir sind autonom bei der Auswahl der zu untersuchenden Fälle und haben Befugnisse außerhalb der üblichen Kanäle. Unser Team ist eines von zweien, die in verschiedenen Teilen Victorias erprobt werden." Ben schüttelte den Kopf. „Das hätte unser erstes Gespräch sein sollen, sogar bevor du den Vertrag unterschrieben hast, und solltest du das Gefühl haben, dass dies keine gute Passform ist, werde ich dich davon entbinden."

„Aber nicht jeder hier ist Polizeibeamter."

„Stimmt. Einige sind als Berater angestellt - wie bei Candace - oder als Spezialisten. Sie müssen sich trotzdem an das Gesetz halten und haben eine entsprechende Ausbildung durchlaufen."

„Du sagtest, das wird privat finanziert. Darf ich wissen, wer dahinter steckt?"

Mit hochgezogener Augenbraue lehnte sich Ben nach vorne. „Gehst du oder bleibst du?"

Liz hätte vielleicht geantwortet, dass es von seiner Antwort abhänge, aber sie spielte keine Spielchen. Als er ihr ursprünglich einen Job in einem neuen, dynamischen und verdeckten Team angeboten hatte, hatte sie kaum gezögert zuzusagen, weil sie ihm vertraute, und das tat sie immer noch.

„Ich bleibe."

Wenn in seinen Augen Erleichterung aufblitzte, spiegelte sich das nicht in Bens Stimme wider, als er im gleichen festen Ton fortfuhr. „Die Finanzierung stammt aus dem Nachlass eines längst verstorbenen Polizeiinspektors. Seine Eltern, die obszön reich waren, wurden in ihrem Haus ermordet, als er bei der Polizei war, und selbst seine Position konnte ihm nicht helfen, die Mörder zu finden. Er schwor, das Verbrechen aufzuklären, wurde aber in den Ruhestand gezwungen, als seine Besessenheit zu viele Federn aufwirbelte. Bevor er mehr als nur mit seiner Suche beginnen konnte, wurde bei ihm unheilbarer Krebs diagnostiziert, also gründete er einen Treuhandfonds."

„Ich glaube, ich weiß, von wem du sprichst. Vince Carter dürfte wohl zur gleichen Zeit gedient haben, nehme ich an."

„Höchstwahrscheinlich. Es hat viel zu lange gedauert, das nach seinem Tod umzusetzen, aber er hatte mehrere entfernte Verwandte, die das Testament angefochten haben. Letztes Jahr wurde es gelöst, und wir konnten Nobody endlich auf die Beine stellen."

Das war beruhigend. Liz hatte sich schon Gedanken darüber gemacht, ob politische Motive hinter dem Team steckten, und es ergab Sinn, dass ein wohlhabender Wohltäter mit einer Vision über seine Karriere hinaus einen solchen Treuhandfonds einrichten würde.

„Immer noch ungelöst, die Morde an seinen Eltern. Ist das etwas, das wir untersuchen werden?"

„Ja, das ist es. Ich wollte es aus den Cold Cases herausholen, als ich die Abteilung für vermisste Personen leitete, aber es gab Einwände von oben, und das allein bedeutet, dass wir den Mörder finden müssen. Wahrscheinlich mehrere Mörder. Es könnte hässlich werden."

Liz lächelte endlich. „Ich denke, du hast die perfekte Crew, um allem standzuhalten, was ein Höhergestellter verbergen möchte. Cold Cases sind wichtig. Aber Lyndall hat Vorrang."

„Das hat sie." Ben blickte über ihre Schulter in den Hauptraum. „Gut. Sieht aus, als würde Meg alle um den Tisch versammeln."

„Alle" war übertrieben. Annette war weg und Hamish und Reuben kartierten immer noch die Gegend um Lyndalls Grundstück. Meg war an ihrer Arbeitsstation, achtete aber auf das Gespräch, während sie Notizen auf ihr Board schrieb.

Liz begann mit einem kurzen Überblick über ihre Erkenntnisse und Gespräche mit Vince.

„Nur um das für mich klarzustellen, Vince Carter kennt Lyndall seit fast dreißig Jahren, hat aber keine tatsächlichen Informationen über sie." Phoebe starrte Liz intensiv an, ihr Gesicht ernst. „Nur ihren Namen, dass sie eine erstklassige

Schützin ist und Tiere rettet, einen Panic Room hat und einige Familienmitglieder verloren hat."

„Vielleicht ist das alles, was oberflächlich relevant erscheint."

Pete mischte sich ein. „Siehst du, Phoebe, du hast Carter noch nicht kennengelernt. Hält sich zurück. Will, dass andere Leute dasselbe tun. Allerdings war er nicht immer so, nicht damals, als er bei der Polizei war und gerne völlig anständige Beamte ohne Grund untersuchen wollte."

Wäre Pete näher gewesen, hätte Liz ihn unter dem Tisch getreten. Trotz des scheinbaren Waffenstillstands zwischen den Männern hatte Pete offensichtlich noch Arbeit vor sich, um über Vinces Beschwerde gegen ihn vor Jahren hinwegzukommen. Es war auf nichts hinausgelaufen, außer auf schlechtes Blut für viel zu lange Zeit.

„Der springende Punkt ist", fuhr Pete fort, wobei er Liz halb im Auge behielt, als erwarte er, dass sie herüberreichen und ihm einen Klaps auf den Hinterkopf geben würde, „Vince hätte Lyndalls Privatsphäre respektiert."

Phoebe sah nicht überzeugt aus.

„Candace, hat Annette dir etwas Nützliches geliefert?" Ben warf einen Blick auf seine Uhr.

„Sie hat dir ein Briefing geschickt und mir eine Kopie gegeben. Meg hat auch mit einigen Hintergrundinformationen geholfen. Der Kern ist, dass Lyndall Smith vor etwa achtundzwanzig Jahren ins Dasein kam. Es gibt nichts davor, zumindest noch nicht. Ihr Grundstück wurde bar gekauft. Sie hat all die Jahre nicht gearbeitet... eigentlich könnte sie es, aber es gibt keine Papierspur. Keine Steuerhistorie. Keine Medicare-Karte. Sie hat einen Führerschein. Sie hat auch eine Versicherung. Und bisher wurde nur ein Bankkonto gefunden, aber der Zugang ist noch nicht erlangt."

„Hast du dir eine Meinung gebildet?"

„Nichts Erwähnenswertes. Aber Ben, was ich sagen werde, ist, dass dies nicht außerhalb des Bereichs des Zeugenschutzprogramms liegt. Ein einfaches, unauffälliges Leben. Viele Sicherheitsmaßnahmen. Ein Haus, von dem aus sie potenzielle Gefahren aus der Ferne sehen kann. Und offensichtlich eine Identitätsänderung."

Meg gesellte sich zu ihnen. „Ich habe alles, woran ich denken kann und worauf ich zugreifen kann. Führe jetzt Suchen durch. Gesichtserkennung könnte der Schlüssel dazu sein, aber erwarte kein Ergebnis für Stunden, wenn nicht Tage. Lyndalls Fingerabdrücke wurden aufgenommen, nachdem ihr Gewehr letztes Jahr in Gewahrsam genommen wurde, und sie sind verschwunden." Sie hob eine Augenbraue.

Alle Augen waren auf sie gerichtet.

„Annette wird dem nachgehen, sobald sie zurück ist, aber wie verschwinden Fingerabdrücke aus einer Akte, geschweige denn aus einer Datenbank?" Meg sah aus, als hätte sie einige Vermutungen. „Ben, das könnte etwas sein, bei dem du eingreifen musst, wenn ich sie mit meinen Methoden nicht finden kann."

Ben sah todernst aus. „Es gibt Prozesse, um diese Art von Daten zu schützen. Das Gewehr wurde zurückgegeben und sie wurde nie wegen irgendetwas angeklagt, aber die Abdrücke hätten in ihrer Akte bleiben sollen. Was hast du sonst noch aus dem Haus bekommen?"

Meg streckte sich. „Wir alle wissen, dass ich forensische Analystin bin, aber heute habe ich Abdrücke von ein paar Schlüsselstellen genommen, wo die Schläger höchstwahrschein- lich berührt haben. Aber macht euch keine Hoffnungen, denn sie werden Handschuhe getragen haben. Im Moment arbeite ich den Ordner durch, den Liz gefunden hat. Für diejenigen, die es nicht wissen, er war im Aktenschrank im Haus und enthält viele alte Fotos sowie eine ganze Menge Notizbücher, Briefe und Ähnliches. Sie werden mich eine Weile beschäftigen, und Annette, sobald sie etwas Zeit hat."

„Gut, das klingt vielversprechend. Hol dir Hilfe vom Rest des Teams, wenn du sie brauchst. Phoebe?"

„Ich? Oh, okay. Ich habe einen Entwurf für den potenziellen

Podcast geschrieben und warte nur darauf, dass ein vertrauenswürdiger Kontakt einige Lücken füllt. Sie sind mehr in der Kunstwelt zu Hause als ich und werden Terminologie und solche Dinge korrigieren. Das wird bald zurück sein, dann schicke ich dir den überarbeiteten Entwurf."

„Ich habe ein Meeting", sagte Ben. „Ihr macht das großartig. Ihr alle. Während ich weg bin, würdet ihr bitte jeweils etwas Zeit mit Liz verbringen, um sie mit der App und den Protokollen und dergleichen vertraut zu machen? Und sobald Reuben zurück ist, kann er die Waffen abdecken."

Das Team löste sich auf und Ben war in einer Minute verschwunden. Liz schaute sich um. Die anderen waren zurück an ihren Arbeitsstationen. Jeder hier war ruhig und konzentriert.

„Also, wer wird mich zuerst babysitten?", fragte sie in den Raum.

ELF

In dem Moment, als Liz vor Vinces Hütte parkte, flog die Haustür auf und Melanie rannte heraus.

Sie blieb oben an den Stufen stehen, als sie sah, wie Candace aus der Beifahrerseite ausstieg, plötzlich schüchtern.

Liz ging um das Auto herum und gemeinsam gingen sie zu den Stufen, wo sie unten stehen blieben.

„Hi Melanie."

„Hallo, Liz."

Melanie streckte feierlich ihren rechten Arm nach Candace aus und sagte: „Ich heiße Melanie Weaver. Willkommen in unserem Zuhause."

Genauso feierlich schüttelte Candace die kleine Hand. „Sehr erfreut. Ich heiße Candace Carroll."

Vince erschien im Türrahmen hinter Melanie. Er sah erschreckend aus. Sein Gesicht war abgespannt und traurig und seine Schultern hingen herab. Er lehnte sich gegen den Türrahmen und schloss kurz die Augen. Liz' Herz ging zu ihm und als er die Augen wieder öffnete, trafen sich ihre Blicke und er seufzte.

„Möchtet ihr reinkommen?", fragte Melanie immer noch förmlich, aber ihre Unterlippe zitterte, als sie ihre Hand zurücknahm und ihre Augen zu Liz huschten. „Ihr *müsst*

Lyndall finden." Und dann bröckelte ihre tapfere Fassade und sie streckte die Arme aus. Liz eilte die Stufen hinauf und hob sie hoch, hielt das Kind fest, während es schluchzte. Vince hatte einen Schritt nach vorn gemacht, hielt aber inne, um sein eigenes Gesicht mit den Händen zu bedecken.

In einem Augenblick war Candace an seiner Seite. „Wie wäre es, wenn ich etwas Tee mache? Trinkst du Tee?" Sie berührte sanft seinen Arm. „Ich bin Candace."

Er sprach nicht und Liz, die Melanie immer noch trug, ging direkt an ihnen vorbei.

„Kommt schon, Candace hat recht. Tee ist eine brillante Idee und ich hätte gerne eine Tasse. Und Melanie wird uns beim Zubereiten helfen. Nicht wahr, Liebes?" Das Letzte flüsterte sie Melanie zu, die schniefte und etwas machte, das vielleicht ein Nicken sein sollte. „Gut so."

Sie ging weiter durch das Haus in die Küche und ließ Candace und Vince vorne zurück. Zwei aufgewühlte Menschen im selben Gemütszustand zur gleichen Zeit würden niemandem helfen. „Kann ich dich absetzen?" Ein weiteres kleines Nicken. Liz setzte sie ab und schaltete dann das Küchenlicht ein. „Taschentücher? Oder möchtest du dir etwas Wasser ins Gesicht spritzen?"

„Ich werde mir vorsichtig das Gesicht waschen. Ohne zu spritzen."

Braves Mädchen.

Sobald Melanie weg war, holte Liz tief Luft. Dann begann sie mit der Teezubereitung und fand durch Logik und Ausschlussverfahren heraus, wo alles aufbewahrt wurde. Diese neue Küche war schön und viel einfacher zu navigieren als ihr Vorgänger, und sie hatte den Wasserkocher am Kochen und eine Teekanne bereit, bevor Melanie zurückkehrte.

„Ich trinke keinen Tee."

„Ach, aber du trinkst heiße Schokolade und ich habe eine süße Tasse gefunden, die dir gehören könnte?" Liz hielt die dicke Tasse mit einem Kätzchen an der Seite hoch. „Sieht ein bisschen aus wie Robbie früher."

„Er mag es, wenn seine Mami zu Besuch kommt. Sie schlafen in meinem Schlafzimmer. Warum hat ein böser Mann Lyndall mitgenommen?"

Was um alles in der Welt hast du ihr erzählt, Vince?

„Wusstest du, dass ich in einem speziellen neuen Team bin und wir alle nach ihr suchen? Jeder einzelne von uns, und das schließt Pete ein."

„Ich mag Pete."

„Er mag dich auch, Melly." Das war Vince, der mit Candace hinter ihm hereinkam. Sein Gesicht war ruhiger. „Und Doktor Carroll sucht auch."

„Bitte nenn mich Candace. Und wenn es für dich in Ordnung ist, Melanie, würde ich gerne einige deiner Kunstwerke sehen. Liz erzählt mir, dass du talentiert bist und hart an deinen Zeichnungen arbeitest. Wäre das okay?"

Nach einem schnellen Blick zu Vince – der nickte – rannte Melanie aus der Küche und rief über ihre Schulter: „Hier entlang."

Candace verschwand den Flur hinunter.

Liz beendete die Zubereitung von Tee und heißer Schokolade und Vince fand ein Tablett für sie und die Teetassen.

„Ich musste es ihr sagen, Liz. Sobald wir reinfuhren, sah sie die Drohnen und begann Fragen zu stellen, und ich werde sie nicht anlügen. Sie war so tapfer deswegen und keine Träne bis gerade eben draußen. Gibt es Neuigkeiten?"

„Noch nicht, aber es passiert so viel. Dieses Team ist klug und funktional und jeder kennt seine Rolle. Die Drohnen sind unten. Wir bekamen einen Anruf ein paar Minuten vor unserer Ankunft, dass Reuben und Hamish jetzt eine Fußsuche an ein paar Orten durchführen, die als mögliche Verstecke identifiziert wurden. Es sollte höchstens ein paar Stunden dauern. Die Sicherheitspatrouille wird später heute Nacht rotieren, also könntest du Autos herumfahren hören."

Es sah aus, als wollte Vince etwas darüber sagen, dass er Lyndall in der Nacht nicht gehört hatte... wieder einmal, aber er klappte seinen Mund zu und hob das Tablett auf.

Melanie und Candace saßen auf dem Boden des Wohnzimmers mit mehreren geöffneten Skizzenblöcken. Beide schauten mit einem Lächeln auf, als Vince das Tablett abstellte und er und Liz sich setzten. Sie goss Tee ein, da sie bereits wusste, wie Vince und Candace ihn mochten. „Mel? Da ist heiße Schokolade, aber sie ist noch ziemlich warm."

„Danke." Sie war mehr darauf konzentriert, eine bestimmte Seite zu finden. „Oh, hier ist es. Lyndall hat mir viel dabei geholfen, aber ich mag es. Siehst du das Pony? Das ist Apple." Melanie schob den Skizzenblock in Candaces Hände.

„Apple ist wunderschön. Und was wirklich besonders ist, ist, wie du ihre Augen so sanft und liebevoll gemacht hast. Ist sie dein Pony?"

„Irgendwie. Naja, sie war das Pony meiner Mami." Melanies Augen flackerten zu Vince.

Er beugte sich vor, um seinen Tee zu nehmen. „Und jetzt gehört sie dir. Außer ich glaube, es ist genauer zu sagen, dass *du ihr* gehörst."

„Ich liebe sie."

Liz erinnerte sich daran, wie verängstigt Melanie anfangs vor dem sanften Pony gewesen war. Es brauchte Zeit und Geduld, aber heutzutage machte Mel alles für die vierbeinige alte Dame, die seit mehr als zwanzig Jahren Teil der Familie war. Liebe und Zeit heilten viele Wunden.

„Hast du schon immer gerne gezeichnet?", fragte Candace.

„Oh ja! Mum und Dad haben mich spezielle Kunstkurse machen lassen, bevor... und jetzt ist Lyndall meine Lehrerin. Sie möchte, dass ich bald anfange, etwas über Ölmalerei zu lernen. Warum sucht ihr und Liz nicht gerade jetzt nach ihr?"

Vince wollte sprechen, aber Liz berührte schnell seinen Arm, um ihn aufzuhalten. Seine Emotionen waren zu unbeständig und Candace war durchaus in der Lage, eine Antwort zu formulieren. Er schnaubte irgendwie leise, lehnte sich aber zurück und nahm einen Schluck aus seiner Tasse.

„Es gibt viele Möglichkeiten zu suchen. Du hast die Drohnen gesehen, die oben am Hügel fliegen?"

Melanie nickte und schenkte Candace ihre volle Aufmerksamkeit.

„Reuben und Hamish machen spezielle Aufnahmen vom Boden, um Hinweise darauf zu finden, in welche Richtung sie gegangen ist, und sobald sie alle Informationen haben, wird Meg sie durch ihr spezielles Computerprogramm laufen lassen. Das ist eine Art, wie wir nach ihr suchen. Eine andere besteht darin, Gespräche mit Menschen zu führen, die Lyndall kennen. Und es scheint, dass du und Opa sie am besten von allen kennt."

„Glaubst du, dass es hilft, mit mir zu sprechen?" Nachdem sie ein anderes Skizzenbuch aufgehoben hatte, fand Melanie eine weitere Zeichnung. „Die hat Lyndall gemacht."

Candace warf Liz einen Blick zu und nahm das angebotene Skizzenbuch. „Weißt du, wer die Personen sind?" Sie reichte es Liz.

Es war eine einfache Skizze von drei Personen. Lyndall war eine davon und stand auf einem Floß im Meer, während sie einen Mann und einen Jungen von etwa zehn Jahren beobachtete, die eine Treppe hinaufstiegen, die aus dem Wasser kam. Beide blickten zu ihr zurück mit erhobenen Händen... ein Abschied. Es war beunruhigend, und als Liz ein winziges offenes Tor am oberen Ende der Treppe bemerkte, hätte sie das Skizzenbuch fast fallen lassen. Tränen füllten ihre Augen und sie blinzelte heftig.

„Lyndall sieht zu, wie ihr kleiner Junge und ihr Mann in den Himmel gehen."

Vince zog hörbar die Luft ein und streckte die Hand aus, um das Skizzenbuch zu nehmen.

Candaces Stimme war voller Emotionen. „Was kannst du mir sonst noch über die Zeichnung erzählen, Mel?"

„Sie hat nie gesagt, was passiert ist. Nur, dass es einen Unfall auf einem Boot gab. Ihr Sohn hieß John-Paul und ihr Mann Alan. Es ist vor sehr langer Zeit passiert, aber Lyndall vermisst sie immer noch schrecklich. Und ich vermisse sie." Die letzten Worte waren eher ein Schluchzen.

Candace nahm Melanies Hände in ihre und beugte sich näher, ihr Blick stetig und beruhigend. „Natürlich vermisst du sie. Die Namen ihrer Familie zu kennen, ist sehr hilfreich. Weißt du, wir denken, dass Lyndall früher einen anderen Namen hatte und ihn dann geändert hat."

„Es war ein kurzer Name, aber ich kann mich nicht erinnern. Sie hat es mir nur einmal erzählt und gesagt, dass es war, als sie Künstlerin war und ihre Gemälde in den Galerien in Europa ausgestellt wurden." Melanies Gesicht war ernst und vor Konzentration zusammengekniffen. „Wart ihr schon auf dem Friedhof?"

„Melly? Meinst du den Friedhof, wo deine Mutter und dein Vater und deine Oma sind?", fragte Vince.

Sie nickte.

„Ist dort Lyndalls Familie?", fragte Candace ermutigend. „Hast du sie mit Lyndall besucht?"

„Sie geht nicht gerne dorthin. Aber einmal hat sie es getan." Melanie sah Vince an. „Erinnerst du dich? Als du nach dem Feuer nicht fahren konntest?"

„Du hast so ein gutes Gedächtnis, Mel. Ja, Lyndall hat uns zum Friedhof gefahren und sie ist spazieren gegangen, während wir unsere Familie besucht haben. Aber ich erinnere mich, dass ich sie mit Blumen gesehen habe, also ruhen ihr Sohn und ihr Mann vielleicht dort."

Liz nahm das Skizzenbuch von Vince zurück. „Melanie, ist es okay, wenn wir das für eine Weile ausleihen? Sag, wenn nicht, dann kann ich ein Foto machen. Es könnte einfach bei weiteren Hinweisen helfen."

„Es macht mir nichts aus. Ich werde jetzt Robbie und Mutterkatze besuchen gehen."

Sie war in Sekunden auf den Beinen und aus der Tür.

Candace stöhnte, als sie aufstand und sich streckte, was Vince mitfühlend grinsen ließ.

„Das hilft wirklich", sagte Liz. Sie schloss das Skizzenbuch. „Vince, erinnerst du dich, wo Lyndall auf dem Friedhof war?"

„Ich wünschte. Ich erinnere mich nur vage, sie in der Ferne gesehen zu haben. Mel und ich waren an Marions Grab und Lyndall war in Richtung Fluss, wenn das überhaupt hilft. Ich kann nicht glauben, dass ich das alles nicht weiß, aber Mel schon."

„Manchmal ist es leichter, mit einem Kind zu sprechen als mit einem Gleichaltrigen, egal wie nah man sich steht." Candace nickte in Richtung des Skizzenblocks. „Starkes Zeug, diese Skizze. Ich habe das Gefühl, sie wird helfen."

Der Wunsch, über eine Zeichnung zu weinen, war wieder da und Liz trank schnell ihren Tee aus. Sie hatte genug von ihrer eigenen traurigen Vergangenheit, um die von jemand anderem zu übernehmen. Zumindest nicht emotional. Aber es war schwer, Lyndalls Darstellung ihrer Lieben zu ignorieren, die sich auf dem Weg in den Himmel verabschiedeten. Etwas sagte ihr, dass ihr Tod kein Unfall war, und das warf die Frage auf, wer hinter der Tragödie steckte und ob es dieselben Leute waren, die Lyndall entführt hatten.

Liz hielt am Straßenrand an, als sie Reuben und Hamish Lyndalls Einfahrt herunterfahren sah, und alle vier stiegen aus, um Informationen auszutauschen.

„Nicht genug Licht für eine vernünftige Suche", sagte Hamish. „Wir kommen im Morgengrauen zurück, wenn wir das Zielobjekt nicht früher gefunden haben."

„Lyndall. Du meinst Lyndall", sagte Liz.

„Ich kenne sie nicht." Er zuckte mit den Schultern. „Im Moment möchte ich mit Meg über einige der Aufnahmen sprechen, die wir ihr geschickt haben."

„Was ist mit euch beiden?", fragte Reuben.

„Candace muss zurück und anfangen, das Profil zu erstellen,

dann werde ich einen Friedhof besuchen, dank eines möglichen Hinweises auf Lyndalls Vergangenheit."

„Ich komme mit dir. Hamish kann Candace zurückbringen."

„Anmaßend", sagte Hamish. „Aber ich bevorzuge ihre Gesellschaft jeden Tag vor deiner."

Obwohl Candace Liz einen Blick zuwarf, der deutlich machte, dass sie nicht dasselbe für Hamish empfand, schnappte sie sich ihre Tasche aus dem Auto und tauschte den Platz mit Reuben.

Während sie dem anderen Fahrzeug in Richtung Melbourne folgten, begann Reuben, Liz in Waffenausbildung einzuweisen, indem er geschickt beschrieb, was sich in einem Waffenarsenal befand, das sie noch besuchen würde, und wie ein Fahrzeug für verschiedene Situationen ausgerüstet sein könnte.

„Ben sagte, du hättest eine fortgeschrittene Ausbildung gemacht und könntest mit einer Reihe von Waffen umgehen und hättest einen anständigen Kampfsport-Hintergrund."

Reuben beobachtete sie, während sie fuhr. Er hatte nicht vorgeschlagen, dass er das Steuer übernehmen sollte, und saß entspannt auf seinem Sitz. Im Gegensatz zu Hamish war dies ein Mann, der echtes Selbstvertrauen hatte und keine Show abzog. Das machte es viel interessanter, in seiner Nähe zu sein.

„Ich habe im Laufe der Jahre einiges gemacht. Und ich mag Kickboxen."

„Ich auch. Ich laufe viel."

Liz grinste. „Beste Form des Stressmanagements."

„Fast die beste."

Der Eingang zum Friedhof war geschlossen, also parkte Liz entlang der Straße. Nachdem sie das Fahrzeug abgeschlossen hatten, ließen sie sich durch ein schmales Tor ein und Liz nahm sich einen Moment Zeit, um die Richtung zu bestimmen, in der sie zu suchen beginnen sollten.

„Lass uns Marions Grab finden. Vinces Frau."

Ihre Ruhestätte befand sich fast auf der entferntesten Seite des weitläufigen Friedhofs.

„Das letzte Mal, als ich nach Einbruch der Dunkelheit auf einem Friedhof war, hat mich jemand gefilmt und einige interessante Lügen verbreitet."

Reuben kicherte. „Das hab ich gesehen. Die gute alte Teresa Scarcella liebt nichts mehr als einen Skandal, und wenn sie keinen findet, inszeniert sie eben einen. Also, warum warst du mitten in der Nacht auf dem Keilor Friedhof? Ohne Wortspiel beabsichtigt."

„Wie sich herausstellte, hab ich meine Zeit verschwendet", sagte Liz. Sie deutete auf einen Weg. „Ich dachte, ich würde das Grab meines Vaters besuchen. Ich hatte gerade erfahren, dass er tot war, und fühlte mich gezwungen, selbst nachzusehen, ob ein Grab existierte. Und obwohl es das tat, stellte sich heraus, dass ein völlig anderer Mann an seiner Stelle begraben war."

Es kam keine Antwort und Liz sah Reuben an.

„Du wusstest das?"

„Oh, nicht warum du auf dem Friedhof warst, aber über Kyle Moorland, ja. Ich habe viel über ihn und seine Geschichte gelesen, um zu verstehen, wie wir vorgehen, um ihn zu finden. Ben ist fest entschlossen, ihn zu fassen."

Zum ersten Mal seit langem hatte Liz das Gefühl von Unterstützung um sich herum. Ihren geliebten Job bei der Mordkommission zu verlassen, war schwer gewesen, und sie hatte diese Entscheidung jeden Tag seitdem hinterfragt. Aber jetzt gab es einen Hoffnungsschimmer, dass ihre Entscheidung eine gute war. Sie blieb in der Nähe eines Grabes mit einem einfachen Grabstein stehen.

„Das ist Marion Carters Ruhestätte." Sie hatte ihre Stimme unbeabsichtigt gesenkt. „Vince erinnert sich, Lyndall in dieser Richtung gesehen zu haben, also sollen wir dort anfangen?"

ZWÖLF

Ben war zurück in seinem Büro und spürte den Druck, schnelle Ergebnisse zu liefern. Sein Meeting endete mit einer versteckten Drohung, den Fall regulären Kanälen zu übergeben, und nur die persönlichen Verbindungen zu Lyndall garantierten dem Team weitere vierundzwanzig Stunden, um beträchtliche Fortschritte zu erzielen.

Was zum Teufel sind beträchtliche Fortschritte?

Lyndall zu finden war das Ziel. Lebend. Unverletzt.

Mit jeder verstreichenden Stunde verringerte sich die Chance auf diesen Ausgang, es sei denn, wer auch immer sie hatte, wollte etwas, das einen Lebensbeweis erforderte. Und ohne viel über die Vergangenheit der Frau zu wissen, war es nahezu unmöglich zu erraten, was. Eine geldmotivierte Entführung schien sinnlos, da niemand Lyndall nahe genug stand, um eine Lösegeldforderung zu erfüllen. Sicher würde Vince Carter nicht zählen, und er war kaum in der Lage, einen Entführer zu bezahlen.

Annette war zurück an ihrem Arbeitsplatz. Alle waren beschäftigt. Hamish und Candace kamen zusammen an, wobei Letztere sofort in den zweiten Raum ging und die Tür schloss, nachdem sie sich vergewissert hatte, dass ein Rollbrett zum Benutzen drin war.

Meg winkte und er stand auf, gerade als sein Telefon klingelte. Er nickte zur Bestätigung und nahm ab.

„Hey, Schatz."

Ellies Stimme war willkommen. „Schlechter Zeitpunkt?"

„Nur super beschäftigt. Wir beschäftigen uns mit der Entführung von jemandem, den das Team kennt."

„Oh, das ist schrecklich. Ruf mich an, wenn du willst. Ich nehme Michael zum Abendessen mit."

Michael war Ellies älterer Bruder, leider durch ein tragisches Ereignis hirngeschädigt, aber es ging ihm gut, seit er bei ihr und Ben eingezogen war.

„Klingt schön. Wohin?"

„Wir probieren das neue griechische Restaurant aus. Gut zu wissen, was andere Restaurants zu bieten haben, und ich unterstütze gerne Lokales."

Ellie hatte ein florierendes kleines Restaurant in der Küstenstadt, die sie ihr Zuhause nannten.

„Viel Spaß und sag Michael, er muss von allem etwas probieren. Rufst du mich später an?"

„Klar doch. Ich liebe dich."

„Ich liebe dich auch."

Er nahm sich einen Moment, nachdem das Gespräch beendet war. Ellie zu vermissen war eine Konstante, und Michael, der vor mehr als einem Jahrzehnt sein bester Freund gewesen war, bevor sich ihre Welten veränderten. Ben hatte eine glänzende Zukunft bei der Polizei von Victoria aufgegeben, um bei ihnen zu sein, und nie zurückgeblickt. Nicht bis diese Rolle auftauchte. Er ging nachsehen, was Meg brauchte.

„Okay, also einige Fortschritte, Boss." Sie drehte ihren Stuhl, um zu ihm aufzublicken. „Lyndall hat reichlich Geld auf ihrem Konto. Genug, um von den Zinsen zu leben. Sie besitzt das Grundstück schuldenfrei und ich kann keine Schulden finden. Nicht dass sie reich-reich wäre. Aber sehr komfortabel."

„Irgendwelche Einzahlungen auf das Konto?"

„Sehr wenige. Annette geht immer noch ihre Kontoauszüge durch."

„Was noch?"

„Liz hat früher eine Nachricht geschickt mit den Namen Alan und John-Paul als möglicherweise Lyndalls verstorbene Familie, und Candace hat mir ein Foto von ihrem Handy geschickt. Sie hat das Original bei sich und ich werde ihre Voodoo-Sitzung nicht unterbrechen, um Fragen zu stellen, aber schau mal." Meg drehte sich zurück zu ihren Bildschirmen und tippte eine Taste.

Eine Skizze erschien. Drei Personen. Eine auf einem Floß im Meer. Zwei gingen eine Treppe hinauf. Er beugte sich näher.

„Sind das Tore?"

„Ziemlich sicher sind das die Himmelspforten." Meg zoomte heran.

Das Detail war außergewöhnlich, mit verzierten Wirbeln und Bildern auf beiden Toren. Dahinter, und kaum sichtbar, war eine Hand ausgestreckt.

„Du meine Güte. Gerade ist mir ein Schauer über den Rücken gelaufen." Ben richtete sich auf. „Glaubst du, sie ist religiös?"

„Keine Ahnung. Aber das ist ein tiefgründiges Kunstwerk. Zutiefst persönlich."

„Warte... haben du und Candace die Körper getauscht?"

„Ich hätte gerne ihre Einsicht in Menschen. Tatsache ist, die Qualität der Zeichnung ist außergewöhnlich und wird helfen, sie als Künstlerin zu identifizieren. Und noch etwas. Wir können nach einem doppelten Todesfall im oder am Wasser suchen. Vermutlich Vater und Sohn."

„Was brauchst du von mir?"

Sie grinste, beide Augenbrauen hochgezogen. „Gar nichts. Ich habe dich nur hergebeten, damit du meine Handarbeit bewunderst."

„Gebührend bewundert. Hast du die Drohnendaten?"

„Ja, aber Hamish ist in der Lage, sie zu analysieren. Sobald er ein ordentliches Raster erstellt hat, kann ich einen Blick darauf werfen. Und Reuben kann helfen, wenn er und Liz zurück sind. Arbeiten wir durch? Ich meine, ich werde es tun, aber was ist mit Annette und einigen der anderen?"

Ben sah auf die Uhr. Es war nach sieben.

„Wo ist Pete?"

„Er macht sich nützlich, indem er Pizzas holt. Er wird in etwa zwanzig Minuten zurück sein."

„Gute Idee. Wir lassen alle essen, halten noch eine kurze Besprechung ab und teilen dann Schichten ein. Nur ein paar von uns arbeiten weiter, weil ich möchte, dass die Leute für einen frühen Start ausgeruht sind. Aber Meg?"

„Boss?"

„Was für Pizza holt er?"

Friedhöfe waren einer von Liz' am wenigsten beliebten Orten. Manche Menschen fanden sie tröstlich, aber sie war immer von Trauer überwältigt. Ihre eigene Mutter war viel zu jung gestorben, und sie zu verlieren, hatte Liz damals zutiefst getroffen. Und dann am Grab ihres lange entfremdeten Vaters gestalkt und gefilmt zu werden, wobei dieses Video in einer späten Nachrichtensendung landete, ließ Liz wünschen, sie müsste nie wieder einen besuchen.

Doch hier war sie.

Sie hatte einen Moment damit verbracht, Marion die letzte Ehre zu erweisen, bevor sie dasselbe ein Stück weiter bei Vinces Tochter und Schwiegersohn tat; Melanies Eltern, Susie und David. Sie hatte sie alle gekannt.

„Irgendeine Ahnung, wonach ich suchen soll?"

Reuben hatte geduldig in diskreter Entfernung auf sie gewartet.

„Ich bezweifle, dass Lyndalls echter Nachname Smith ist, aber es schadet nicht, danach zu suchen. Wir glauben, ihr Mann und Sohn sind zur gleichen Zeit gestorben. Melanie erinnert sich an ihre Namen als Alan und John-Paul. Es könnte vor achtundzwanzig bis sagen wir zweiunddreißig Jahren gewesen sein, aber lass etwas Spielraum. Der Sohn war nur ein Kind."

„Scheiße. Arme Frau."

„Ja."

Bevor Traurigkeit Liz am Funktionieren hindern konnte, deutete sie auf eine Reihe. „Willst du dort anfangen? Vince und Melanie erinnern sich, dass Lyndall in dieser Richtung war, aber in einiger Entfernung von Marions Grab."

Er blickte zurück, dann in die Richtung, die sie angezeigt hatte. „Lass uns in Sichtweite voneinander bleiben."

„Angst vor Geistern?"

„Angst, mich hier zu verlaufen."

„Dann lass uns beide an einer Reihe gleichzeitig arbeiten, nur auf gegenüberliegenden Seiten."

Denkst du, ich habe Angst und willst mich beschützen?

Reuben strahlte die Aura eines Menschen aus, der es gewohnt war, die Führung zu übernehmen und jederzeit bereit zu sein, einzugreifen. Er hatte den Vorfall mit Hamish weder gesehen noch kommentiert... zumindest nicht nach Liz' Wissen, sollte aber wissen, dass sie sich selbst zu wehren wusste.

Ihr Handy piepste mit einer Nachricht von Pete.

Pizza in einer halben Stunde. Wir müssen uns auf den neuesten Stand bringen.

Hoffentlich schaffen wir es rechtzeitig zurück, um zu essen.

Mit dem Handy wieder in der Tasche folgte Liz Reubens Beispiel, langsam an den „Füßen" der Gräber auf einer Seite des Weges entlangzugehen, die Grabsteine nach Informationen zu überprüfen und weiterzugehen. Sie konzentrierte sich darauf, männliche Namen zu finden, die vor etwa drei Jahrzehnten verstorben waren, und versuchte, die restlichen Informationen auszublenden. Da der Abend hereinbrach, musste sie sich konzentrieren, weil sie sie lieber heute Abend finden wollte, als zurückkehren zu müssen.

Reuben war ihr voraus. Er arbeitete präzise, hielt an jedem Grab inne, seine Lippen bewegten sich lautlos, während er die Inschrift auf dem Grabstein las, und ging dann zum nächsten weiter.

Diese Reihe ergab keine Ergebnisse und sie gingen zur nächsten, die parallel verlief. Jetzt bewegten sie sich wieder in Richtung Marions Grab. Nach nur drei Gräbern blieb Liz stehen und las einen kleinen Grabstein richtig. Die Daten passten.

Alain Dubois.

„Reuben?"

Er war in Sekunden bei ihr.

„Alain... nah genug an Alan. Kein Geburtsdatum, nur Todesdatum. Siebter März 1995."

Sie gingen zum nächsten Grab und wieder las Reuben den Grabstein, der die gleiche Größe hatte wie der andere.

„Jean-Paul Dubois. Siebter März 1995. Unsere Welt."

Der Kloß in Liz' Hals wollte nicht weichen und es bestand keine Chance, dass ein zusammenhängender Satz ihren Mund verließ. Stattdessen machte sie mehrere Fotos, zuerst vom Grab des Kindes, dann von dem des Vaters. Etwas zu tun half, aber sie war sich Reubens Blicken auf ihr deutlich bewusst. Als sie ihn schließlich ansah, bot er ein Lächeln an. Ein echtes, warmes Lächeln geteilten Verständnisses, und sie war sich nicht sicher, ob es half oder die Emotionen wieder aufsteigen ließ.

„Die Blumen auf dem Grab des Kindes sind ziemlich frisch", bemerkte er. „Ich weiß, das ist schrecklich, aber ich würde sie gerne mit uns zurücknehmen. Ich bezweifle, dass sie länger als ein paar Stunden hier liegen."

So aufmerksam.

„Natürlich."

Er holte Handschuhe aus einer Tasche und sammelte, nachdem er sie angezogen hatte, vorsichtig die Blumen auf.

„Sie sehen wirklich frisch aus. Wenn Lyndall in der Nacht entführt wurde, muss sie diese gestern niedergelegt haben. Aber sie sehen frischer aus als das." Liz berührte sie nicht, aber der süße Duft des Straußes war stark. „Vielleicht lässt sie sie von einem Floristen liefern."

„Oder eine andere Person hat sie hier hinterlassen."

„Lass uns gehen. Anscheinend besorgt Pete Pizza für alle."

Reuben lachte leise. „Er wird oft losgeschickt, um Essen zu holen. Ist er in dieser Hinsicht besonders talentiert oder ist es eine Möglichkeit für andere, etwas Luft zu bekommen?"

Ich mag dich sehr.

„Ein bisschen von beidem. Pete ist Geschmackssache, aber er ist der beste Partner, den ich je hatte."

Sie begannen, zum Ausgang zurückzugehen, wobei Reuben die Blumen von seinem Körper weghielt.

„Besser als Vince Carter?"

„Anders. Ich habe am Anfang meiner Karriere mit Vince gearbeitet. In Uniform. Und er war ein brillanter Mentor und ist weiterhin ein enger Freund. Dann gab es eine Reihe von Partnern, meist Typen, die darauf aus waren, so schnell wie möglich im Rang aufzusteigen, aber nicht alle waren bereit, die harte Arbeit zu leisten."

„Und Pete?"

Liz grinste. „Hart und rau, wie sie nur sein können. Es gibt nicht viel, was er nicht tun würde, um einen Täter zu schnappen. Manchmal ist er nahe daran, diese Grenze zu überschreiten, und er hat mehr als seinen Anteil an Verweisen bekommen sowie mit Vince' Beschwerde vor ein paar Jahren zu tun gehabt. Aber er ist ein guter Polizist und hat eine überraschende Fähigkeit, eine Situation zu lesen."

„Ich werde mein Urteil darüber vielleicht zurückhalten, bis ich seine Pizzaauswahl sehe."

Anders als beim früheren gemeinsamen Morgentee um den Konferenztisch herum aßen fast alle an ihren Arbeitsplätzen, als Liz und Reuben ankamen. Der Hauptraum roch wie ein Pizzaofen und Liz' Magen knurrte.

„Liz? Bedien dich. Ich habe ein paar Stücke von denen mit Chili in der Box ganz hinten für dich aufgehoben." Pete war auf dem Weg aus der Küche, sein Teller hoch mit Pizzastücken beladen und ein Glas Cola irgendwie am Rand balancierend.

Sogar das Getränk sah gut aus, und sie war kein Fan von Softdrinks.

Sie fand die Stücke, die Pete für sie aufgehoben hatte, und musste über seine Aufmerksamkeit lächeln. Er erinnerte sich daran, was sie mochte. Es gab einen Krug mit gefiltertem Wasser im Kühlschrank und sie goss sich ein Glas ein, trank es schnell aus und füllte nach. Sie hob den Krug, um ihn zurückzustellen, als Reuben hereinkam.

„Hätte nichts dagegen."

Er griff nach einem Glas und sie goss ein, dann stellte sie den Krug weg.

„Ich habe die letzten beiden mit extra Chili genommen, aber kann teilen?", bot Liz an.

Reuben öffnete und schloss die Deckel von einem halben Dutzend Boxen. „Nee. Liebe Chili, aber ich vermute, es ist auf einer Fleischpizza?"

Liz schaute genauer auf die Stücke. Sie hatte nicht einmal darüber nachgedacht. „Vielleicht etwas Hühnchen oder Garnelen. Viel Käse."

„Aha. Erinnere mich daran, etwas Nettes für McNamara zu tun." Er war bei einer fast vollen Box stehengeblieben und schöpfte mehrere Stücke auf einen Teller. „Anständig von ihm. Und diese haben Chili, falls du noch ein Stück möchtest?" Reuben schloss den Deckel und grinste. „Vegane Pizza."

„Du bist Veganer?"

„Bin ich."

„Und Pete hat dich nicht damit aufgezogen?"

Reuben ging aus der Küche. „Lohnt sich nicht, mich deswegen anzugehen. Ich würde ihn mit Fakten über Gesundheit langweilen, ganz zu schweigen von der Tierseite der Sache. Denk einfach an mich als den Peter Siddle der Strafverfolgung."

Und genauso gut aussehend.

Bevor ihr Verstand diesem seltsamen Gedankengang folgen konnte - nicht nur über Reuben, sondern auch über den herausragenden australischen Cricketspieler - nahm Liz sich eines der veganen Stücke und machte sich auf den Weg zu ihrem Arbeitsplatz. Sie hatte eine Tastatur, eine Maus und zwei Bildschirme, ziemlich genau wie fast alle anderen. Der Schreibtisch war lang und gebogen, und zum ersten Mal bemerkte sie, dass es ein Stehschreibtisch war, der auf eine bequeme Höhe angehoben werden konnte, falls sie auf den Füßen stehen wollte statt auf ihrem Hintern. Für den Moment war Sitzen gut.

Drei Pizzastücke später, alle köstlich, einschließlich der veganen, wischte Liz ihre Finger sauber und öffnete den Computer. Egal wie lange es dauern würde, sie war hier, um Lyndall zu finden. Ganz gleich, was sie dafür tun musste. Trotz jeglicher Müdigkeit oder zukünftigem Hunger oder Durst. Nichts davon spielte eine Rolle. Alles, was sie sehen konnte, waren die beiden Gräber. Nebeneinander. Vater und Sohn. Und die Gravur.

Unsere Welt.

DREIZEHN

Der Raum war erfüllt von einem leisen Summen der Aktivität. Alle Arbeitsplätze waren besetzt, außer denen von Candace und Pheobe. Letztere saß Ben in seinem Büro gegenüber und sie waren in ein gedrucktes Dokument zwischen ihnen vertieft.

Das dauert zu lange.

Obwohl jedes Teammitglied aktiv an einem oder anderen Aspekt arbeitete, hatte Liz das Gefühl, als würden sie sich im Schlamm festfahren. Das erinnerte sie an eine der ersten Entdeckungen des Tages und sie ging zu Petes Arbeitsplatz. Wie immer war er ein Durcheinander. Er hatte die Angewohnheit, jede flache Oberfläche in ein Chaos zu verwandeln, von dem er behauptete, es sei organisiert und er wüsste, wo alles sei. Im Moment waren auf seinem Bildschirm ein Dutzend oder so Fotos von dem getrockneten Schlamm auf der anderen Seite des Tores am hinteren Ende von Lyndalls Grundstück zu sehen.

„Ich grenze die Fahrzeugmarke ein, Liz."

Pete blickte nicht von seiner Tastatur auf, auf der er mit zwei Fingern tippte. Die Fotos zeigten deutliche Reifenspuren, tief und breit und mit einem Profil, das sie nicht erkannte – nicht dass sie irgendeine Art von Reifenexpertin wäre. „Also kein Hilux oder Ranger?"

„Nee, aber trotzdem ziemlich häufig. Aber wenn ich es eingrenzen kann, dann kann ich vielleicht das tatsächliche Fahrzeug finden und wir können Lyndall abholen."

„Wenn es nur so einfach wäre, Pete."

Er drückte Enter und lehnte sich in seinem Stuhl zurück, den Blick auf Liz gerichtet. „Wenn irgendetwas davon einfach wäre, wäre keiner von uns hier. Wir wären an einem tropischen Strand mit Cocktails und würden das den derzeitigen Mitgliedern der Vermisstenstelle überlassen. Oder der Mordkommission."

Das letzte Wort wurde mit solcher Verachtung ausgesprochen, dass Liz grinste.

„Das ist kein Grund zum Lachen, Liz. Andy Moorland ist kein Terry. Dieses Team wird leiden, merk dir meine Worte."

Das Lächeln verschwand bei der Erwähnung ihres alten Chefs. „Niemand kann Terry ersetzen, Kumpel. Und ich vermisse ihn auch. Aber jemand musste die Stelle übernehmen und du und ich gingen, also wer hätte den Job bekommen sollen?"

Er zuckte mit den Schultern und blickte an Liz vorbei. „Sieht aus, als würde das Meeting beginnen."

Ben und Pheobe standen am Tisch und innerhalb weniger Sekunden kam Candace aus dem zweiten Raum. Sie sah erschöpft aus, aber entschlossen und Liz wünschte, es gäbe Zeit, sich mit ihr hinzusetzen und einfach eine Weile über all das zu reden. Sie hatten schon einmal bei einem zeitkritischen Fall zusammengearbeitet und die Psychologin war eine Macht, mit der man rechnen musste. Und interessant.

Meg berührte einige Punkte auf der Tischoberfläche und die schwarze Oberfläche veränderte sich. Liz hielt den Atem an, als ein halbdurchsichtiger Bildschirm aus der Mitte aufstieg. Niemand sonst war überrascht, also hatten sie es schon vorher gesehen.

Ben blickte um den Tisch herum. „Danke euch allen für eure unglaubliche Arbeit heute. Heute Morgen habe ich nur erwartet, dass wir Liz in das Team einarbeiten. Doch hier sind wir nun, fast neun Uhr abends, und jagen einem Geist hinterher. Oder einer Reihe von Geistern. Was auch immer Lyndalls Gründe dafür sind, ihre Vergangenheit zu verbergen und ihre Identität zu ändern, es hat unsere Aufgabe erschwert. Aber jemand hat sie gefunden und wir kommen ihrer Geschichte auf die Spur. Wer möchte anfangen?"

Pete fasste sich kurz und erwähnte die Reifen und einige Fußabdrücke, die abgeformt und an ein Labor geschickt wurden, von dem Liz noch nie gehört hatte. Zu wissen, dass sie Zugang zu einem privaten Forensiklabor hatten, gab ihr neue Hoffnung.

„Pheobe und ich haben über ihren Podcast gesprochen", sagte Ben. „Ihr Ansatz ist einzigartig und ich möchte, dass jeder ihr Konzept hört. Pheebs?"

Wieder einmal war die junge Frau schüchtern beim Sprechen, ihr Blick zunächst auf den Tisch gerichtet. „Oh, sicher. Ich habe ein Skript für den Podcast geschrieben und wenn es für euch alle okay klingt, werde ich es heute Abend aufnehmen und veröffentlichen. Ich kann jedem eine Kopie schicken? Jedenfalls möchte ich ein Gespräch über Skandale in der Kunstwelt beginnen." Sie blickte endlich auf. „Meine Rechercheure haben ein paar gefunden, die ziemlich harmlos sind, aber um die Dinge ins Rollen zu bringen, funktionieren werden, und einen über einen Kunstdiebstahl vor einigen Jahren, der eine australische Verbindung hatte. Wir wissen bereits, wer das getan hat, aber es könnte die Leute zum Nachdenken bringen. Jetzt, wo wir mehr Informationen über Lyndall haben, habe ich ein paar Änderungen vorgenommen, um die Menschen in die richtige Ära und vielleicht in die richtigen Länder zu führen."

„Aber ist dein Podcast nicht eher für... na ja, junge Leute? Wäre das alles nicht vor ihrer Zeit?", fragte Annette.

„Da wärst du überrascht. True Crime fasziniert alle Altersgruppen und meine Zielgruppe reicht von Zwanzigern bis Achtzigern. Und das wird weltweit ausgestrahlt. Ich konzentriere mich nicht nur auf Australien, weil Lyndall starke Verbindungen zu Europa hatte." Sie senkte wieder den Kopf. „Das ist der Plan."

„Danke, Pheobe. Ich freue mich darauf, den Podcast zu hören", sagte Ben. „Annette?"

„Alles, was ich mache, geht an Meg, also anstatt zu doppeln..."

„In diesem Fall, Meg?"

„Verkauf dich nicht unter Wert, Annette. Du greifst all die relevanten Sachen auf, um mir Zeit zu sparen." Meg berührte den Bildschirm und er erwachte mit einer Art Liste zum Leben. „Das ist es, woran ich arbeite. Nun, nicht ich, sondern meine Programme, plus einiges ist ausgelagert, sicher. Das wird sich automatisch aktualisieren, wenn Ergebnisse eintreffen. Seht ihr die Zahl neben der Gesichtserkennung? Das ist die Anzahl der Gesichter, die berücksichtigt und verworfen wurden."

Die Liste war ein lebendiges Ding und Liz konnte ihre Augen nicht davon abwenden. Unter „Gesichter" standen die Namen „Lyndall", „Alain" und „Jean-Paul" und neben jedem befand sich eine Art Zähler, der sich schnell veränderte. Schließlich wandte sie sich dem Rest der Liste zu.

Blumen
Bankkonto
Drohnendaten
Hintergrund der Familie und ihrer Todesfälle
Lyndalls Waffen
Hausbauer
Periphere Kontakte

Es gab noch ein paar weitere, die eher wie Erinnerungen für Meg als tatsächliche Teile der Liste aussahen. Liz schaltete sich wieder in das Gespräch ein.

„Meine Suchen können nur so viel tun, Boss", sagte Meg zu Ben. „Ein Teil davon ist altmodische Fußarbeit während der normalen Geschäftszeiten."

Hamish und Reuben sprachen als Nächstes und berichteten über die ersten Erkenntnisse aus den Drohnen.

„Drei mögliche Stellen, wo jemand lange Zeit warten könnte, und wir sind ziemlich sicher, dass Lyndalls Haus in Sichtweite war." Das war Hamish. Er hatte kaum gesprochen, seit Liz zurückgekommen war, schenkte ihr aber gelegentlich ein Lächeln. Vielleicht wollte er damit ausdrücken, dass er keine harten Gefühle hegte. „Ich werde bei Tagesanbruch wieder hinauffahren. Haben wir Zugang zu Spürhunden?"

„Haben wir. Ich werde jemanden kontaktieren und dich mit ihnen in Verbindung bringen, aber bring sie nur dann ins Spiel, wenn du Beweise findest, dass es einen Beobachter gab. Nimmst du Reuben mit?"

Reuben nickte. „Am besten arbeiten wir zusammen daran, da wir den Tag damit verbracht haben, die Gebiete einzugrenzen und jetzt die Landschaft im Kopf haben."

Ben blickte um den Tisch und blieb bei Liz stehen. Sie erwartete, dass er sie auffordern würde zu sprechen, aber dann trat er vom Tisch zurück.

„Unser Team hat bis morgen um diese Zeit noch die Möglichkeit, Fortschritte zu machen - genauer gesagt, handfeste Ergebnisse bei der Suche nach Lyndall oder zumindest ihrem Entführer vorzuweisen. Wir laufen Gefahr, dass dieser Fall an die Abteilung für vermisste Personen und andere Abteilungen für schwere Verbrechen übergeben wird."

Pete fluchte leise vor sich hin.

„Wir müssen die Zeit, die wir haben, bestmöglich nutzen. Phoebe, du gehst jetzt und machst deinen Podcast. Schlaf so bald wie möglich. Annette, geh nach Hause. Hamish, Reuben, geht nach Hause. Seid bei Tagesanbruch auf Lyndalls Grundstück. Pete-"

„Ich gehe nicht."

„Danke, dass du Pizzas geholt hast." Ben lächelte halb.

„Ja. Kein Problem. Ich gehe trotzdem nicht."

Ein Kichern begleitete die Bewegung der Leute vom Tisch weg, als diejenigen, die gingen, ihre Computer herunterfuhren und packten. Candace schlenderte in die Küche und nach einem kurzen Blick auf Ben - der mit Meg sprach - folgte Liz ihr. Die andere Frau hatte den Kühlschrank geöffnet und starrte hinein, ohne sich zu bewegen.

„Tee? Ich habe vorhin ein paar Kräutertees gesehen", sagte Liz.

Candace schloss langsam die Tür und drehte sich um, um ein kleines, müdes Lächeln anzubieten. „Ich dachte eher an etwas Stärkeres. Wie geht's dir, Liz?"

Ich bin verwirrt und besorgt und erschöpft. Ich weiß kaum, was ich hier tue.

„Okay. Allen geht's gut."

„Sogar Hamish?"

„Hast du Petes Fotos gesehen?"

„Ja. Dachte, es wäre Zeit, dass jemand ihn in die Schranken weist."

Unsicher, wie ernst Candace es meinte, wechselte Liz das Thema.

„Wie lange bist du schon Teil des Teams?"

„Ich habe Ben geholfen, alles aufzubauen. Die richtige Mischung an Leuten ausgewählt."

Mit dieser überraschenden Bemerkung kehrte Candace in den Hauptraum zurück.

Ben, Meg, Pete und Candace saßen mit Liz am runden Tisch im zweiten Raum. Zwei Flaschen Wein waren geöffnet, ebenso Bier, und in den ersten Minuten war kaum gesprochen worden. Alle anderen waren für die Nacht gegangen. Die Ruhe und Stille hier war willkommen und Liz genoss ihren gekühlten Weißwein.

Candace lehnte sich vor, um einen Laptop heranzuziehen, und stand dann auf, um die Tafel herüberzurollen. Sie war mit ihrer kräftigen Handschrift bedeckt und es waren mehrere Seiten mit Magneten befestigt, darunter eine vergrößerte Fotokopie des Kunstwerks aus Melanies Skizzenbuch.

„Kann ich heute Nacht hier schlafen, Ben?", fragte Candace. „Höchstwahrscheinlich werde ich mehr Verbindungen ziehen, sobald ich versuche zu ruhen, und hätte lieber schnellen Zugang zur Tafel."

„Natürlich." Ben öffnete sein zweites Bier. „Liz und Pete, geht heute Nacht zurück in eure eigenen Betten."

Pete öffnete den Mund, um zu widersprechen, aber Ben fuhr fort.

„Meg braucht den anderen Raum. Niemand bleibt die ganze Nacht auf, aber drei von uns müssen für eventuelle Entwicklungen hier sein."

Candace deutete auf die Tafel. „Ich werde die anderen gleich morgen früh informieren. Ich bin noch lange nicht so weit, den Entführer zu profilieren, aber indem ich das Opfer verstehe, erwarte ich, die Grundlage für die Erstellung eines Profils des Kriminellen dahinter zu legen."

„Oder der Kriminellen", sagte Pete.

„Wir wissen aus dem Videomaterial aus dem Panikraum, dass mindestens vier Personen beteiligt waren. Drei waren als Muskeln dabei. Eine war Lyndall bekannt."

„Ihr bekannt?" Liz hatte das nicht erwartet. „Meinst du aus ihrer Vergangenheit?"

„Höchstwahrscheinlich." Candace öffnete den Laptop. „Ich habe das ausführlich studiert, aber vielleicht haben es nicht alle gesehen?"

Pete und Liz schüttelten die Köpfe und Candace drehte den Bildschirm zu ihnen.

„Das ist nur das Filmmaterial aus dem Panikraum. Die Aufnahme wird anscheinend durch Bewegung aktiviert. Durch Abgleich mit anderen Kameras wissen wir, dass Lyndall das Haus um 00.57 Uhr verlassen hat. Sie kehrte um 1.08 Uhr zurück und schloss sich im Haus ein. Ab da wird es etwas chaotisch."

Meg lehnte sich vor. „Jemand hat an den Kameras herumgepfuscht, und ich denke, es war mit einem elektronischen Gerät. Ich habe alles von dem Zeitpunkt, als Vince und Melanie gingen, bis 3 Uhr morgens an eine vertrauenswürdige Quelle geschickt, um alles Mögliche zu klären. Aus irgendeinem Grund hat es die

Kamera im Schutzraum nicht beeinflusst. Wahrscheinlich wegen der schieren Menge an Schutzmaterial im Boden, in den Wänden und der Decke."

Candace tippte auf der Tastatur und das Video begann.

Die Tür öffnete sich und eine Person trat ein, prüfte, ob die Tür wieder geschlossen war. Sie verlor keine Zeit, öffnete den Waffenschrank und entnahm das Gewehr. Und dann verschwand sie aus dem Blickfeld der Kamera. Wenige Sekunden später warf sich Lyndall fast hinein und schloss die Tür hinter sich. Es war dunkel im Raum, bis Lyndall das Panel mit den zehn Monitoren einschaltete, aber selbst deren Licht war nicht stark, da das Haus selbst dunkel war. Was erschreckend offensichtlich war, waren drei schattenhafte Gestalten vor der Tür.

Liz konnte ein leises Keuchen nicht unterdrücken und Petes Hand drückte für einen Moment ihre Schulter.

„Nun, Lyndall würde sich dort sicher fühlen", fuhr Candace fort. „Niemand sonst wusste, wie man die Tür öffnet, also musste sie nur um Hilfe telefonieren."

Auf dem Bildschirm spielte sich eine schreckliche Szene ab. Lyndall öffnete den Waffenschrank, der natürlich leer war. Ihre Körpersprache änderte sich subtil, versteifte sich, aber ihre Hand bewegte sich weiter im Schrank, hielt für ein oder zwei Sekunden inne. Vielleicht um den Knopf für die Sicherheit zu drücken. Sie begann, auf etwas zu tippen. Etwas mit einem Licht. Und dann erstarrte sie. Die Mündung eines Gewehrs kam ins Bild, bis es an Lyndalls Kopf war.

Candace pausierte die Aufnahme. „Seht ihr das Licht im Schrank?"

„Es muss ein Handy sein", sagte Liz. „Da das Gewehr fehlte, versuchte Lyndall, Vince oder die Polizei zu erreichen, aber wir wissen, dass er nie eine Nachricht oder einen Alarm erhalten hat."

„Die Sicherheitsfirma auch nicht", sagte Meg. „Tatsächlich

haben sie ihre monatlichen Zahlungen entgegengenommen und nie einmal überprüft, ob der Knopf funktioniert."

„Moment mal, Carter sagte, er sei dabei gewesen, als das alles letztes Jahr gemacht wurde." Pete sah empört aus. „Das war schon damals geplant?"

„Schaut weiter."

Das Video lief weiter.

Lyndall drehte sich langsam um, die Hände erhoben. Selbst im Halbdunkel war offensichtlich, dass sie die Person kannte, die das Gewehr hielt. Sie sagte ein Wort. Es gab eine kurze Diskussion und dann kam der Entführer ins Bild und öffnete die Tür. Die drei Männer traten ein und Lyndall stimmte dem zu, was auch immer ihr gesagt wurde. Der erste Mann legte das Gewehr weg und zog ein Mobiltelefon heraus, bevor er den Schrank schloss. Er ließ es in eine Tasche gleiten, nur die Seite seines Gesichts war teilweise zu sehen. Lyndall hielt an der Tür inne und wurde dann irgendwie hindurchgeschoben und alle fünf gingen hinaus.

Die Aufnahme endete.

Ben hob seine Hand, als alle auf einmal zu reden begannen.

„Meg hat das erst vor etwa zwei Stunden isoliert und hat bereits die Bilder des ersten Mannes und der anderen an ihre Kontakte weitergeleitet."

„Und ich arbeite an der Gesichtserkennung."

„Ja. Und ich habe angefangen, das Handy zu identifizieren. Ich habe auch vor einer Stunde Vince angerufen und bestätigt, dass er keinen Anruf oder keine SMS von Lyndall erhalten hat. Er wusste nichts von der Existenz dieses Handys, und das Telefon neben ihrem Bett ist das einzige, das auf sie registriert ist." Ben sah grimmig aus. „Das ist aber gut. Was wir aus dieser kurzen Aufnahme bekommen."

Candace ging zurück zur Tafel und zeigte auf die Skizze. „Lyndalls Verlust war schrecklich. Ich glaube, wer auch immer sie entführt hat, war für den Tod ihres Sohnes und Mannes verantwortlich. Oder irgendwie damit verbunden. Auf negative

Weise. Sie versteckt sich seit Jahrzehnten und bereitet sich auf einen Angriff vor. Das sehen wir in ihrem Haus. Ihre sorgfältige Wahrung ihrer Identität. Aber sie begann sich wieder sicher zu fühlen, und ich führe das auf ihre Beziehungen zu Vince und Melanie zurück. Irgendwo hat sie einen Fehler gemacht und diejenigen alarmiert, vor denen sie geflohen ist."

„Wovor könnte sie sich verstecken?" Meg gähnte und verdeckte es schnell. „Tut mir leid."

Pete schob seinen Stuhl zurück, stand aber nicht auf. „Sie ist eine Meisterschützin. Ich schätze, sie hat mit Scharfschützenwaffen oder Ähnlichem umgegangen, und das muss die Optionen eingrenzen."

Diese neue Seite von Lyndall ergab keinen Sinn. Liz kannte sie als exzentrische Einzelgängerin mit einem guten Herzen. Eine Frau, die lieber bei ihren Eseln als bei Menschen war. Sie war Mitte sechzig. Eine Person von wenigen Worten.

Jetzt stand Pete auf. „Ich würde nach staatlichen Sicherheitskräften oder einer Eliteeinheit des Militärs suchen. Legal oder nicht. Das ist meine beste Vermutung." Er begann, die leeren Flaschen einzusammeln.

Legal oder *nicht*? Sicher war Lyndalls früheres Leben nicht das einer bezahlten Killerin?

VIERZEHN

„Bereust du deine Lebensentscheidungen schon?" Der Mann, der Lyndall gegenübersaß, lächelte, als wären sie alte Freunde, die sich einen Scherz teilten.

Sie gab sich nicht die Mühe zu antworten. Sie hatte kaum gesprochen, seit sie vor ein paar Stunden mit verbundenen Augen aus dem Boot gezerrt, ein Dutzend Stufen hinaufgeschleppt und in dieses Gebäude gebracht worden war. Unter ihren bestrumpften Füßen knarrten alte Dielen im Sog des Ozeans. Lyndall hatte eine Ahnung, wo sie sich befand, oder zumindest von der Art des Gebäudes, und wenn sie Recht hatte, gab es eine Chance, dass sie sich selbst befreien konnte. Sobald dieses Monster weg war.

„Gib dir keine Mühe, Nora. Ganz abgesehen davon, dass niemand näher als hundert Meter herankommen darf, weil Robben es gelegentlich als Sonnenbadeplatz nutzen, sind wir meilenweit vom Ufer entfernt. Ich habe ein Boot, das in einiger Entfernung patrouilliert. Und erst gestern wurde ein Hai gesichtet."

„Ich sehe gerade einen."

„Ah. Sie spricht also doch."

Marcus war noch nie leicht zu beleidigen gewesen.

Beschimpfungen prallten an ihm ab, und er hatte in seinem Beruf seinen Anteil davon abbekommen.

„Tötest du immer noch Leute für deinen Lebensunterhalt?", fragte sie.

„Das habe ich vor etwa dreißig Jahren aufgegeben. Ungefähr zu der Zeit, als mein Superstar-Schütze verschwand." Sein Gesicht verdüsterte sich. „Ich habe nie einen anständigen Ersatz gefunden, also habe ich das Unternehmen gewechselt. Nicht, dass du irgendetwas über mein neues Leben wissen musst."

Lyndall zwang sich zu einem Lächeln. „Tu nicht so, als hättest du vor, mich am Leben zu lassen. Ich weiß zu viel, aber wenn ich bis jetzt nichts gesagt habe, ist es unwahrscheinlich, dass ich es je tun werde."

Marcus stand auf und ging zu einem der wenigen Fenster, die den Raum säumten. Jedes bot einen Blick aufs Meer. Und in die Dunkelheit der Nacht. Eine Tür führte in den anderen Teil des Gebäudes, aber Lyndall hatte bei dem kurzen Besuch, der ihr erlaubt worden war, nur das Innere eines Badezimmers am Ende eines schmalen Flurs gesehen.

Er trug ein Telefon bei sich, und als es klingelte, zuckte Lyndall zusammen. Er nahm ab, murmelte ein paar Worte und wandte sich dann wieder ihr zu.

„Ich gehe jetzt. Der Wind frischt auf, und ich habe nicht die Absicht, hier über Nacht festzusitzen. Aber du darfst bleiben und hast freien Auslauf, Nora. Es gibt ein Schlafzimmer. Eine Küche. Genug Essen für heute Abend. Die Tür bleibt verschlossen und die Fenster sind verstärkt, also richte dich ein." Er überbrückte die Distanz zwischen ihnen, blieb aber weit genug entfernt, dass er sicher wäre, sollte sie ausschlagen. Er wusste, dass sie nicht mehr die Beweglichkeit und Schnelligkeit besaß, um mehr als einen symbolischen Versuch zu unternehmen.

Das glaubt er vielleicht. Er könnte überrascht sein.

„Warum bin ich hier, Marcus? Wenn es darum ginge, mich zum Schweigen zu bringen, wäre ich schon im Ozean."

„Stimmt. Wir werden morgen reden. Nimm dir die Nacht, um darüber nachzudenken, welche Informationen, einschließlich des Standorts, du mir geben wirst, um ‚The Tides' zurückzubekommen."

Lyndall lief es eiskalt den Rücken hinunter.

„Du bist ganz blass geworden, alte Geliebte." Der Mann nickte. „Wie du es sein solltest. Denn bis morgen um diese Zeit muss es wieder in meinen Händen sein."

„Ich habe keine Ahnung, w-"

Er bewegte sich schnell, drückte sie gegen die Rückenlehne des Stuhls, sein Gesicht vor Wut verzerrt, sein Atem übelriechend von Zigaretten.

„Doch, das hast du. Und du wirst dafür sorgen, dass ich es finde."

Es klopfte an der Tür und er trat zurück, glättete seine Jacke.

„Es wäre schlecht für dich, mich zu ignorieren. Schlecht für jeden, den du den Fehler gemacht hast zu lieben. Ich frage mich... wird es beim zweiten Mal noch schlimmer sein?"

Noch während sie auf die Füße sprang, war er schon weg, aus der Tür, und sein Schläger schloss ab, dann schaute er mit einem grotesken Grinsen herein.

Sie stand am Fenster, bis das Boot außer Sicht war. Im Zimmer brannte nur eine Lampe, und sie konnte gut genug sehen, wenn sie sich gegen das Glas drückte und die Hände zu einer Schale formte. In weiter Ferne war eine Reihe von Lichtern zu sehen. Eine Küstenlinie mit Häusern. Lyndall ging zu jedem Fenster und suchte nach Orientierungspunkten. Die Nacht war trotz starker Windböen klar genug, und durch das letzte Fenster sah sie die markante Skyline von Melbourne.

Das ergab Sinn.

Sie befand sich in einem der stillgelegten Kanalpfahllichter... Strukturen aus den 1800er Jahren, die als Leuchttürme auf Pfählen in der Bucht gebaut worden waren. Es gab mehrere, die nach und nach bis zu einem gewissen Grad restauriert und an neue Standorte verlegt worden waren, rein aus Gründen des

Denkmalschutzes, da keiner mehr aktiv für seinen ursprünglichen Zweck genutzt wurde. Soweit sie wusste.

Das Tageslicht würde ihr eine bessere Vorstellung davon geben, welches Ufer am nächsten lag. Marcus könnte durchaus vor Tagesanbruch zurück sein. Diese Strukturen wurden von Parkbooten patrouilliert, um neugierige Touristen fernzuhalten. Wenn sie irgendeine Hoffnung hatte, von hier wegzukommen und der Gefahr zu entkommen, musste sie sich einen Plan ausdenken.

Von einer Gefahr in die andere. Ich weiß, welche ich vorziehe.

Lyndall war einmal eine starke Schwimmerin gewesen. Aber das war lange her, und sie war seit Jahren nicht mehr geschwommen. Würde ihr Körper mit den Schwierigkeiten eines Ozeanschwimmens über eine unbekannte Distanz fertig werden? Sie musste nur in die Nähe eines Bootes kommen, um gefunden zu werden, und dann würde sie sich ein Telefon ausleihen und Vince anrufen. Er muss außer sich vor Sorge sein.

Und Melanie.

Es war nicht fair, dass dieses süße kleine Mädchen die Angst durchmachen musste, was mit Lyndall passiert war. Sie hatte in ihrem kurzen Leben schon genug Schlimmes erlebt.

„Es wäre schlecht für dich, mich zu ignorieren. Schlecht für jeden, den du den Fehler gemacht hast zu lieben. Ich frage mich... wird es beim zweiten Mal noch schlimmer sein?"

Marcus' grausame Worte drängten sich zurück und Lyndall gab sich den Tränen hin.

Aber als sie aufgehört hatte zu weinen, stellte sie sich eine Aufgabe. Einen Weg hier raus finden. Und als Notfallplan... sich auf das Schlimmste vorbereiten und eine Waffe herstellen.

FÜNFZEHN

~Tag Zwei~

Pete hatte nicht vor, Hamish und Reuben – besonders Ersteren – viel Zeit damit verschwenden zu lassen, durch den Busch zu stapfen. Nicht, wenn er die Gegend kannte und einen Großteil des schwierigeren Geländes vermeiden konnte. Er wartete oben an der Einfahrt, nachdem er mit zwei Sicherheitsleuten gesprochen und sich versichert hatte, dass über Nacht nichts Interessantes passiert war.

Der Tag brach bald an und die Luft war bereits warm. Schwül. Obwohl der Himmel klar aussah, waren für später am Tag Gewitter vorhergesagt, und Pete hatte nicht die Absicht, hier draußen von einem erwischt zu werden. Er schaute auf seine Uhr. Zwei Stunden sollten reichen, um das hier abzuschließen.

Einer der beiden BearCats, die der Operation Nobody zugewiesen waren, verlangsamte und bog in Lyndalls Einfahrt ein. Ähnlich denen, die vom Critical Incident Response Team verwendet wurden, ergänzten diese gepanzerten Fahrzeuge mehrere andere modifizierte SUVs und Kompaktwagen. Sie waren nicht unbedingt die angenehmsten Fahrzeuge, aber besser für unwegsames Gelände geeignet und konnten nicht nur Personal, sondern auch größere Ausrüstung transportieren. Und sie sahen aus, als wären sie für alles gerüstet.

Letzte Nacht war Pete in sein bevorzugtes 24-Stunden-Fitnessstudio gegangen und hatte auf einen Boxsack eingeschlagen, bis seine Muskeln schmerzten. Schließlich war er in seine Wohnung zurückgekehrt und hatte eine Weile mit Liz hin und her geschrieben. Sie war auf die denkbar schlechteste Weise ins Team geworfen worden und machte sich krank vor Sorge um Lyndall.

Ich auch.

Er hatte Lyndall in den letzten Monaten ins Herz geschlossen. Sie war anständig, auch wenn ihre Vergangenheit sich als zwielichtig herausstellte. Menschen änderten sich nicht. Nicht ihre Persönlichkeiten, und Lyndall hatte einen starken Sinn für Richtig und Falsch. Was auch immer sie vor mehr als drei Jahrzehnten getan hatte, es hatte gute Gründe gegeben, und er interessierte sich nur dafür, um den Dummkopf aufzuspüren, der sie entführt hatte.

Dummkopf, denn wenn Pete ihn fand, würde er ihn töten.

Der BearCat parkte hinter seinem SUV und Hamish war in Sekunden draußen. „Stimmt was nicht im Haus?"

„Alles gut hier."

„Du bist einfach so vorbeigekommen?"

Pete ließ ein Grinsen breiter werden. Hamish hatte versucht, ihn zu nerven, seit sie sich getroffen hatten, und es war ihm nicht einmal gelungen, ihn aus der Ruhe zu bringen. Pete hatte schon oft mit seiner Art zu tun gehabt. Meistens, als er als verdeckter Ermittler monatelang unter den schlimmsten Leuten arbeitete – den Verbrecherbossen, die vor Stolz und Überlegenheitsgefühl strotzten. Und Pete hatte nichts dagegen, mit ihren Köpfen zu spielen. Oder mit Hamishs.

Er zeigte hinter sie, wo die ersten Sonnenstrahlen über dem höchsten Grat erschienen. „Nichts übertrifft den Sonnenaufgang hier oben. Ich dachte, ich mache ein paar Fotos und versuche dann, eines davon zu malen."

Hamishs Mund klappte auf.

Reuben war am Heck des Fahrzeugs. „Morgen, Pete. Kommst du mit uns?"

„Ja, Kumpel." Er gesellte sich zu Reuben und hob eine Drohnenbox heraus. „Ich bin hier viel gewandert und weiß, wie man Buschland vermeidet, das plötzlich in schmerzhafte Abgründe übergeht."

„Nützliche Fähigkeit. Wir nehmen nur eine Drohne mit, falls wir mehr Luftaufnahmen brauchen."

„Zwei Leute sind genug. Wärst du nicht besser in der Zentrale aufgehoben?", fragte Hamish. Er sah nicht beeindruckt aus.

„Stimmt. Ich bin unentbehrlich, aber ich habe es noch nicht gemeistert, an zwei Orten gleichzeitig zu sein, also lasst uns das hier mal ausprobieren, da ich schon hier bin."

Pete starrte Hamish an, bis der andere Mann mit den Schultern zuckte und sich an ihm vorbeilehnte, um einen Rucksack herauszuziehen. Zum ersten Mal, seit er Hamish vor ein paar Wochen kennengelernt hatte, fühlte Pete sich unwohl. Er hatte ihn als selbstverliebten, aber fähigen Mann eingeschätzt. Einen, der eine Lektion in Demut und im Umgang mit Frauen brauchte. Vor allem Letzteres. Wenn Ben nicht bald etwas unternahm, würde Pete es tun. Und Hamish würde es weitaus weniger mögen als ein unangenehmes Gespräch mit dem Chef.

Dieses Gefühl war anders.

Fast so, als ob mit dem ehemaligen Militärscharfschützen mehr los wäre. Pete schüttelte es ab und bediente sich an einem Gewehr.

Liz betrat kurz vor sechs Uhr morgens die Zentrale und war so leise wie möglich, da sie erwartete, dass diejenigen, die geblieben waren, noch schliefen. Ihre eigene Nacht war unruhig gewesen und sie war bereits seit zwei Stunden wach. Ein langer Lauf half ihr, den Kopf frei zu bekommen. Lyndall zu finden war das Einzige, was zählte, und wenn sie dafür auf jedes Bisschen ihrer Erfahrung als Detektivin zurückgreifen musste, dann war sie bereit.

Der Geruch von Kaffee begrüßte sie und sie folgte ihrer Nase in die Küche.

Candace füllte gerade Kaffeepulver in die Maschine und holte wortlos eine zweite Tasse hervor.

„Ist sonst noch jemand wach?", fragte Liz.

„Ich habe kurz bevor du kamst eine Dusche anspringen hören."

Während Candace den Kaffee zubereitete, ließ Liz ihre Tasche auf ihren Schreibtisch fallen und fuhr ihren Computer hoch. Da lag ein Ordner und darin befand sich eine Art Bericht. Offenbar von Ben verfasst, mit einem Überblick über die Ereignisse des Vortags, einer langen Liste von Hinweisen – in Ermangelung eines besseren Wortes – und einer priorisierten Arbeitsliste. Diese war nach Teammitgliedern aufgeschlüsselt.

„Kaffee." Candace reichte ihr eine Tasse und setzte sich auf die Kante des Schreibtischs. „Es steht nicht viel drauf, was deine Aufmerksamkeit erfordert... naja, abgesehen von allem." Die Linien um ihre Augen kräuselten sich, als sie lächelte. „Ben braucht heute Zeit, um seine Kontakte zu nutzen und zu seinen Wurzeln als Vermisstenfahnder zurückzukehren. Möchtest du das Team übernehmen?"

„Ich? Ich bin nicht die beste Wahl. Nicht, wenn ich kaum die Hälfte von ihnen oder die Verfahren kenne. Ich habe noch nicht einmal eine Waffe."

„Du wirst innerhalb einer Stunde eine haben. Der Rest des Teams kennt die Verfahren. Und du bist eine geborene Führungskraft."

Anstatt darauf zu bestehen, dass sie das nicht sei, probierte Liz den Kaffee. „Mein Gott, der ist gut."

„Muss er auch sein, sonst hätte Ben eine Meuterei an der Hand."

„Dieser Ort mit seiner Café-Qualität-Kaffeemaschine, dem

Weinkühlschrank, den Schlafquartieren... was wollen die Mächtigen dafür im Gegenzug? Haben sie ihre eigene Agenda für diese Einheit? Und was, wenn wir ihre Erwartungen nicht erfüllen?"

Candace hob die Augenbrauen. „Wir werden nichts vermasseln. Es mag sich im Moment so anfühlen, als stünden wir unter Druck, aber alles, was ich über die Struktur von Nobody beobachtet habe, versichert mir, dass dies ein langfristiges Projekt ist. Kein Experiment. Und viel Freiheit. Die einzige Agenda, von der ich weiß, ist die Aufklärung des Mordes an den Eltern des Inspektors, und dafür gibt es keinen Zeitrahmen."

Liz hob das Dokument erneut. „Okay, also soll ich das benutzen, um die Aufgaben aller zu überwachen? Wärst du dafür nicht besser geeignet?"

„Ich stecke tief in der Profilerstellung. Nachdem du und Pete gestern Abend gegangen seid, habe ich ein paar Stunden mit Meg und Ben verbracht. Wir haben einige Optionen durchdacht. Brauchen deinen Input. Aber wir kommen voran und das ist gut. Noch einen Kaffee? Frühstück?"

„Frühstück?"

„Im Gefrierschrank sind ein Dutzend Mahlzeiten zur Auswahl. Gefroren, ja. Aber nicht schlecht. Wenn du wirklich kochen willst, gibt's Eier und Toast und wer-weiß-was noch alles im Kühlschrank und in den Schränken. Und Joghurt und Obst und Samen. Ich kriege Hunger, wenn ich darüber rede." Candace lachte kurz, als sie wegging. „Ich hasse kochen."

Liz las das Dokument von Ben durch. Die ersten Seiten waren den heutigen Plänen gewidmet, mit dem Hinweis, dass sich alles kurzfristig ändern könnte.

Jedem Teammitglied wurde eine Reihe von Verantwortlichkeiten zugeteilt. Für Annette war es, weiterhin als Megs Hauptassistentin zu fungieren, aber auch wichtige Aufgaben zu verfolgen, wie den Bauherrn von Lyndalls Haus ausfindig zu machen und die mögliche Quelle der Blumen, die auf Jean-Paul Dubois' Grab gefunden wurden. Liz fand, dass dies Annettes

Talente gut nutzte und war zuversichtlich, dass es bald Durchbrüche geben würde.

Meg hatte die volle Kontrolle über ihre eigene Station, und auch hier hätte Liz dasselbe vorgeschlagen. Sie hatte noch nie mit jemandem gearbeitet, der professioneller oder selbstmotivierter war, und es wäre Zeitverschwendung, jemanden wie sie zu mikromanagen.

Es gab einige Notizen zu Pheobe.

Podcast aufgenommen und um 23 Uhr veröffentlicht

Kopien an jedes Mitglied der Einheit geschickt

Pheobe soll alle Reaktionen beim ersten Briefing des Tages melden.

Auf dem Computer war eine E-Mail mit einem Link, und Liz notierte sich, später reinzuhören. An die E-Mail war eine Kopie des Skripts angehängt, und sie las es schnell durch, wobei ihre Bewunderung für die jüngere Frau wuchs. Es war clever geschrieben mit einem Schwerpunkt darauf, das Publikum zu ermutigen, die Recherche für sie zu machen. Ob es Antworten bringen würde, blieb abzuwarten, aber einen Social-Media-Influencer an Bord zu holen, brachte einen ganz neuen Ansatz in die Ermittlungen.

Wie bei Meg brauchten Ben und Candace nichts von Liz, sodass nur noch die drei anderen Männer übrig blieben.

Wo war eigentlich Pete?

Er kam nur zu spät, wenn er sein eigenes Ding machte, und jetzt war nicht der Zeitpunkt für ihn, seinen eigenen kleinen Seitenausflug zu machen. Aber es war noch nicht einmal halb sieben. Sie machte sich umsonst Sorgen.

Eine halbe Stunde später saßen Meg, Ben und Annette an ihren Schreibtischen. Aber kein Pete. Letzte Nacht hatten sie ein paar Stunden lang Nachrichten ausgetauscht, Ideen hin und her geworfen und auch offener unter sich über ihre Sorgen um Lyndall gesprochen, als sie es vor dem Rest des Teams getan hatten. Wenn er etwas länger geschlafen hatte, würde sie ihn nicht drängen. Noch nicht.

Reuben und Hamish andererseits sollten bei Lyndall sein und die Suche sollte in vollem Gange sein. Sie hatten den Plan gestern Abend besprochen und beabsichtigten, drei verdächtige Stellen zu besuchen in der Hoffnung, irgendetwas zu finden, das zurückgelassen wurde. Liz hatte die Karte gesehen und war überzeugt, dass eine am wahrscheinlichsten war. Sie wollte nicht aufdringlich erscheinen, aber lokales Wissen könnte einen Unterschied machen und ihnen Zeit sparen. Bevor sie anrief, überprüfte sie die App nach ihrem Standort.

Oder versuchte es zumindest.

„Meg? Welcher Teil zeigt mir, wo jemand ist?"

Sie streckte das Handy in Megs Richtung, die mit mehr Drama seufzte als nötig war.

„Wir haben das Training dafür absolviert, Liz."

„Tut mir leid, Training? War das die drei Minuten gestern, als deine Finger so schnell über den Bildschirm flitzten, dass ich geblendet wurde und dachte, wir testen ein neues Spiel?"

Meg griff hinter sich nach einem anderen Stuhl und zog ihn näher. „Setz dich." Sie gab das Handy zurück. „Okay, ich habe vielleicht vergessen, dass nicht jeder übernatürlich mit Technologie verbunden ist, also werde ich reden und du tippst."

Meg ermutigte Liz, die verschiedenen Symbole auf dem Startbildschirm zu erkunden, und führte sie durch die heute nützlichsten. Es begann, Sinn zu ergeben. Es gab eine Logik dahinter, die Liz schnell verstand, und nach einer weiteren Übung folgte sie den Anweisungen zum Standortfinder, speziell für Reuben. Während es lud, schenkte sie Meg ein dankbares Lächeln.

„Gar nicht so schwer. Hast du das entwickelt?"

„Ja, das habe ich. Und ich hätte etwas zur Hilfe aufschreiben sollen."

„Ach was. Es ist einfach, sobald die Teile zusammenpassen. Was zum Teufel?" Liz' Augen waren zum Bildschirm zurückgekehrt. „Warum ist Pete bei Reuben und Hamish?"

Ben legte nach seinem dritten Telefonat auf. Plus eins von

Ellie, die sich bei ihm melden wollte, bevor sie zu den Wochenmärkten fuhr. Ihre Stimme zu hören, gab ihm ein Gefühl von Ausgeglichenheit. Er war aufgewacht und hatte von ihr geträumt, lag auf dem Rücken, den Blick zur Decke gerichtet, und wünschte sich, sie wäre da. Er fragte sich – nicht zum ersten Mal –, warum er sich hatte überreden lassen, wieder diese Art von Arbeit zu machen. Aber die Gelegenheit war zu gut, um sie zu verpassen, und wenn er ganz ehrlich zu sich selbst war, hatte er es vermisst, Stadtdetektiv zu sein. Die Realität, wieder in dieser Umgebung zu sein, war viel schwieriger, als er erwartet hatte, denn jetzt vermisste er sie und Michael und das Leben, das sie hatten.

Anstatt zum Telefon zu greifen und es bei einem weiteren seiner Kontakte zu versuchen und die gleiche negative Antwort wie bei den letzten drei zu erhalten, stand Ben auf und stellte sich vor das Fenster, wo er Notizen geschrieben hatte, mit der Absicht, seine Beobachtungen zu überprüfen. Stattdessen starrte er durch das Fenster auf die kleine Gruppe von Menschen.

Meg war umgeben von Computerbildschirmen, Tastaturen und Dutzenden von Informationsstapeln, in denen sie sich besser zurechtfand als jeder andere, den er je getroffen hatte. Er konnte immer noch nicht glauben, dass sie zugestimmt hatte, dieser Gruppe beizutreten, aber andererseits, warum sollte sie nicht? Nach mehreren Jahren bei der Vermisstenstelle und der Unterstützung der Mordkommission hatte sie immer noch keine offizielle Bezeichnung für ihre Position erhalten – eine Position, die von Anfang an als Experiment temporär war. Sie hatte ihm einmal erzählt, was sie verdiente, und er war schockiert gewesen, dass jemand, der so maßgeblich an der Aufklärung von Verbrechen beteiligt war und neue Wege zur Verfolgung von Kriminellen fand, so unterbewertet wurde. Das war eine Sache, die er ändern konnte. Dank des sehr großzügigen Gönners hinter Operation Nobody hatte jedes Teammitglied anständige Pakete, manchmal weit mehr als in ihrer vorherigen Position. Und obwohl er wusste, dass es für niemanden nur ums Geld

ging, war es sicherlich eine Versüßung für die langen Arbeits-
stunden und die schwierige Arbeit.

Liz war eine außergewöhnliche Polizistin und sie hatte die
Rolle übernommen, das Team für die nächsten paar Stunden zu
leiten, ohne mit der Wimper zu zucken. Das gab ihm ein kleines
Zeitfenster, um zur Suche nach Lyndall beizutragen. All seine
Jahre bei der Vermisstenstelle mussten doch etwas zählen, und
obwohl die ersten paar Leute, die er kontaktiert hatte, sich uner-
schütterlich weigerten zu helfen, würde er nicht aufhören, es
weiter zu versuchen.

Zu keinem Zeitpunkt in seiner Karriere war er sich mehr
bewusst, dass er sich Feinde innerhalb der Truppe gemacht hatte
als gerade jetzt. Vielleicht hatte er zu viele Brücken abgebrochen,
indem er die Einheit verließ, die er mehrere Jahre geleitet hatte.
Wahrscheinlicher war, dass er diejenigen verärgert hatte, deren
Inkompetenz oder Faulheit er zu verschiedenen Zeiten hervorge-
hoben hatte.

Ben kehrte zu seinem Schreibtisch zurück und wählte erneut.

„Hi, Andy. Hier ist Ben."

SECHZEHN

Zurück an ihrem Schreibtisch projizierte Liz den Navigationsbildschirm des Handys auf einen ihrer Monitore und war zumindest damit zufrieden, dass sie das geschafft hatte. Dann sah sie sich genauer an, wo die Männer waren.

Ähnlich wie bei modernen Handykarten oder Standort-Sharing-Apps hatte diese Karte die Optionen Kartenform oder Gelände, und sie wechselte zwischen ihnen, um den Standort und die Richtung zu bestimmen. Jeder der Männer wurde durch eine kleine Rautenform in einer anderen Farbe dargestellt, mit einer Legende am unteren Rand der Karte. Reuben war dunkelblau, Hamish war hellgrün und Pete war rot. Die drei waren nah beieinander und bewegten sich in nordwestlicher Richtung von Lyndalls Grundstück über einen Hochpunkt hinter Vinces Grundstück.

Eigentlich war es auf Vinces Land. Dies war der zweitwahrscheinlichste Ort, und es gab keine Möglichkeit, dass sie den ersten schon untersucht hatten. Vielleicht war es der Gedanke, zuerst den schwierigsten Ort zu erledigen und dann weiterzumachen.

Liz griff nach ihrem Handy und hielt inne.

Was auch immer Pete vorhatte, er hatte seine Gründe, und

sobald sie privat mit ihm sprechen konnte, würde er es erklären. Es könnte so einfach sein wie seine Ortskenntnis sinnvoll einzusetzen.

Oder sicherzustellen, dass Hamish seinen Job macht.

Die meisten Leute schrieben Pete schnell ab, und das war seine eigene Schuld. Es kümmerte ihn nicht, wenn sein lässiger Ansatz für manche eine Barriere war. Er zog es vor, herauszufinden, wer seine Zeit wert war, und basierend auf seinen Erfolgen bei Verhaftungen *und* Verurteilungen über seine Karriere hinweg, funktionierte das für ihn.

Jetzt, wo er und Vince sich größtenteils verstanden, brauchte er vielleicht den Kick, einen neuen Gegenspieler in Form eines ziemlich pompösen Mannes zu haben, der sein Gegenteil war. Wohlformuliert. Charmant. Gepflegt. Und hungrig nach Anerkennung.

Die Karte aktualisierte sich und die Männer hatten sich weitere hundert Meter oder so bewegt.

„Du solltest in der Lage sein, tatsächliche visuelle Aufnahmen von ihnen zu bekommen."

Liz zuckte zusammen, als Annette über ihre Schulter sprach.

„Bist du ein Ninja?"

„Tut mir leid", sagte Annette. „In Uniform wurde ich früher so genannt. Immer leise, bis ich sprechen muss."

Mein Nervensystem könnte mehr Vorwarnung gebrauchen.

„Wie bekomme ich visuelle Aufnahmen?"

„Darf ich?" Annette kniete sich neben Liz und hielt einen Finger über den Monitor.

„Bitte."

„Also, wenn du dieses Symbol berührst, das mit der Kamera? Und halte. So. Und um zurückzuwechseln, einfach wiederholen."

Der Bildschirm flackerte und verwandelte sich dann von einem flachen Gelände in etwas, das Google Earth ähnelte, nur dass es drei winzige Punkte gab, die sich entlang eines Pfades bewegten. Sie tippte auf sie und die Bilder wurden größer und die Qualität verbesserte sich. Tatsächlich waren da drei Männer, die wanderten und Rucksäcke trugen.

„Wieso sind es drei?"

„Eine ausgezeichnete Frage und eine, die ich stellen werde, sobald sie zurück sind. Pete hat sich selbst dem Suchteam hinzugefügt und ich nehme an, es ist, weil er die Gegend kennt."

„Pete macht gerne seine eigenen Ermittlungen. Bit of a lone wolf."

Liz schwieg. Sie würde nicht über ihren alten Partner reden, weder gut noch schlecht.

„Brauchst du etwas vom Supermarkt?", Annette stand auf. „Uns ist die Hafermilch ausgegangen, die ich für meinen Kaffee benutze, und ich dachte, ich könnte schnell rausfahren und welche holen. Verdammte Laktoseintoleranz."

Liz lächelte. „Du musst einer der wenigen Polizisten sein, die ich kenne, die keinen schwarzen Kaffee trinken."

Annette verzog das Gesicht. „Eklig ohne einen Schuss von irgendwas."

„Wenn Meg dich entbehren kann, huscht jetzt raus, bevor das Briefing beginnt. Nichts ist schlimmer als einen Morgenkaffee zu verpassen."

Liz wandte sich wieder dem Bildschirm zu und aktualisierte erneut. Die Männer standen still. Sie hatten ihr Ziel erreicht. Innerhalb einer Minute bewegten sie sich wieder. Ihr Herz sank. Wenn es dort nichts zu finden gab, dann war das wertvolle verschwendete Zeit. Sie hätte anrufen sollen, um vorzuschlagen, dass sie den anderen Ort priorisieren. Mit Pete, der mitging, waren das drei Personen, die die Arbeit machten, die möglicherweise einer hätte bewältigen können. Oder drei Personen, die gleichzeitig zu drei Zielen gingen. Als ihr bewusst wurde, dass sich ihre Schultern verspannten, stand Liz auf und streckte sich. Es war nicht hilfreich, sich darüber zu ärgern, wie andere Teammitglieder ihre Arbeit machten.

„Liz? Kann ich dir etwas zeigen?", Meg stand an ihrer Rolltafel und befestigte eine Reihe von Fotos mit Magneten.

„Sind die aus Lyndalls Haus?"

„Wie konnten wir das übersehen?"

Es gab vier Fotografien. Die erste war ein Hochzeitsfoto mit Lyndall und dem Mann, von dem sie annehmen mussten, dass es Alain Dubois war. Dann zwei Fotos von Babys, nicht viel älter als Neugeborene, in Lyndalls Armen. Schließlich eines mit zwei Kindern, die zusammen auf einer Bank saßen und in die Kamera grinsten. Ein Junge im Alter von vielleicht neun oder zehn und einer von etwa zwei Jahren.

„Ich habe das letzte gesehen und dachte, der Kleinkind sei jemand, den die Familie kannte. Vielleicht ein Verwandter? Er ist auf keinem anderen Foto."

„Schau dir die Bilder mit den Babys genau an."

Die Posen waren ähnlich. Lyndall saß auf einem Sofa mit einem Baby in den Armen. In beiden war das Baby in eine Decke gewickelt, der Kopf mit einer gestrickten Mütze bedeckt. Sie hätten eine Minute auseinander aufgenommen worden sein können. Außer ... Liz konzentrierte sich auf Lyndalls Gesicht. „Nein."

„Meine Meinung ist ja."

„Verschiedene Babys. Lyndall sieht auf dem zweiten Bild älter aus."

„Richtig. Ich werde einige Tests an den Fotos durchführen, weil es keine Datumsstempel gibt, aber ich denke, das zweite Bild zeigt ein zweites Baby, und dann sind auf der Bank beide Jungen."

„Brüder?"

Meg kehrte zu ihrem Platz zurück. „Ich werde das zu den Suchparametern hinzufügen."

„Wenn Lyndall ein weiteres Kind hat, wo ist es?", Liz stand immer noch an der Tafel und berührte eine Kopie der Skizze von Melanie. „Es gibt keinen Hinweis darauf, dass es jemand anderen gibt. Sicher hätte sie ihn mit einbezogen, wenn er auch gestorben wäre?"

„Was ist mit der Kunst in ihrem Haus?"

„Ich habe euch allen die Fotos geschickt, die ich davon gemacht habe, aber sie sind nicht von großer Qualität. Ich war etwas in Eile."

„Lass es mich machen."

„Annette ist gerade wieder reingekommen. Soll ich sie bitten, die Fotos durchzugehen?", fragte Liz, während sie beobachtete, wie Meg einen Bildschirm mit jedem Kunstwerk aus Lyndalls Haus zusammenstellte.

„Nein, ich brauche sie für die Nachverfolgung der Sicherheitsfirma."

Liz' Telefon begann auf ihrem Schreibtisch zu klingeln, und sie beeilte sich, es zu beantworten.

Sobald Ben endlich aus seinem Büro kam, verlor Liz keine Zeit, ihm wieder die Zügel zu übergeben. Er und Candace gingen in den zweiten Raum, und Liz machte eine längst überfällige Toilettenpause.

In ein paar Minuten würden sie das erste Briefing des Tages haben, und Liz war bereits erschöpft. Mental und emotional gehörte dieser Fall zu den schwierigsten, an denen sie je gearbeitet hatte. Sie wusch sich länger als nötig die Hände und unterdrückte die Angst, die mit jedem neuen Puzzlestück zu steigen schien. Fokussiert zu bleiben, war alles, was zählte. Das Endziel, Lyndall sicher zu bergen, nicht aus den Augen zu verlieren. Schritte darüber hinaus, einschließlich des Ergreifens des Täters, waren zu diesem Zeitpunkt nicht wichtig.

Reuben war in der Küche, den Kopf im Kühlschrank. Petes Stimme drang von seinem Schreibtisch herüber.

„Wenn du Hafermilch suchst, Annette hat früher welche gekauft. Könnte im Schrank sein."

Er richtete sich mit einem verlegenen Grinsen auf. „Eigentlich Essen. Ich verhungere. Und es sind zwei Packungen Milch im Kühlschrank, also keine Ahnung, warum sie mehr gekauft hat."

„Vorausplanung?"

„Nein. Ich meine das hier." Reuben schloss die Kühlschranktür und öffnete die Vorratskammer. „Es sind schon sechs Packungen vom letzten Mal da, als wir aufgefüllt haben."

Tatsächlich standen sechs Packungen Hafermilch ordentlich aufgereiht da.

„Etwas seltsam."

„Macht mir nichts aus. Vielleicht mache ich einen Smoothie damit. Willst du auch einen?"

Nicht mal, wenn es das letzte Getränk auf Erden wäre.

„Danke, aber nein. Ich muss mit Pete reden."

Liz war sich sicher, dass Reuben leise kicherte, als sie flüchtete, und sie ertappte sich dabei, wie sie lächelte. Er entpuppte sich als einer dieser Menschen, mit denen man gerne zusammen war. Nicht anstrengend und nicht eingebildet.

„Da bist du ja, Lizzie-Beth. Ich frage mich, ob wir einen kurzen Moment haben könnten? Weg vom Hauptraum." Hamish musste auf sie gewartet haben, so schnell war er bei ihr.

„Liz. Einfach nur Liz, danke. Was möchtest du besprechen?"

Seine Augen verengten sich und dann blickte er in Richtung Pete, der auf der Kante seines Schreibtisches saß und etwas auf seinem Handy machte. Wenn er vorhatte, sich über Pete zu beschweren, dann verschwendete er seine Zeit. Sie würde ihm sagen, er solle das mit Ben klären. Ihr Handy piepste mit einer Nachricht.

„Entschuldige, ich muss nur nachsehen, falls es Vince ist."

Hamish wartete.

Es war Pete.

Glaub kein Wort von dem, was er sagt. Ich habe ihm das Leben gerettet.

Irgendwie schaffte sie es, ein ernstes Gesicht zu bewahren, und schob das Handy weg. „Das kann warten. Kannst du hier mit mir reden? Ich möchte den Knotenpunkt so kurz vor dem Briefing ungern verlassen."

Noch ein Blick, diesmal um den Raum, und dann trat Hamish etwas näher und senkte seine Stimme. „Es ist mir eigentlich ein bisschen peinlich."

„Geht es um gestern?"

„Gütiger Himmel, nein. Ich habe unser Kennenlernen sehr genossen." Er blitzte ein Lächeln, wurde dann aber ernst. „Etwas ist vorhin passiert. Oben auf dem Grundstück. Pete hatte einen Weg vorgeschlagen und ich nahm einen anderen, weil ich dachte, er wäre schneller und basierend auf der Topographie der Drohnen hätte er es auch sein sollen. Aber da war eine verdammt große Spalte und ich wäre fast... nun, es genügt zu sagen, dass Pete wie aus dem Nichts auftauchte und mich packte, bevor ich fallen konnte. Wurde noch nie gerettet."

Während es eine Erleichterung war, den Mann offen sprechen zu hören, hatte Liz keine Ahnung, worauf er hinauswollte. Ben und Candace waren auf dem Weg vom Konferenztisch.

„Die Sache ist, ich kenne ihn nicht gut und vermute, dass er mich nicht mag. Aber er kam angeschossen und machte kein großes Aufheben darum, und ich möchte etwas dazu sagen, weiß aber nicht, wo ich anfangen soll."

Liz schaute genau hin, um sicher zu sein, dass Hamish es ernst meinte. Wenn er zu irgendeiner Art von Scherz ansetzte, würde sie das nicht gutheißen. Aber seine Augen waren aufrichtig.

„Fang einfach an mit ‚Danke, Kumpel'. Beste Möglichkeit zu vermeiden, dass Pete dich damit aufzieht."

„Sollen wir anfangen?", fragte Ben am Tisch.

„Danke für den Rat, Liz. Obwohl Lizzie-Beth dir gut steht."

Es lohnte sich nicht zu antworten.

„Danke Liz, dass du eingesprungen bist, während ich den ganzen Morgen meinen Schwanz gejagt habe", sagte Ben. Er schüttelte den Kopf, sein Gesichtsausdruck grimmig. „Ich hielt mich immer für einen ziemlich netten Kerl, aber anscheinend nicht nett genug, um einen Gefallen einzufordern."

Es gab kein Kichern, wie es vielleicht der Fall gewesen wäre, hätte er einen anderen Gesichtsausdruck gehabt. Wenn Ben Rossi, ehemaliger Leiter der Vermisstenstelle, keine Unterstützung bei einer Entführung gewinnen konnte, wo ließ das dann das Team? Liz vermutete, dass er eingeschränkt war in Bezug auf die Informationen, die er geteilt und nach denen er gefragt hätte, aber trotzdem beunruhigte es sie.

„Nachdem ich meine Beschwerde für heute losgeworden bin, gebe ich euch die gute Nachricht. Jemand hat zugestimmt, eine leise Nachforschung nach den fehlenden Fingerabdrücken anzustellen."

„Oh, Lyndalls?", fragte Annette. „Ich bin Spuren gefolgt, die alle in Sackgassen enden, also danke für diesen Hoffnungsschimmer."

„Sollten heute etwas haben, wenn Andy etwas finden kann."

Pete schnaubte und alle Augen wanderten zu ihm. Er zuckte mit den Schultern.

Wenn Ben von Petes anhaltender Abneigung und Respektlosigkeit gegenüber Andy Montebello gestört war, zeigte er es nicht. Andy arbeitete für Ben bei der Vermisstenstelle, bevor er vor einem Monat die Leitung der Mordkommission übernahm. Sie hatten eine solide Arbeitsbeziehung und Liz kam gut mit beiden aus... bis zu Andys Beteiligung an ihrem letzten Fall.

„Reuben, irgendwelche Erfolge bei deinem Buschspaziergang?"

„Tut mir leid, Ben. Nichts von den drei möglichen Stellen."

„Wie haben sie dann Lyndall beobachtet?", fragte Candace.

„Es ist möglich, dass es mehr Kameras um ihr Grundstück gibt. Gut versteckt und von demjenigen platziert, der hinter ihr her war", sagte Hamish mit einem Blick auf Reuben, der nickte. „Wir haben das auf dem Rückweg besprochen und sowohl Reuben als auch ich haben mit Überwachungsgeräten gearbeitet, die klein genug sind, um unbemerkt zu bleiben. Es sei denn, man sucht gezielt danach."

Meg tippte auf den Tisch, um den Bildschirm hochzufahren. Es erschien eine 3D-Darstellung von Lyndalls Haus von außen, einschließlich der nächstgelegenen Gebäude. „Ich habe ein Dutzend mögliche Standorte für diese identifiziert, und wenn wir vorsichtig sind, könnten wir vielleicht einen bergen und zurückbringen."

„Nur einen?"

Bis jetzt war Pheobe wie üblich still gewesen, aber Liz hatte bemerkt, wie aufmerksam sie jedem Sprecher zuhörte, auch wenn ihre Augen oft auf den Tisch oder ihre Hände gerichtet waren.

„Ich mache mir Sorgen, dass es ihren Plan für Lyndall eskalieren lassen könnte, wenn wir offensichtlich machen, dass wir ihnen auf der Spur sind und möglicherweise eine Möglichkeit haben, sie zu verfolgen. Im Idealfall brauchen wir einen, und wenn ich mir das ansehen kann, Ben, kann ich das so tun, dass es sie nicht alarmiert. Hoffentlich."

„Dann sollte ich mit Meg gehen." Das war Hamish. „Habe diese Art von Technik schon mal benutzt."

Bens Blick wanderte von Hamish zu Meg. „Deine Entscheidung."

„Ich würde gerne Liz mitnehmen. Hört mich an. Wir müssen uns die Kunstwerke im Haus genauer ansehen, und ganz ehrlich, wenn es drinnen Überwachung gibt und diese überwacht wird, ist es dann nicht besser, sie glauben zu lassen, dass das unser Motiv für den Besuch ist?"

Für einen Moment herrschte Stille. Pheobes Kopf war gesenkt und ihre Finger umklammerten sich gegenseitig. Candace hatte diesen vertrauten Blick, als sie langsam die Leute um den Tisch musterte. Immer dabei, sie zu durchschauen.

„Liz, geh mit Meg. Und seid bitte beide vorsichtig."

Hamish öffnete den Mund und schloss ihn wieder. Seine Hände an seinen Seiten waren zu Fäusten geballt.

SIEBZEHN

Phoebe gab einen detaillierten Bericht über den Podcast und die bisherigen Ergebnisse. Sie war eine andere Person, wenn sie über ihre Arbeit sprach, auf eine ruhige Art und Weise belebt, aber eindeutig kenntnisreich über die Demografie ihrer Zuhörer und mit einem scharfen intellektuellen Ansatz, Unterhaltung mit Vorteilen zu bieten.

„Meine Assistentin stellt gerade ein Portfolio der vielversprechendsten Hinweise zusammen. Es wurden mehrere Kunstdiebstähle erwähnt, sowie ein Skandal um eine Dreiecksbeziehung zwischen zwei männlichen Künstlern und einem Modell, das für sie posierte. Hauptsächlich ein Skandal, weil sie beide bestahl und es gleichzeitig schaffte, sie gegeneinander aufzubringen." Mit einem seltenen Lächeln fuhr Phoebe fort. „Es kommen immer noch Kommentare rein und wir haben eine Telefonleitung, auf der Zuhörer eine Sprachnachricht hinterlassen und so lange sprechen können, wie sie möchten. Das braucht zwar etwas mehr Zeit für uns zum Durchgehen, aber ich erwarte, dass ich bis zum späten Nachmittag einen Bericht haben werde."

Sie trat einen Schritt zurück, als wolle sie das Ende ihres kurzen Berichts signalisieren.

„Danke dafür. Wer ist noch übrig... Annette?"

„Klar. Ich bin der Sicherheitsfirma nachgegangen, die für Lyndalls Haus zuständig ist." Annette bezog sich auf ihr Tablet. „Stone's Security mit Sitz in Bacchus Marsh. Sie bieten Haus- und Geschäftsüberwachung, Alarmanlagen, Kontrollfahrten und Ähnliches an. Ich habe mit einer Mitarbeiterin gesprochen, die wenig hilfreich war. Sie sprach mit jemandem Höherrangigen, der mitteilte, dass sie nur über einen individuellen Kunden sprechen werden, wenn wir einen Durchsuchungsbefehl vorlegen."

Ben und Pete sahen sich an, letzterer nickte. „Lass das meine Sorge sein."

„Falls du sie besuchen willst, solltest du wissen, dass sie eine Sache gesagt haben. Sie bestreiten, einen Alarm von Lyndall erhalten zu haben und sind seit fast einem Jahr nicht mehr auf ihrem Grundstück gewesen. Der Zeitpunkt passt eher zu dem Vorfall mit Vince Carter und dem Brand in seinem Cottage."

„Was nicht mit den vorliegenden Informationen von Vince übereinstimmt, noch mit dem Video, in dem Lyndall anschei-nend etwas im Waffenschrank drückt. Ich nehme an, jeder hat inzwischen die Aufnahmen ihrer Entführung gesehen?" Ben blickte in die Runde. „Pete, bitte statte Stone's Security einen Besuch ab. Ich glaube, der Bauunternehmer von Lyndalls Haus macht in einer Stunde einen Videoanruf. Er ist derzeit in den USA, also werde ich das Gespräch mit ihm führen. Gibt es etwas Neues zu dem Handy, das der Täter mitgenommen hat, Meg?"

„Es wurde letztes Jahr über den Ladentisch in einem Super-markt gekauft. Ich warte darauf, dass mir die Telefonnummer übermittelt wird. Das ist ein großer Durchbruch. Sobald ich sie habe, werde ich versuchen, es zu orten, vorausgesetzt, es ist eingeschaltet." Meg zog die Tafel von ihrer Arbeitsstation herüber. „Liz und ich glauben, dass es ein zweites Kind von Lyndall gibt. Einen Bruder von Jean-Paul."

Das verursachte ein interessiertes Murmeln.

„Annette geht den Unterlagen der Familie nach, aber bisher taucht dieses jüngere Kind nirgendwo auf. Meine Vermutung ist, dass er etwa zwei Jahre alt war, wenn überhaupt, als sein Vater und sein Bruder starben."

„Wo ist er dann?", fragte Reuben. „Auf der Skizze, die ich gesehen habe, ist nur ein Kind. Und es gibt nur ein Kindergrab auf dem Friedhof. Hat Lyndall ihn versteckt? Ihn irgendwo in Sicherheit gebracht, wenn sie glaubte, ihre Familie sei in Gefahr?"

„Gute Fragen. Oder hat der Mörder ihn mitgenommen?", fragte Candace. Sie ging um die Tafel herum und zeigte auf die Bilder der zwei Kinder auf der Bank. „Das ist kein Foto, das jemand macht, der eine Tragödie erwartet. Zwei Brüder in einem Park. In der Öffentlichkeit. In was auch immer Lyndall involviert war, sie hat nicht damit gerechnet, dass es ihre Familie betreffen würde."

Meg überprüfte ihr Handy. „Okay, wir haben einige Informationen über Alain Dubois. Ich werde sie durchgehen, aber um es zusammenzufassen: Er wurde in Frankreich geboren und starb in Australien bei einem Bootsunfall während eines langen Urlaubs hier. Keine lebenden Verwandten. Ich kann den Namen seiner Frau oder seines Sohnes noch nicht sehen, aber es kommen schnell Dateien rein. Darf ich?" Sie blickte zu Ben.

„Bitte. Wir sind hier vorerst so gut wie fertig, also alle, großartige Arbeit bisher."

Liz' Brust schmerzte vor Anspannung. Sie war gut bei schnell voranschreitenden Fällen. Penibel mit Details und ziemlich effizient darin, einen Lügner aufzuspüren. Aber immer mehr zehrte die emotionale Belastung der Arbeit an Fällen, die ihr nahe gingen, an ihr.

Ich muss mich bewegen. Ich muss etwas tun.

Candace beobachtete sie. Irgendwie hatten sie eine Verbindung und die Psychiaterin erkannte immer Liz' Stimmungen... zumindest, wenn sie gestresst war. Ihre Blicke trafen sich über den Tisch hinweg und sofort senkte ein Gefühl der Ruhe Liz' aufsteigende Angst. Sie wusste, dass sie sich Zeit nehmen musste, um mit Candace zu arbeiten. Um neue Techniken zu lernen, um mit sehr schwierigen Situationen umzugehen.

„Meg, entschuldige...", Ben hatte sich umgedreht, um in sein Büro zu gehen, drehte sich aber wieder zurück. „Willst du, dass Liz alleine zu Lyndalls Haus fährt und du die Akten durchgehst?"

„Ähm. Lass mich kurz sehen, wie viel es ist."

„Oder ich könnte mit Liz fahren." Hamish hatte sich nicht vom Tisch wegbewegt.

„Nicht nötig, ich kann auf dem Weg lesen." Meg war auf den Beinen und warf Dinge in ihre Umhängetasche. „Aber wenn du frei bist, Hamish, kannst du einen Blick auf die Luftaufnahme werfen, die ich aus den Drohnenaufnahmen erstellt habe? Benutze einfach den vertikalen Bildschirm, wenn du möchtest, und notiere alles, was ich übersehen habe oder was nicht richtig aussieht. Bitte und danke."

Bevor er die Chance hatte zu antworten, war Meg am Tisch und berührte die Knöpfe, um den Bildschirm hochzufahren. Dann griff sie mit einem Grinsen zu Liz ihre Tasche sowie ihren Laptopkoffer und verschwand in Richtung Aufzug.

„Der beste Weg, mit Hamish umzugehen, ist, ihn beschäftigt zu halten", sagte Meg. „Und ich brauchte wirklich jemanden, um die Karte zu überprüfen, aber das hätte jeder machen können."

Liz fuhr und sie hatten sich entschieden, einen Kleinwagen zu nehmen anstatt eines der größeren Fahrzeuge. Es könnte weniger bedrohlich oder offiziell erscheinen für jeden, der möglicherweise noch beobachtete, falls das der Fall war. Sie war froh, etwas zu tun. Irgendetwas, anstatt der scheinbar endlosen Diskussionen und Computerarbeit. Alles wichtig. Aber nicht für ihren Gemütszustand.

„Soll ich dir interessante Teile vorlesen?", fragte Meg. Sie hatte ihren Laptop geöffnet und benutzte das Scrollpad, um herumzublättern.

„Ja. Gibt es etwas über die Hochzeit? Alains Frau?"

„Immer noch nicht. Und es wird von Minute zu Minute seltsamer, denn danach zu urteilen, könnte man meinen, er wäre Single und kinderlos.“

„Moment mal, wie das? Woher kommen diese Informationen?“

„Aus verschiedenen Quellen, die über einen früheren Kollegen zu mir gekommen sind. Er ist brillant darin, Fakten zu finden, die sonst verborgen bleiben, und wenn er etwas nicht finden kann, existiert es vielleicht gar nicht. Aber trotzdem... zum Beispiel umfassen Alains Dokumente für seine Einreise nach Australien ein dreimonatiges Urlaubsvisum, eine Kopie seines Reisepasses - die relevanten Seiten - und einen Reiseplan. Oh, das ist interessant.“

Meg beugte sich näher zum Bildschirm und rückte ihre Brille zurecht, um besser sehen zu können.

„Der Reiseplan ist für eine Tour durch mehrere Kunstgalerien.“

„Erzähl weiter.“

„Nicht die, an die die meisten von uns denken. Abgesehen von der National Gallery of Victoria sind die anderen kleiner und umfassen drei private Galerien.“

„Privat? Wer hat denn sowas in Australien?“

„Liz, Liz, Liz. Verkehrst du etwa nicht mit den Superreichen? Den unanständig Wohlhabenden?“

„Tatsächlich nicht. Natürlich rein aus freier Entscheidung.“

Beide lachten, dann bog Liz in die letzte Straße vor Lyndalls Haus ein.

„Zwei dieser Galerien, die privaten, gehören altem Geld. Diskrete Familien von großem Reichtum, und beide sind bedeutende Förderer der Künste, also sollte ich netter über sie reden. Die dritte stammt auch aus Wohlstand, aber anscheinend selbst erarbeitet, und der Besitzer ist ein Kunsthändler.“

„Warum sollte Alain private Galerien besuchen? Ich stelle mir vor, dass sie entweder Lyndalls Werke besitzen oder kaufen wollten. Waren er und Lyndall vielleicht Gäste bei Veranstaltungen? Oder war er so etwas wie ihr Agent?"

„Ausgezeichnete Überlegungen. Ich habe meinem Freund ein paar Fragen geschickt und ihn gebeten, eine Liste der anderen Teilnehmer dieser exklusiven Tour zu besorgen. Ich schreibe gleich Annette eine E-Mail und bitte sie, nach Veranstaltungen an diesen Orten während dieser Termine zu suchen."

Liz hielt das Auto am Ende der Auffahrt an und wartete, bis Meg aufhörte, auf ihrer Tastatur zu tippen. Die Kühe waren auf der unteren Weide, wo das Gras lang und üppig war. Irgendwie war das Grundstück immer grün, außer in der Mitte des Sommers, und es war so etwas wie eine Oase inmitten des dichten Buschlands und einiger Gebiete in der Gegend, die dazu neigten, öfter trocken auszusehen. Aber Lyndall hatte nur ihre geretteten Esel und Kühe und rotierte sie häufig zwischen den Weiden.

„Ich bin fertig. Denk daran, es könnten auch Abhörgeräte vorhanden sein. Lass uns unser Gespräch auf die Gemälde und so weiter beschränken, anstatt sie über unsere andere Mission zu informieren."

„Wenn ich etwas Verdächtiges sehe?", Liz fuhr wieder los.

„Mach Fotos und schick sie mir, und füge eine Notiz hinzu oder markiere die Stelle. Ich werde heimlich einen Blick darauf werfen. Und sei nicht schüchtern bei Nahaufnahmen, wenn etwas interessant aussieht. Egal wie klein oder seltsam."

Ein Sicherheitswächter sprach mit ihnen, bevor sie hineingingen. Er berichtete nichts Besonderes, außer dass Vince mehrmals nach den Tieren gesehen hatte, einschließlich eines späten Besuchs, um die Esel in die Weide mit dem großen Schuppen einzusperren. Offenbar protestierten die Esel eine Weile, bis einer der Sicherheitswächter ihnen einen Haufen Karotten brachte, die er aus dem Gemüsegarten gezogen hatte. Liz war sich nicht sicher, ob Lyndall es schätzen würde, dass ihr Garten angerührt wurde, aber es war wahrscheinlich eine nette Geste, um die Tiere zu beruhigen.

Sie ließen die Lichter drinnen aus und machten einen stillen Rundgang, den sie vorher besprochen hatten. Am Panikraum führte Liz Meg zu der genauen Stelle, wo die leicht geöffnete Tür die Wand einrahmte. Nur für eine oder zwei Sekunden dort, nickte Meg leicht und sie gingen weiter.

„Es tut mir leid, dass wir die Fotos noch einmal machen müssen, Liz", verkündete Meg, als sie das Wohnzimmer erreichten. „Die ursprünglichen waren einfach nicht klar genug. Soll ich hier anfangen?"

„Okay. Ich fange im hinteren Schlafzimmer an."

Es war reine Spekulation, dass Kameras im Haus operierten, platziert von wem auch immer für Lyndalls Entführung verantwortlich war. Beweise zu finden war alles, was Liz interessierte, und sie war vorsichtig, Fotos mit ihrem Handy zu machen, die alles zeigen würden, was in einem Gemälde oder seinem Rahmen versteckt sein könnte. Sie nahm sich viel Zeit im Flur, hauptsächlich um viele Bilder des Panikraums aus verschiedenen Blickwinkeln zu bekommen, immer darauf bedacht, so zu tun, als würde sie Gemälde fotografieren. Mehr denn je war sie überzeugt, dass sie einen viel genaueren Blick auf die Wand im Inneren des Raumes werfen musste, aber es würde Planung erfordern, dies zu tun. Sie schickte sie an Meg mit einer Frage.

Irgendeine Idee, wie wir die Wand überprüfen können?

Noch nicht. Wir reden bald draußen darüber.

Meg war gerade fertig, als Liz zu ihr stieß.

„Nur noch eins in der Küche und eins im Esszimmer übrig. Ich mache das Esszimmer."

Seit wann gab es ein Gemälde in der Küche? Liz schaute sich eine Minute lang um, bevor sie die Skizze am Kühlschrank bemerkte. Es war eine von Melanies Zeichnungen und ziemlich süß, mit Vince, der in einem Sessel sitzt, während Lyndall und Mel Skizzen machen – die beide kleine Bilder von sich selbst waren.

Liz machte ein paar Fotos und als sie sie durchsah, fiel ihr etwas auf. Ein Kühlschrankmagnet hielt das Papier fest. Er war quadratisch und mit quadratischen, künstlichen Edelsteinen bedeckt. Außer einem, der rund war.

Sie schickte das Bild an Meg und fügte einen kleinen Pfeil hinzu, um den runden hervorzuheben. Dann öffnete sie den Kühlschrank, nahm einen Behälter Milch heraus, tat so, als würde sie daran riechen, das Datum überprüfen, und schüttete dann den Inhalt in den Abfluss. Wenn jemand zusah, würde es nicht verdächtig erscheinen, in der Küche zu bleiben. Niemand wollte nach Hause kommen und verdorbene Milch vorfinden.

„Fertig, Liz?", fragte Meg. Sie hatte ihre Ausrüstung gepackt und wie üblich über die Schultern gehängt. „Oh mein Gott, ist das eine von Melanies Zeichnungen? Mensch, sie wird richtig gut." Sie zog sie vom Kühlschrank weg, als ob sie sie genauer betrachten wollte, und als der Magnet zu Boden fiel, trat sie darauf, bis ein leichtes „Knacken" zu hören war. „Oh je. Ich hoffe, das war kein Lieblingsmagnet. Verflixt."

„Sieht billig aus. Ich werfe ihn weg."

Der Magnet war teilweise zerquetscht, und als Liz ihn aufhob, nahm Meg ihn unauffällig und ließ ihn in eine ihrer Taschen gleiten. Liz machte eine Show daraus, den Schrank mit dem Mülleimer darin zu öffnen.

Nachdem sie abgeschlossen und dem Sicherheitsdienst Bescheid gegeben hatten, dass sie fertig waren, verstauten Liz und Meg ihre Taschen im Auto und gingen dann ein Stück weg, außer Hörweite von allen anderen.

„Gut aufgepasst, Liz. Definitiv Überwachung. Ich glaube, ich hab's zerstört. Aber wir sollten trotzdem eine ruhige Rückfahrt haben, nur für den Fall."

Das war ein Durchbruch. Liz machte es nichts aus, für die nächste halbe Stunde kein Wort zu sagen, denn das musste ein Schritt in Richtung Entführer sein ... und Lyndall zu finden.

ACHTZEHN

Wenn es eine Sache gab, die Pete während eines Falls hasste, dann waren es die langsamen Zeiten. Das unterschied sich nicht von den meisten Cops, und er wusste, dass Liz damit kämpfte, aber das machte es nur noch schlimmer.

Es konnte nicht alles nur Action und schnelle Ergebnisse sein. *Schade.*

Polizeiarbeit bestand aus Fragen stellen, recherchieren, Berichte vergleichen und Informationslücken finden. Das brauchte Zeit und war entscheidend, um die Punkte zu verbinden und einen soliden Fall aufzubauen. Es brachte nichts, den Täter zu fangen und ihn dann wegen einer Formalität laufen zu sehen.

Pete wusste, dass sie sich gerade in dieser Phase befanden, und es half nicht, dass das neue Team Anlaufschwierigkeiten hatte. Nicht viele, aber es gab zu viel Händchenhalten, während jeder seinen Rhythmus fand und die Stärken der anderen kennenlernte. Mit etwas Zeit und Erfahrung hatte Operation Nobody das Potenzial, das beste Team zu werden, in dem er je gearbeitet hatte. Nur noch nicht jetzt. Nicht bei einem der wichtigsten Fälle, an denen er je gearbeitet hatte.

Er fuhr am Büro der Sicherheitsfirma vorbei und parkte.

Bacchus Marsh war eine schnell wachsende Stadt kurz außerhalb des Vorstadtgürtels von Melbourne, und obwohl es immer noch das ländliche Flair hatte, wurde es mit jedem Mal, wenn er durchfuhr, geschäftiger. Beliebt für die frischen Produkte, die entlang der Bacchus Marsh Road angebaut und verkauft wurden, war es ein Knotenpunkt für viele umliegende Landgüter. Wie zum Beispiel Lyndalls. Die Sicherheitsfirma war eine von mehreren lagerhallenähnlichen Einheiten hinter einem großen Zaun, und als Pete von der Straße herunterging, warf er einen guten Blick durch ein offenes Rolltor.

Ein halbes Dutzend kleine Transporter waren mit dem Firmenlogo versehen. Es gab Regale und Uniformen, die an einer Wand hingen. Keine Menschenseele in Sicht. Eine Minute lang stand Pete einfach im Türrahmen und wartete darauf, dass jemand käme und fragte, warum er hier sei. Aber nichts.

Er öffnete die Tür zum Büro, und eine junge Frau, vielleicht zwanzig, blickte von einem Handy auf, als hätte er etwas Wichtiges unterbrochen.

„Ruhiger Tag?", fragte er.

Auf dem Empfangstresen stand ein Monitor mit einem geteilten Bildschirm von Überwachungskameras, einschließlich der Stelle, wo er unbemerkt gestanden hatte.

„Kann ich Ihnen helfen?"

„Ein Freund hat mir diese Firma empfohlen. Sie haben sie benutzt, um viele Kameras und eine Alarmanlage in ihrem Haus zu installieren, und es gibt Patrouillen und so. Dachte, ich könnte Ähnliches für mein Haus machen."

Die Rezeptionistin sammelte einige Broschüren und reichte sie Pete. „All unsere Dienstleistungen sind in diesen aufgeführt. Die Preise hängen davon ab, was Sie möchten und wie schwierig die Installation ist."

„Danke. Wie überwachen Sie also ein Haus?"

Sie nahm ein Telefon und drückte eine Leitung. „Jemand hier fragt nach Überwachung." Genauso schnell legte sie auf. „Bitte warten Sie."

Es dauerte fast zehn Minuten, bis ein Mann im Anzug eine Tür im hinteren Bereich öffnete und winkte. „Kommen Sie durch."

Pete streckte seine Hand aus, als er nah genug war. „Pete. Und Sie sind?"

Der Mann schüttelte seine Hand. „Aiden Strong, der Besitzer. Lassen Sie mich Ihnen unsere Überwachungsstation zeigen." Er führte den Weg eine Treppe hinauf und um mehrere Ecken, bis sie vor einer schweren Tür mit einem Tastenfeld an der Wand stehen blieben. „Sind Sie von hier?"

„Scheint, als würde ich die meiste Zeit meines Lebens hier verbringen", sagte Pete. „Mir ist aufgefallen, dass Sie eine ganze Flotte von Sicherheitsfahrzeugen haben. Boomendes Geschäft?"

Nachdem er auf dem Tastenfeld getippt hatte, klickte die Tür und Aiden Strong ging hindurch. Er hielt sie für Pete auf. „Jede Menge Geschäft. Nicht genug Personal. Wie bei allen anderen, schätze ich. Natürlich beeinträchtigt das nicht unser Tagesgeschäft, aber wir haben alle gelernt, Aufgaben zu erledigen, die wir normalerweise nicht machen. Wie meine Tochter am Empfang. Sie wäre lieber überall sonst als bei ihrem Vater zu arbeiten."

Pete lachte. „Kinder, nicht wahr?"

Dieses kleine Gespräch schien den anderen Mann zu entspannen, der Pete von oben bis unten musterte. „Ich nehme an, Sicherheitsarbeit interessiert Sie nicht?"

„Nee. Ich bin ein Weichei. Ein bisschen wie der sprichwörtliche Labrador, der den Einbrechern mit dem Silber hilft, weshalb ich denke, dass ein paar Kameras in meinem Haus die richtige Wahl sind. Also, was passiert hier drin?"

Sie waren vor einem Raum stehen geblieben, der auf drei Seiten aus Glas und einer Betonwand bestand. Drinnen standen ein halbes Dutzend lange Tische im Halbkreis, aneinander geschoben, und jeder hatte eine Wand aus Monitoren, ein großes Panel mit Knöpfen und Lichtern und ein paar Telefone. Es war eine Person drin, obwohl mehrere Stühle an der Wand gestapelt waren.

„Beeindruckende Einrichtung, Aiden. Und eine Person kann das bewältigen?"

Für einen Moment schien Aiden unwohl, in die Enge getrieben, aber dann nickte er hastig. „Klar, für kurze Zeit. Die anderen beiden sind beim Mittagessen. Nachts haben wir drei im Dienst. Manchmal vier."

Zeit, mit dem Herumalbern aufzuhören.

„Nie einen Alarm verpasst? Nie versäumt, zu jemandem nach Hause zu kommen, wenn sie sich auf Sie verlassen haben?"

Aiden begann, sie zurück in die Richtung zu lenken, aus der sie gekommen waren. „Absolut nicht. Wir haben teure und reaktionsschnelle Ausrüstung. Unsere Installateure sind unübertroffen. Unser Personal ist über jeden Zweifel erhaben."

„Ja, ich bin sicher, aber Fehler können passieren."

„Nicht von unserer Seite aus. Wenn jemand nicht regelmäßig überprüft, ob seine Ausrüstung wie eingerichtet funktioniert, dann liegt das außerhalb unserer Verantwortung."

„Und wie oft müsste man das überprüfen?"

Sie hatten den Empfangsbereich erreicht und blieben nicht weit vom Schreibtisch entfernt stehen, Aidens Tochter schenkte ihnen kaum einen Blick. „Wir empfehlen jährliche Überprüfungen. Sie können das nach unseren Anweisungen selbst durchführen, oder wir bieten einen Service an. Möchten Sie, dass ich jetzt ein Angebot erstelle und Ihre eigene Sicherheitserfahrung in die Wege leite?"

Sicherheits*erfahrung*? Pete spürte, wie sich ein Lächeln auf sein Gesicht schlich. Nicht das, das er benutzte, um nett zu sein.

„Der Alarm meines Freundes wurde von Ihrem Sicherheitsteam nicht beantwortet. Sie drückte den Knopf, der von einem Ihrer Leute installiert wurde, aber nichts passierte. Und es war-"

„Was meinen Sie damit!", rief Aiden aus. Sein Gesicht hatte eine tiefe Rotfärbung angenommen. „Welcher Freund? Wir sind auf jeden Alarm reagiert. Wann haben wir ihn installiert?"

„Letzten Winter. Und Ihr Installateur hat ihn vor ihr und einer anderen Person überprüft."

„Und er funktionierte?"

„Sie erhielt innerhalb weniger Sekunden einen Anruf von Ihrer Firma."

„Nun, wenn ihr Alarm nicht funktioniert, warum hat sie mich nicht kontaktiert? Ich glaube, Sie verwechseln uns mit einer anderen Sicherheitsfirma."

Pete machte einen kleinen Schritt auf den Mann zu, der zurückwich. „Die Sache ist die, sie hat diesen Alarmknopf gedrückt, aber nichts ist passiert. Kein Anruf, um nach ihr zu sehen. Kein Wachmann, der vorbeifährt, um sicherzugehen, dass nicht vier Schläger sie entführt haben."

Aiden lachte kurz. „Vier ist sehr spezifisch für ein Beispiel."

Noch ein Schritt nach vorne, und diesmal war Aiden zwischen ihm und dem Schreibtisch gefangen.

„Lass mich dir etwas zeigen." Pete hatte bereits einen Teil der Aufnahmen aus dem Schutzraum vorbereitet und hielt sein Handy hoch. „Das ist passiert in den frühen Morgenstunden von gestern."

Aiden und seine Tochter schauten zu, ihre Augen weiteten sich. Sie hielt eine Hand vor den Mund, schockiert.

„Diese Dame ist Lyndall Smith. Sie ist eine eurer Kundinnen, und niemand hat reagiert, als sie euch einmal gebraucht hat. Jetzt kann ich auf einen Durchsuchungsbefehl warten und dabei helfen, diesen Ort auseinanderzunehmen, oder du kannst mir genau sagen, was mit ihrem Alarm passiert ist."

Liz hatte ihr Handy auf Lautsprecher in Bens Büro gestellt, damit er Pete hören konnte, der Minuten nachdem sie und Meg zurückgekommen waren, angerufen hatte.

„Nach einigem Mauern hat unser Herr Strong schließlich begriffen, dass ich nicht so schnell verschwinden würde, und er hat die Historie nachgeschaut. Ich habe sie ausgedruckt, weil er sich weigerte, digitale Dateien ohne Durchsuchungsbefehl zu teilen."

„Irgendwas Wertvolles?", fragte Ben und stützte seine Ellbogen auf den Schreibtisch. Er sah todmüde aus.

„Einiges. Scheint, als hätten sie eine hohe Personalfluktuation. Ein Quereinsteiger war eine Woche da, eifrig darauf bedacht, seine Fähigkeiten zu zeigen, und meldete sich freiwillig für alle Installationen. Er richtete die Sachen in Lyndalls Haus ein und machte am selben Abend noch eine Nachtschicht. Wahrscheinlich für den Fall, dass sie einen weiteren Test durchführte. Am nächsten Tag kündigte er und verschwand, ohne ein Wort zu sagen oder seine Uniform zurückzugeben."

Bens Augen trafen Liz'. „Haben wir einen Namen? Details?"

„Hab Fotos gemacht und an Meg geschickt."

„Sie ist gerade ziemlich beschäftigt."

„Moment, dann schicke ich sie an euch beide. Aber ja, einen Namen und eine Kontaktadresse, aber ich erwarte, dass sie falsch sind."

Beide Handys klingelten zur gleichen Zeit und Ben las seines. „Lust, bei ihm vorbeizuschauen, Pete?"

„Dachte schon, du fragst nie. Ich komme sowieso vorbei, wer möchte den Spaß teilen?"

Obwohl Bens Augen aufleuchteten, nickte er Liz zu. „Los, geht ihr zwei. Macht euer Ding."

„Bin in zwanzig Minuten da, um dich abzuholen, Liz. Bring deine Guter-Bulle-Einstellung mit, denn ich hab meine heute schon aufgebraucht."

Meg hielt einen Moment inne, um die Nachricht von Pete zu lesen. Es gab einen Anhang mit Fotos, die er von mehreren ausgedruckten Seiten gemacht hatte. Informationen über Lyndalls Konto bei Strong Security, einschließlich der Details beider Installationen über die Jahre. Sie legte es beiseite, um später darauf zurückzukommen.

Sie befand sich in einem Raum am anderen Ende des Gebäudes, weit weg vom Team. Ein Raum, der für mehrere Zwecke konzipiert war, einschließlich der Handhabung von sensiblen Materialien und Geräten. Er war schalldicht und würde jede Art von Überwachung, die gesendet oder empfangen wurde, verhindern oder zumindest stark reduzieren, und laut Tests, die Reuben durchgeführt hatte, machte er jeden darin für Wärmesensoren von außen unsichtbar.

Die Nachricht von Pete war angekommen, bevor sie sich eingeschlossen hatte, und eine Antwort war sinnlos, bis sie den Raum verließ.

Wie es war, konnte sie die Wanze - so clever im Kühlschrankmagneten versteckt - sicher mitnehmen, um sie dem Team zu zeigen. Ihr kalkuliertes Zerquetschen hatte zu einem Verlust der Signalkapazität geführt, aber sie hatte es nicht mit Sicherheit gewusst, bis sie sie auseinandernahm, wobei die winzige Kamera abgedeckt blieb, um das Innere eines Hausmüllbehälters nachzuahmen. Während sie die Komponenten erkannte, brauchte Meg Reuben und Hamish, um einen genaueren Blick darauf zu werfen. Sie schob die Teile unter das Vergrößerungsglas und machte schnell Dutzende von Bildern, wobei sie lange, feine Pinzetten benutzte, um ein Element zu drehen oder einen Draht hochzuhalten. Vor ein paar Jahren wären solch detaillierte Fotografien unmöglich gewesen. Sicherlich nicht bei der Polizei, nicht einmal hier in Australien, wo die Forensik oft an der Spitze internationaler Fortschritte stand.

Operation Nobody war das Beste, was Meg je passiert war.

Überhaupt.

In der Forensik für die Polizei von Victoria zu arbeiten, war ihr wahr gewordener Traum, das Ziel, das sie seit ihrem zwölften Lebensjahr hatte, als ein Forensiker einen Vortrag in der Schule gehalten hatte. Weil sie in allem, was mit Computern und Digitalem zu tun hatte, hervorragend war, wurde sie in Richtung Analyse gelenkt und machte am Ende nicht einen doppelten, sondern einen dreifachen Abschluss. Und dann begannen die Anrufe.

Ihre Bewerbung war bereits bei der Polizei von Victoria eingegangen, und plötzlich hatte sie Angebote von sieben verschiedenen Privatunternehmen. Nur eines war in Australien, und sie hatte keinerlei Interesse daran, im Ausland zu arbeiten. Sie fuhr nicht einmal für Urlaube ins Ausland. Meg wurde vom lokalen Privatunternehmen das Vierfache des Einstiegsgehalts angeboten, das die Polizei zahlen würde, doch sie entschied sich dafür, ihren Träumen zu folgen.

Es war nicht das, was sie erwartet hatte.

Obwohl sie die Arbeit und ihr Team liebte, langweilte sich Meg zu Tode und war frustriert über den Mangel an Finanzierung, der Verzögerungen bei der Bearbeitung von Beweisen, einschließlich Analysen, notwendig machte. Sie hatte keine Hilfe. Sie kämpfte sich durch und war stolz auf die kleinen Schritte, die nicht nur helfen würden, einen Mörder zu finden, sondern ihn dann auch zu überführen. Im Laufe eines Jahrzehnts baute sie sich einen Ruf auf und entwickelte ein Netzwerk, meist außerhalb der Polizei. Und als sie für einen kurzen Probeeinsatz zur Vermisstenstelle abgeordnet wurde, ergriff Meg die Gelegenheit beim Schopf.

Nachdem sie alle Bilder gemacht hatte, speicherte sie alles auf einem verschlüsselten Speedstick und gab den Kühlschrankmagneten und all seine Teile in einen Beweisbeutel zurück.

Die Vermisstenstelle gab ihr einen Vorgeschmack auf Feldermittlungen, weil Ben Rossi in ihr mehr sah als nur die geliehene Analystin. Als er ging, blieb sie, arbeitete eine Weile mit der Mordkommission zusammen, aber dann fiel die Welt und das Team, dessen integraler Bestandteil sie war, auseinander. Ihr Chef wurde von einem Kindesentführer ermordet. Ihre Position stand unter Beobachtung, und Meg war gefangen zwischen der Rückkehr in ihre ursprüngliche Position oder einem Leben in der Privatwirtschaft.

Dann hatte Ben angerufen.

Meg überprüfte, ob sie alle Geräte ausgeschaltet hatte.

Sie stand an der Tür und blickte in den kleinen Raum. Dieses neue Team hatte sie in einem entscheidenden Moment ihres Lebens gerufen, und sie würde es niemals im Stich lassen.

NEUNZEHN

Niemand würde kommen, um sie zu retten. Es sei denn, sie könnte auf die Möwen zählen, die sich zusammentun und sie befreien würden. Sogar die Robben, die normalerweise die Struktur besuchten, waren abwesend.

Lyndall rieb ihre Handgelenke und zuckte vor Schmerz zusammen. Sie waren seit dem frühen Morgen gefesselt. Sie war unvorsichtig gewesen. Dumm. Hatte ihr Blatt fast in dem Moment aufgedeckt, als Marcus zurückkehrte, anstatt abzuwarten und auf den richtigen Moment zu warten.

Da sie über Nacht keinen Weg gefunden hatte, aus der Struktur zu entkommen, hatte sie stundenlang das Ende einer losen Diele abgeschabt, bis es scharf war, um eine Waffe herzustellen. Immer wieder hatte sie überlegt, wie sie die improvisierte Waffe am besten einsetzen könnte.

Marcus war Stunden nach Tagesanbruch angekommen, und das Boot hatte sich entfernt, um in Sichtweite anzuhalten, nicht weit von dem größeren Boot, das als Schiff der Parks Victoria getarnt den ganzen Tag in der Nähe geblieben war. Er brachte Essen mit. Abgefülltes Wasser in einem Sechserpack. Ein Grinsen, das nicht von seinem Gesicht wich, selbst als er mit Lyndall um die Kontrolle über den Holzpflock rang. Später wurde ihr klar, dass er sie hereingelegt hatte. Ihre Knöpfe gedrückt hatte. Wahrscheinlich mit dem einzigen Zweck, ihre Absichten nach einer langen Nacht allein aufzudecken.

Das Essen bestand aus Croissants, und zwar nicht aus den billigen aus dem Supermarkt. Diese kamen in einer Schachtel aus einer französischen Bäckerei. Traditionell hergestellt, so stand es darauf.

Sie hatte aus purer Wut reagiert, angeheizt von stundenlangem Erinnern an ihre ferne Vergangenheit und der Trauer, die sie auffrischte, zusammen mit Erschöpfung und Nährstoffmangel. Das scharfe Ende, das für seinen Bauch bestimmt war, landete im Meer. Er hatte sie dann ausgelacht, ihre Hände zusammengebunden und sie gezwungen, sich an den kleinen Tisch zu setzen.

„So viel Feuer in deinen Augen und deinem Herzen. Aber nicht die Geschwindigkeit oder Kraft deiner jüngeren Jahre. Noch der wunderschöne Körper, an den ich mich mit solcher-"

„Kein Wunder, dass Bären in Wäldern so beliebt geworden sind."

Sein Gesicht war ausdruckslos geworden. Er hatte keine Ahnung, was Lyndall meinte, und das war völlig zu erwarten. Marcus glaubte in seinem tiefsten Inneren, dass Frauen ihn anhimmelten. Die traurige Wahrheit war, dass sie ihn eine Zeit lang tatsächlich *angehimmelt* hatte. Den jungen Marcus. Denjenigen, der ihren Ruf in der Kunstwelt gehoben und sich mit Anmut zurückgezogen hatte, als sie Alain zu ihrem Ehemann wählte.

Sie war noch nicht bereit, darüber nachzudenken, wie alles begann. Oder warum. Geschweige denn, wie es endete. Noch nicht.

„Vielleicht ist es der Mangel an Kaffee, der deinen Ton so scharf macht. Wie schade, nur ein paar Kilometer von ausgezeichneten Cafés entfernt zu sein und doch keine Möglichkeit zu haben, sie zu erreichen."

„Ich könnte mir dein Schnellboot ausleihen."

Marcus warf den Kopf zurück und lachte. Wären ihre Hände nicht gefesselt und ihre Waffe nicht im Meer getrieben, hätte Lyndall diesen Moment, mit seiner entblößten Kehle, vielleicht genutzt, um seine Halsschlagader zu durchstechen. Dumme Verschwendung einer Gelegenheit.

„Iss, Nora. Du bist mir nichts nütze, wenn du nicht klar denken kannst." Er schob die Schachtel mit den Croissants näher. „Ich werde für die nächsten zwei Stunden dein Begleiter sein. Wenn ich gehe, erwarte ich, dass du die richtige Entscheidung über The Tides getroffen hast."

Sie hatte nicht die Absicht, ihm zu helfen. Noch nicht.

Ihre Hände waren mit den Handflächen gegeneinander gefesselt, das Seil war eng und Bewegungen schwierig. Aber sie nahm die Ecke eines Croissants und manövrierte es zu ihren Lippen. Es war buttrig und köstlich, hätte aber auch Gift sein können, so sehr hasste sie es, hineinzubeißen. Dies war eine von Alains Lieblingsleckereien gewesen, und es hatte eine Zeit gegeben, in der sie sie für ihn zubereitete, extra früh aufstand, um sie fertig für den Ofen zu haben, wenn er aufwachte.

Dies war ein reines Machtspiel von Marcus. Eine Erinnerung daran, was er ihr genommen hatte, und es verhärtete nur ihren Entschluss, ihn zu töten.

Er beobachtete, wie sie das ganze Croissant aß, das nachsichtige Lächeln auf seinem Gesicht im Widerspruch zu der Grausamkeit in seinen Augen.

Sie trank aus einer geöffneten Wasserflasche, gerade genug, um den letzten Bissen hinunterzuspülen. Dann lehnte sie sich in ihrem Sitz zurück. „Wie bist du in meinen Schutzraum gekommen?"

„Ich kenne den Code."

Ihr Geist ging den Flur zu Hause durch. Es gab keine direkte Sichtlinie durch eines der Fenster oder Türen.

„Du hast mein Haus verwanzt."

„Wanze ist so ein grober Begriff, aber ja, ich habe überall Augen darin."

„Dann hast du eine Spur von Beweisen hinterlassen."

Wieder ein Lachen, und er stand auf. „Nicht dort, wo jemand sucht, Nora. Sie interessieren sich mehr dafür, ob deine Kunstwerke irgendwelche Hinweise auf deinen Hintergrund geben, und noch vor einer Stunde waren die Frauen, die dein Haus durchsuchten, ahnungslos." Er kam um den Tisch herum und beugte sich vor. „Erwarte die Kavallerie nicht so bald."

Als er schließlich ging, nicht mit dem Ergebnis, das er wollte, schnitt er die Seile von ihren Handgelenken mit einem wütenden Zischen. „Beim nächsten Mal ist deine letzte Chance. Ich *werde* diejenigen, die du liebst, mit hineinziehen, wenn du mir nicht gibst, was ich will."

Wenn er Vince und Melanie meinte, dann würde sie The Tides übergeben. Sie würde nicht noch eine Familie an das Böse verlieren, das Marcus Bonner war.

ZWANZIG

Liz und Pete saßen in seinem Auto ein Stück die Straße hinauf von der Adresse, die er gefunden hatte. Sie hatte die Informationen der Sicherheitsfirma fertig gelesen und war zum selben Schluss gekommen – dass Tony Shaw in die Entführung verwickelt war. Er hatte die Anstellung nur angenommen, um ein falsches Alarmsystem in Lyndalls Haus zu installieren. Wie er wusste, dass sie eines brauchen würde, war eine ganz andere Frage.

Annette führte mit den wenigen Informationen, die sie hatten, eine Hintergrundüberprüfung durch und hatte bestätigt, dass der Mann tatsächlich unter dieser Adresse wohnte.

„Hat Aiden Strong schon ein Bild geschickt?", fragte Liz. „Ich kann nicht glauben, dass sie kein Porträtfoto in seiner Akte haben. Nicht für Sicherheitsarbeit."

„Noch nichts. Er sagte, er müsse die Schichten, die Shaw gearbeitet hat, nochmal durchgehen und würde das klarste Bild schicken, das er von ihm im Gebäude finden kann. Moment, das ist er jetzt." Er öffnete die Nachricht und fluchte. Zweimal. „Gelöscht."

„Was?"

„Der kleine Scheißer muss die Nachtschicht genutzt haben,

um jedes bisschen Filmmaterial zu löschen, als er bei der Arbeit war."

„Hat er wenigstens eine Beschreibung gegeben?"

„Zwei Sekunden." Pete wählte.

Liz tat es ihm gleich, rief Vince an und stieg aus dem Auto, um zu telefonieren.

„Irgendwelche Neuigkeiten?" In seiner Stimme lag Hoffnung.

„Einige, aber nicht genug. Tut mir leid."

„Ich habe gesehen, wie ihr vorhin zum Haus gegangen seid."

„Meg und ich hatten eine Ahnung, der wir nachgehen mussten, und mussten dann zurück. Wir versuchen, Informationen über die Person zu sammeln, die letztes Jahr den Panikalarm installiert hat. Du sagtest, du warst dabei."

Aus dem Auto war Petes Stimme laut genug, um ein paar Worte zu verstehen, meist sehr schmeichelhaft.

„Es gab nichts Auffälliges an ihm. Ruhig. Freundlich genug. Ende dreißig oder etwas älter. Schlanke Statur. Braune Haare. Eins achtzig groß."

„Weißt du, wie Lyndall diese Firma ausgewählt hat?"

„Soweit ich weiß, benutzt sie sie seit einem Jahrzehnt oder länger."

„Das hilft, danke."

„Du denkst, er hat eine Attrappe eingebaut. Das muss schon lange geplant gewesen sein, Liz."

„Ja. Und ja. Vince, wir bekommen einige Hinweise und sobald Pete das Telefonat beendet hat, werden wir mit jemandem sprechen. Kann ich dich später auf den neuesten Stand bringen?"

„Ja. Geht dem Hinweis nach. Passt auf euch auf."

Als Liz wieder ins Auto glitt, legte Pete gerade auf und sah selbstzufrieden aus. „Hab 'ne Beschreibung."

„Braune Haare, schlanke Statur, eins achtzig groß, dreißig oder Anfang vierzig?"

„Beeindruckend. Und ja. Außerdem ist seine Tochter reingeplatzt, als Shaw sich gerade umzog, armes Kind. Er hatte sein Hemd aus und sie erinnerte sich an ein Tattoo auf seinem Rücken." Petes Augenbrauen hoben sich, als eine Nachricht einging. „Das dürfte ihre künstlerische Darstellung davon sein."

Es gab Zeiten, in denen Liz Pete sehr bewunderte. Annette war bei Strong Security nicht weitergekommen, obwohl sie eine Erfolgsbilanz im Umgang mit schwierigen Menschen hatte. Pete war dort reinspaziert, als wäre er ein neuer Kunde, und hatte dann die Wendung eingebaut, dass er viel mehr über ihre Versäumnisse wusste als sie selbst. Und jetzt hatten sie einen brauchbaren Hinweis.

Das Bild war grob, jagte Liz aber einen Schauer über den Rücken.

Sie hatte Ähnliches gesehen.

„Bilde ich mir das ein, Lizzie?"

Sie schüttelte den Kopf und öffnete die Tür, hielt inne und sah Pete an. „Ich glaube, es sind drei Tattoos, und vielleicht sollten wir uns nur auf den Anker konzentrieren. Aber mein Vater hatte etwas unheimlich Ähnliches wie die mehrköpfige Schlange. Wir müssen diese junge Frau Zeit mit einem Künstler verbringen lassen, um mehr Details zu bekommen."

Pete schickte die letzten paar Nachrichten an Ben. „Ich werde das arrangieren. Lass uns mal ein Gespräch führen."

Als er ausstieg, klingelte Liz' Telefon und sie standen sich über dem Autodach gegenüber, als sie abnahm. Es war Ben und wieder stieg Liz ins Auto, um privat zu sprechen, stellte den Anruf aber auf Lautsprecher für Pete.

„Wir sind an Tony Shaws Wohnsitz", sagte sie. „Wir wollten gerade über die Straße gehen."

„Bleibt, wo ihr seid. Meg hat an der Kamera im Kühlschrankmagneten gearbeitet. Sie war kaputt, dank ihres gut platzierten Fußes, und ist ein Geschenk, das immer weiter gibt."

Pete und Liz tauschten einen Blick aus.

„Reuben hat das Gerät erkannt und weiß darüber hinaus von einem Diebstahl vor etwas mehr als sechs Monaten, bei dem

Dutzende davon zusammen mit anderen High-Tech-Spielzeugen gestohlen wurden. Und er sagt, sie sind sehr High-Tech."

„Und ihr denkt, Shaw ist darin verwickelt?"

„Reuben ist losgegangen, um ein Gespräch darüber mit einem alten Kontakt zu führen. Habt ihr das Haus im Blick?"

„Fünfzig Meter entfernt. Die Straße runter."

„Können wir nicht riskieren. Kommt erstmal zurück."

„Ja, Chef." Liz beendete den Anruf, irgendwie in der Lage, die Frustration aus ihrer Stimme herauszuhalten. „Für wen halten sie diesen Mann, wenn wir nicht mal eine Weile hier sitzen können?"

Pete fuhr auf die Straße, bevor er antwortete. „High-Tech-Überwachungsausrüstung und andere Gegenstände gestohlen, aber woher? Nichts, was durch VicPol gekommen ist. Vielleicht in einem anderen Bundesstaat. Aber wenn Reuben davon weiß, wie dann?"

„Durch seine frühere Beschäftigung", sagte Liz.

„Und wenn ja, ist es dann von nationalem Sicherheitsinteresse? Warum können wir Tony Shaw nicht im Auge behalten?"

„Entweder beobachtet ihn jemand anders oder niemand, weil sie nicht wissen, wo er ist. Wir könnten eine Person gefunden haben, die bereits unter Beobachtung steht, und müssen sehr vorsichtig vorgehen, um nicht zu stören", sagte Liz. „Oder sie könnten uns den Fall wegnehmen."

„Wir werden niemanden davon abhalten, Lyndall zu finden."

„Einverstanden, aber ist sie involviert? Pete, was, wenn Lyndalls verborgene Vergangenheit krimineller Natur ist und sie einholt?"

Candace hatte Papiere über den runden Tisch verstreut und hatte ein Knie auf einem Stuhl, während sie sich mit einer Hand auf dem Tisch abstützte, um zur Mitte zu reichen. Liz hatte keine Ahnung, warum sie weiterhin hier arbeitete anstatt an ihrem Arbeitsplatz, aber bei all dem Platz, den sie gerade benutzte, ergab es irgendwie Sinn.

„Kannst du mir die beiden Seiten geben, die dir am nächsten liegen?"

Es waren Bilder, die von den Fotos gedruckt worden waren, die Liz und Meg früher am Tag gemacht hatten. Etwa hundert in A3-Größe. Einige waren aus der Ferne, zeigten das gesamte Gemälde oder die Skizze und ihren Rahmen, während andere Teile von einem waren. Die Stücke, die Liz über den Tisch reichte, waren Letzteres.

„Das sind Teile des Gemäldes, das am nächsten zu Lyndalls Tür in ihrem Schlafzimmer hängt", sagte Liz. „Es unterscheidet sich ein wenig von allem anderen im Haus."

Candace sortierte die Teile wie ein übergroßes Puzzlespiel. „Erzähl mir, inwiefern es sich unterscheidet."

„Eigentlich bin ich hereingekommen, um dir Kaffee anzubieten. Oder etwas zu essen, weil Pete gerade in der Küche einen riesigen Salat für alle zubereitet, oder zumindest seine Version davon. Aber ich werde zuerst versuchen zu erklären, was ich meine." Liz wanderte um den Tisch herum, den Blick auf die Fülle von Teilen gerichtet. „Fast alles an den Wänden des Hauses ist entweder ein Ölgemälde oder eine Kohlezeichnung. Die Motive drehen sich alle um Lyndalls Leben... ihr gegenwärtiges Leben. Esel, Kühe, Katzen. Landschaften, die als Ansichten von ihrem Grundstück erkennbar sind. Blumen, wieder welche, die sie selbst anbaut. Aber das eine nahe ihrer Schlafzimmertür ist von woanders. Ich weiß nicht woher, aber es ist ein trauriges Gemälde."

Jetzt richtete sich Candace auf und sah Liz direkt an. „Fahr fort."

„Also, es regnet. Da ist ein Pfad durch einen Wald, aber nicht wie wir ihn hier haben. Eher ein englischer Wald, oder zumindest wie ich mir einen vorstelle."

„Du warst noch nie dort?"

„Nein, war ich nie."

Candaces Gesichtsausdruck veränderte sich. Eine Sehnsucht

nach etwas. Nur für einen Moment. Sie muss eine Verbindung zu England haben.

„Die Farben sind lebhaft, aber auf eine andere Art als bei den anderen Ölgemälden. Ich weiß nicht viel über Kunst, aber es hat so ein Leuchten. Und nur eine Person. Eine junge Frau, die den Pfad entlanggeht."

„In welche Richtung? An der Wand, meine ich."

„Zur Tür hin. Oh."

„Oh, in der Tat. Und was machst du aus dieser Erkenntnis?"

Liz fand das Bild auf ihrem Handy und vergrößerte es, bewegte es über den Bildschirm, um die Teile genau zu untersuchen. „Das Mädchen geht auf eine Art Türrahmen oder Portal zu? Vielleicht steht Lyndall auf Science-Fantasy und Portale, aber schau, wie schmal es im Vergleich zum Pfad ist." Die Teile fügten sich zusammen. „Ich sehe wahrscheinlich Dinge, die gar nicht existieren, aber..."

„Aber?"

„Ich glaube, und Meg auch, dass sich etwas in der Wand des Schutzraums befindet. Versteckt hinter dem Putz und wichtig genug, dass Lyndall die Tür einen Spalt offen ließ, auf die Gefahr hin, ihre Entführer zu verärgern. Aber dass das Portal im Gemälde und die Formen durch offene Türen ähnlich sind, das bilde ich mir nur ein, oder?"

„Sie hat den einzigen Hinweis hinterlassen, den sie konnte, indem sie die Tür offen ließ, und das in der Hoffnung gegen alle Hoffnung, dass kluge Köpfe es mit ihrem Verschwinden in Verbindung bringen würden. Das und die Fotos ihrer Familie, was furchtbar riskant war, wenn sie sich all diese Jahre vor dieser Gefahr versteckt hat. Lyndall wusste, dass Vince Alarm schlagen und euch finden würde." Candace begann den Tisch abzuräumen und stapelte das Papier. „Und ich würde gerne etwas essen, danke. Und Pete."

Über einer Schüssel Salat, die etwa zehn Arten von Gemüse, Nüsse, Käse und Samen enthielt und von Brötchen begleitet wurde, suchte Liz im Teamnetzwerk nach Informationen über die Tattoos. Annette machte eine offizielle Suche, aber Liz konnte das Gefühl nicht abschütteln, dass das kleinste der drei mit einem früheren Fall verbunden war. Nicht nur ein früherer Fall, sondern ein zutiefst persönlicher.

Ben hatte ihr erzählt, dass der erste Fall, den er für das Team geplant hatte, darin bestand, ihren Vater zu finden. Kyle Moorland. Auch bekannt als Garry Ford, der unglückliche Mann, dessen Identität Kyle gestohlen hatte, nachdem er ihn vor Jahrzehnten getötet hatte. Zuletzt gesehen wurde Kyle in einem Boot vor Williamstown, das explodierte. Die Polizei konnte seine Überreste nicht finden, weil es keine gab. Kyle war ein Soziopath, der sich aus allem herauswinden konnte, sogar aus dem Tod. Zweimal.

Alle Akten waren in Erwartung ihrer Untersuchung geladen worden.

Liz nahm einen weiteren Bissen und war beeindruckt von den Ergebnissen von Petes Schrotflintenansatz zur Essenszubereitung. Es blieb nicht viel Zeit, um das zu finden, was sie wollte. Ben hatte sie und Candace gebeten, sich in zwanzig Minuten mit ihm zu treffen, und sie wusste, dass er Antworten brauchte. Die Mächtigen warteten wie Geier darauf, Lyndalls Fall dem jungen Team zu entziehen, und wie der Rest von Nobody war Liz entschlossen, dass es nicht dazu kommen würde.

Anstatt jede Datei zu öffnen, suchte sie nach „Tattoo" und „Supremist". Letzteres war einer der hässlichsten Aspekte ihres Vaters.

Tatsächlich gab es einen Bericht, der auf Interviews mit ihrer Nichte basierte, die eine der wenigen Personen war, die ihn nach seinem Identitätswechsel kannte. Sie hatte eine Reihe von Tattoos und Narben beschrieben und mit einem Künstler so nah wie möglich am Original reproduziert. Eines davon ähnelte unheimlich dem Bild, das Strongs Tochter gezeichnet hatte.

Nicht mehr hungrig, schob Liz die Schüssel beiseite und

starrte auf die beiden Bilder, die sie nebeneinander gelegt hatte. Sie waren zu ähnlich, um irgendeine Art von Verbindung auszuschließen, aber war es durch ein gemeinsames Glaubenssystem oder etwas weitaus Beunruhigenderes? Bestand die Möglichkeit, dass Tony Shaw Kyle kannte?

EINUNDZWANZIG

Ben hatte ausführliche Notizen gemacht und auch das Videogespräch mit dem Baumeister von Lyndalls Haus aufgezeichnet. Zum ersten Mal an diesem Tag hatte er das Gefühl, dass eine Wende eingetreten war. Liz kam als Erste an, Sorgenfalten auf ihrer Stirn.

„Was ist los?"

„Ich habe Candace vorhin gefragt, ob ich Dinge sehe, die nicht existieren, und jetzt denke ich bei einem anderen Thema das Gleiche."

„Was hat Candace gesagt?"

„Sie sagt, dass Liz einen scharfen Verstand und großartige Instinkte hat und mit ihrer Untersuchung auf dem richtigen Weg ist. Darf ich mich euch beiden anschließen?" Candace stand in der offenen Tür.

Ben winkte sie herein und Liz schenkte der anderen Frau ein kleines Lächeln, als sie sich neben sie setzte.

„Ich habe interessante Informationen über Lyndalls Haus. Der Baumeister lebt jetzt in den Staaten und es brauchte einen Brief von unserer Rechtsabteilung, bevor er bereit war, über Lyndall zu sprechen."

„Wir haben eine Rechtsabteilung?", fragte Liz. „Es war doch kein Drohbrief, oder?"

Das brachte Ben zum Schmunzeln. „Nichts dergleichen. Wir mussten beweisen, dass wir eine seriöse Agentur sind und Lyndalls Interessen im Sinn haben."

Die Tatsache, dass der Mann so viel Widerstand geleistet hatte, war ein Beweis für seine Loyalität gegenüber einer früheren Kundin, aber sobald er von Lyndalls Entführung erfuhr, war er schnell bereit zu helfen.

„Lyndall arbeitete eng mit unserem Baumeister an den Plänen, besonders was die Sichtbarkeit aus so vielen Räumen und den Panikraum betraf. Beim letzteren Punkt kam sie mit ihrer eigenen Liste von Anforderungen und er verfeinerte sie, um sie umsetzbar zu machen. Die Unterflurverstrebungen und Metallplatten sind in den Wänden und der Decke nachgebildet, aber nur für diesen Raum."

Candace rutschte auf ihrem Sitz hin und her. „Lyndall wollte wissen, wer sich dem Haus nähert. Ich vermute, ihre Kameras sind auf die Bereiche gerichtet, die das Auge nicht sehen kann."

„Meg kann das bestätigen. Es gibt aber noch etwas anderes. Etwas, das zu den Theorien passt, die ich über den Panikraum höre. Lyndall bestand darauf, dass ein System installiert wird, von dem nur sie wusste und das unfehlbar war. Die Tür verwendet einen Mechanismus, der auf einen versteckten Knopf reagiert. Zweimal gedrückt verhindert er, dass die Tür wieder verriegelt wird, bis das wiederholt wird. Außerdem öffnet er die Tür nach einer bestimmten Zeit, aber nur um fünfzehn Zentimeter, und selbst wenn sie dann geschlossen oder weiter geöffnet wird, kehrt sie nach ein paar Minuten in diese Position zurück."

Liz und Candace warfen sich einen Blick zu.

„Teilt es bitte mit mir."

„Es passt zu unserer Vermutung, dass etwas in dem Raum versteckt ist. Meg und ich waren in ihrem Haus vorsichtig, um niemanden zu alarmieren, der möglicherweise zuschaut, aber es gab Hinweise in diese Richtung." Liz öffnete die Galerie auf dem Handy und drehte es, damit Ben es sehen konnte. „Dieses Gemälde hängt im Flur zwischen Lyndalls Schlafzimmer und dem Panik-raum. Candace und ich glauben, es stellt jemanden dar, der auf eine Art Portal zugeht, siehst du, schmal, wie eine Türöffnung?"

„Das ist ein cleveres Gemälde", sagte Candace, „weil es nichts Vergleichbares im Haus gibt und es so positioniert ist, dass es den Blick auf diese Tür lenkt. Sie hat es für den Durch-schnittsmenschen fast unmöglich gemacht, ihre sorgfältig gelegten Spuren zu verbinden."

„Sie hat es für die Leute, die sie retten wollen, fast unmöglich gemacht!", konnte Ben nicht fassen, wie weit Lyndall gegangen war. „Wir werden sehen, was das Team zu einer Möglichkeit sagt, hinter das Wandstück zu schauen." Er lehnte sich zurück. „Andy hat angerufen. Lyndalls Fingerabdrücke sind verschwunden."

„Entschuldigung, was?"

„Ich weiß, Liz. Fingerabdrücke verschwinden nicht einfach aus Datenbanken, aber ihre sind weg. Oder falsch abgelegt worden. Er untersucht das gerade."

„Ist Annette sicher, dass sie keine Hardcopy hat? Was, wenn ich nochmal mit ihr drüber gehe? Ein zweites Augenpaar." Liz sah aus, als wollte sie aufspringen und Annette suchen. „Wir stehen alle so unter Druck, dass sie sie vielleicht einfach über-sehen hat."

Ben schüttelte den Kopf. „Wir grenzen Lyndalls Identität auf andere Weise ein, also lass uns bei den Prioritäten bleiben. Es sind nur noch ein paar Stunden, bis ich wieder in ein Meeting gehe und dafür kämpfe, dass dieser Fall bei uns bleibt. Ich werde gleich ein Teammeeting einberufen, aber ich brauche von euch beiden, dass ihr mir sagt, wo wir eurer Meinung nach stehen. Wo wir sein müssen. Candace?"

„Wir müssen diese Wand öffnen."

Liz nickte, und Ben stimmte zu. Es war eher die Frage, wie sie das bewerkstelligen konnten.

„Lyndall hat unglaubliche Anstrengungen unternommen, um etwas zu verstecken, aber sie hat es auch möglich gemacht - wenn auch kaum - unter den richtigen Umständen die Aufmerksamkeit darauf zu lenken. Das ist mehr als jemand, der sich vor einer schlimmen Vergangenheit versteckt. Ich habe das Gefühl, es gibt hier einen Notfallplan, eine Möglichkeit, ihre Sicherheit auszuhandeln, sollte sie gefunden werden." Candace runzelte die Stirn. „Oder um das Leben einer anderen Person zu erhandeln."

„Meinst du Vince und Melanie?", fragte Ben.

Liz antwortete. „Sie kannte Vince nicht, als sie das Haus baute, und Mel ist erst seit einem Jahr oder so in ihrem Leben. Wenn wir Recht haben und Lyndall noch einen Sohn hat..."

„Genau. Er weiß vielleicht nicht, dass sie am Leben ist", sagte Candace.

„Aber sie weiß, dass er es ist."

„Vielleicht, Ben. Als ihr Mann und Sohn starben, hat Lyndall möglicherweise einen Weg gefunden, das jüngere Kind zu schützen, oder es könnte düsterer sein. Wer auch immer sie all diese Jahre versteckt hat, weiß vielleicht, wo er ist."

„Candace, würdest du daran arbeiten, dieses Kind, nun, den Erwachsenen zu finden? Wenn wir seine Sicherheit gewährleisten können, verlieren diese Monster vielleicht ihren Hebel. Annette hat vielleicht schon etwas, aber ich würde deine Beteiligung schätzen. Wir müssen einen Weg in diese Wand finden und ich werde das bei unserem Meeting ansprechen. Liz, worauf müssen wir uns konzentrieren?"

Einen Moment lang fragte er sich, ob sie ihn gehört hatte, weil ihre Aufmerksamkeit wieder auf ihrem Handy lag, aber dann drehte sie es, um die Zeichnung der Tattoos von der Person zu zeigen, die Tony Shaw beim Ankleiden gesehen hatte. Sie hatte auf eines im Besonderen gezoomt, und als er es isoliert sah, war Ben sich sicher, dass es ihm bekannt vorkam.

„Annette sucht nach den Tattoos. Warum dieses hier?", fragte er.

„Sehe ich Verbindungen, die nicht existieren können? Schau dir dieses zweite an, das auch eine Zeichnung ist." Sie schob den Rahmen zu einem ähnlichen Bild. „Das ist aus Kyles Akte."

Ben nahm das Handy und wechselte zwischen den beiden hin und her, während sein Herz sank. Er hatte schon lange vermutet, dass Liz' Vater ein viel größeres Netzwerk hatte, als sie aufgedeckt hatten, und hatte halb erwartet, dass der Kriminelle seine Macht über seine Tochter demonstrieren würde - natürlich nur in seinem Kopf - und damit prahlen würde, am Leben zu sein. Er hatte keinen Beweis dafür, dass der Mann noch lebte, aber wenn er darauf wetten müsste, würde er es tun.

„Mist."

„Allerdings."

Wie kannst du nur so ruhig klingen, Lizzie?

„Sonst noch was?"

Sie warf ihm einen Blick zu, der sagte: „Ist das nicht genug für einen Tag?", nahm aber ihr Handy zurück. „Tony Shaw. Warum können wir nicht mit ihm reden oder ihn wenigstens beobachten?"

„Darüber reden wir, wenn Reuben zurück ist."

„Wie wäre es dann, wenn Pete und ich anfangen, die privaten Kunstgalerien zu besuchen, in denen Alain Dubois Treffen hatte?"

Er muss zu lange gebraucht haben, um zu antworten, denn Liz verschränkte die Arme, ihr Mund eine gerade Linie. Sie würde alles tun, worum er sie bat, aber er enttäuschte sie, und es gab wenig, was er im Moment dagegen tun konnte. Sein Handy piepte mit einer Nachricht von Reuben.

Bin in zwanzig Minuten zurück. Gute Infos.

„Reuben hat etwas. Liz, würdest du in fünfundzwanzig Minuten ein Teammeeting einberufen? Wenn möglich alle anwesend. Und schau nach, wie weit Annette mit den Tattoos ist, und überprüfe noch mal die Fingerabdrücke."

Liz stand auf und ging zur Tür.

„Und ich?", fragte Candace.

„Bleib noch einen Moment. Liz, kannst du bitte die Tür hinter dir schließen?"

Nachdem Liz nicht nur außer Hörweite, sondern auch außer Sichtweite war, überlegte Ben seine Worte. Es war ihm nicht wohl dabei, hinter ihrem Rücken über sie zu sprechen.

„Es geht ihr gut, Ben", sagte Candace mit einem leichten Lächeln. „Das Beste für sie ist, ihren Vater zu finden und hinter Gitter zu bringen, aber sie ist außergewöhnlich geduldig und widerstandsfähig."

Er nickte erleichtert. „Danke. Die Tattoos sind ein Kurvenball."

„Einer, der vielleicht irrelevant ist. Oder die Verbindung sein könnte, die wir brauchen, um Lyndall zu finden. Tony Shaw muss überwacht werden, Ben."

„Wir hören uns an, was Reuben zu sagen hat, und dann treffe ich einige Entscheidungen."

„Und dir geht's gut. Das Team ist zufrieden mit dir als Anführer. Noch etwas?"

Nachdem sie gegangen war, starrte Ben auf den Computerbildschirm, wo er eine E-Mail hatte, die sein Treffen in nur wenigen Stunden bestätigte. Ihnen lief die Zeit davon, diesen Fall zu behalten. Er hoffte, dass Lyndall nicht die Zeit davonlief.

„Dies ist unsere letzte Chance, von Angesicht zu Angesicht zu sprechen, bevor ich in die Stadt zurückkehre, um unseren Fall vorzutragen, und ich möchte genug Positives mitnehmen. Wer möchte anfangen?" Ben blickte um den Tisch. Alle waren anwesend und sahen mitgenommen aus. Es würde nur noch schlimmer werden, bis das Team vom Fall abgezogen würde oder Lyndall fände.

„Darf ich?", Phoebe hob halb die Hand.

Ben hatte nur wenige Minuten zuvor eine kurze Zusammenfassung von ihr erhalten und kaum einen Blick darauf geworfen. „Bitte, fang an."

Die junge Frau nahm einen schnellen Schluck aus ihrem Thermobecher und begann dann zu sprechen, ohne jemandem in die Augen zu sehen.

„Mein Team hat gute Arbeit geleistet, indem es mehrere der glaubwürdigeren Berichte, die wir nach dem Podcast erhalten haben, zusammengetragen und abgeglichen hat. Wir hatten fast tausend Antworten, und es hat eine Weile gedauert, sie auf die Parameter von Meg bezüglich des Wann und Wo einzugrenzen." Sie warf Meg einen Blick zu, die ermutigend lächelte. „Ein Muster zeichnete sich ab. Über einen Zeitraum von zwei Jahren gab es drei Attentate und einen wahrscheinlich gescheiterten Versuch in Frankreich, Italien und Spanien. Und der gescheiterte war auch in Frankreich."

„Attentate?", fragte Hamish.

„Typisch."

Das war Pete, dessen Gesicht unlesbar war. Liz hatte ihre Augen auf ihn gerichtet und er nickte ihr kaum merklich zu. Zwischen ihnen gab es immer etwas Unausgesprochenes. Ben war sicher, dass es nichts Körperliches war, sondern eine Synchronizität des Denkens und des langjährigen Kennens.

„Ja, Attentate. Alles sehr üble Personen, die mit Drogen oder Waffen oder Menschen handelten."

„Was ist die Verbindung zur Kunstwelt, Pheebsie?"

„Mein Name ist Phoebe." Sie hob den Kopf und starrte Hamish an, bis er „Entschuldigung" formte. „Die Verbindung ist, dass jedes Opfer aus großer Entfernung erschossen wurde, als es eine Kunstgalerie betrat."

Die Stille am Tisch war greifbar.

Dann murmelte Pete: „Wusste ich's doch."

„Was wusstest du?", fragte Phoebe. „Lyndalls Ruf als exzellente Schützin basiert auf dem einen Vorfall, den jeder kennt, aber was ich aufgedeckt habe, hat keinen Beweis dafür, dass sie involviert war."

„Noch nicht." Meg grinste breit. „Du bist eine Legende,

Phoebe. Und dein Team. Wenn du mir die Zusammenfassung schicken kannst, finde ich diese Verbindungen."

Phoebe nickte und tippte auf ihr Handy. „Das ist alles von mir."

„Großartige Arbeit. Annette, da du an der Sache mit den privaten Kunstgalerien im Zusammenhang mit Alain Dubois' Besuch gearbeitet hast, hast du etwas hinzuzufügen?"

„Ah, ja. Nun, nein." Annette runzelte die Stirn, als sie ein Notizbuch aufhob. „Okay, nichts über Attentate, soweit ich weiß, aber ich habe vollständige Kontaktdaten für die Kuratoren jeder Galerie. Oder zumindest für diejenigen, die im Jahr von Dubois' geplantem Besuch Kuratoren waren. Soll ich jeden von ihnen persönlich besuchen oder anrufen?" Sie sah Ben an.

„Lass Meg zuerst die Liste haben, damit sie eine gründliche Suche starten kann, und schick bitte auch eine Kopie an Liz."

„Natürlich. Aber ich bin gerne bereit, auch persönlich mit den Leuten zu sprechen."

Sie muss frustriert sein, hier festzusitzen.

„Lass uns erst mal das Ergebnis meines Meetings abwarten. Was du hier machst, ist wertvoll. Irgendwelche Neuigkeiten zu den Tattoos?"

„Bin immer noch dran. Und Tony Shaw ist ein Rätsel. Kann nicht viel über ihn herausfinden, außer dass seine Adresse bestätigt wurde."

Reuben, der seit seiner Rückkehr vor wenigen Minuten nicht gesprochen hatte, räusperte sich. „Ich kann bei ihm helfen."

Ben und Liz' Blicke trafen sich. Endlich war wieder etwas Feuer in ihren Augen zu sehen. Das Briefing gab ihnen allen viel zu tun, und er erwartete, dass sie bald auf der Straße sein wollte.

„Die Überwachungskamera, die Meg und Liz so geschickt geborgen haben, gehört zu einem Modell, das von bestimmten verdeckten Gruppen in Australien getestet wurde. Ein Posten von etwa fünfhundert Stück verschwand vor ein paar Monaten aus einer Sicherheitsanlage, und die Seriennummer stimmt mit den Aufzeichnungen der gestohlenen überein. Dies ist die erste, die gefunden wurde." Reubens Gesicht war so ernst, wie Ben es noch nie gesehen hatte. „Was Tony Shaw betrifft... er ist ein geschlossenes Buch. Ich garantiere, dass er aus irgendeinem verdeckten Bereich kommt, und meine Vermutung geht in Richtung Paramilitär. Höchstwahrscheinlich sanktioniert, nach der Sicherheit um ihn herum zu urteilen."

„Und trotzdem spaziert er herum, bekommt Jobs, geht in die Häuser von Leuten und ist anscheinend unantastbar!", rief Liz und fuchtelte mit den Armen. „Pete und ich waren direkt dort an seinem Haus."

„Gib mir ein wenig Zeit, und ich werde es dir ermöglichen, ihn festzunehmen", sprach Reuben direkt zu Liz. „Eine Stunde oder zwei. Überlass es mir, okay?"

Sie schien sich zu entspannen und nickte. Pete hob beide Augenbrauen, blieb aber ausnahmsweise still.

Während all der Gespräche hatte Hamish mit den Fingern auf den Tisch geklopft und nur ein paar Mal aufgehört, als Meg ihm strenge Blicke zuwarf. Ben glaubte nicht, dass er absichtlich unhöflich war, sondern eher, dass er seine eigenen Neuigkeiten zu erzählen hatte und sich schwer damit tat, sie für sich zu behalten.

„Hamish, hast du-"

„Ja! Ja, ich habe herausgefunden, wohin Lyndall gebracht wurde. Ich glaube. Oder zumindest in welche Richtung."

„Meine Güte, Hamish, konntest du das nicht früher sagen?", schüttelte Meg den Kopf. „Niemand hätte etwas dagegen, wenn du mit vernünftigen Informationen dazwischen gehst."

„Ich verstehe. Tut mir leid. Jedenfalls wolltest du... also Meg, dass ich alle Luftaufnahmen überprüfe. Drohnenaufnahmen, Satellitenvideos und -bilder, alles. Das meiste davon ist nutzlos. Zumindest für diese Mission. Das Gelände um Lyndalls Grundstück ist schwieriges Terrain und-"

„Hamish! Komm bitte auf den Punkt." Meg wurde ungeduldig.

„Kann ich es zeigen, anstatt es zu erzählen?" Er tippte auf den Tisch und der horizontale Bildschirm erschien. Es war eine Drohnenansicht von Lyndalls Grundstück. „Gut. Hier, wo das Tor oben auf dem Kamm ist, hat Pete Reifenspuren und Fußabdrücke gefunden. Alles hilfreich, übrigens."

Petes Grunzen verriet nichts, aber wie alle anderen waren seine Augen auf den Bildschirm fixiert.

Hamish berührte den Bildschirm mit beiden Händen und benutzte seine Finger, um die Ansicht zu vergrößern. „Ich habe eine praktische kleine Einstellung in unserer App gefunden, die es mir erlaubte, diese Reifenspuren sozusagen zu greifen und ihnen zu folgen, und ich habe keine Ahnung, wie es funktioniert, aber bitte verkauft die Technologie nicht an irgendwelche Regierungen." Ein Finger zeichnete eine Route nach und er vergrößerte die Ansicht weiter. „Wir gehen davon aus, dass die Fahrzeuge, oder eines davon, Lyndall weggebracht haben. Den ganzen Weg hier entlang, diesen langen Kamm, und dann eine Wendung durch eine leere Weide fast einen Kilometer weiter. Seht ihr, wie es zu dieser Schotterstraße und dann zurück zur Hauptstraße führt."

Selbst Ben hatte keine Ahnung, dass Megs App so fortschrittliche Funktionen hatte. Sie hatte ein schwaches Lächeln im Gesicht, als sie sich vorbeugte, um es zu beobachten.

„Danach wird es knifflig, aber ich habe Daten aus den Satellitenbildern von ungefähr dieser Zeit angewendet und bin darauf gekommen. Es ist ein bisschen unübersichtlich, aber schaut es euch trotzdem an."

Der Bildschirm wechselte zu einer Nachtansicht des Großraums Melbourne. In der oberen linken Ecke zeigte ein roter Kreis die Verfolgung der Fahrzeuge an. Alles war auf eine viel höhere Geschwindigkeit als in Echtzeit eingestellt, und der rote Kreis schlängelte sich an den Außenbezirken der westlichen Vororte vorbei und endete in einem Gebiet, das Ben nur allzu gut kannte.

Liz' Vater hatte alle zu demselben Dock in der Nähe von Williamstown geführt.

Es war der Ort, an dem er einen anständigen Polizeibeamten ermordet und versucht hatte, ein Kind zu entführen. Und nur eine kurze Strecke von diesem Dock entfernt war sein Boot explodiert, als er vor der Verhaftung geflohen war.

ZWEIUNDZWANZIG

Pete fuhr und Liz kochte vor Wut. Auf dem Rücksitz hatte Hamish den Anstand, sich auf sein Tablet zu konzentrieren. Wenn er irgendetwas Nerviges sagte, würde sie ihn aus dem Fahrzeug werfen und Pete vielleicht nicht einmal zum Anhalten bringen.

Ihr Kopf war ein Durcheinander und sie brauchte jeden ruhigen Moment, um ihn wieder unter Kontrolle zu bekommen. Hektisch oder reaktiv zu sein, würde Lyndall nicht finden. Oder ihren Vater.

Was war die Verbindung zwischen Kyle und demjenigen, der Lyndall entführt hatte?

Wenn es die entsetzlichen White-Supremacy-Ansichten ihres Vaters waren, gab es dann eine Untergrundbewegung aufzudecken? Annette hatte gerade ein drittes Bild der Tätowierung geschickt, diesmal von einem Gefängnisinsassen mit neonazistischen Neigungen. Abgesehen von diesen dreien war es in keiner der Datenbanken, die das Team bisher durchsucht hatte. Aber Kyle war ein Einzelgänger, der aus extremistischen Gruppen ausgeschlossen wurde, weil er zu... extrem war.

Mein eigener verdammter Vater. Was sagt das über mich aus?

Liz war nie in der Lage gewesen, Kinder zu bekommen, und

im vergangenen Jahr hatte sie das zu schätzen gelernt. Die Gene von solch einem Bösen weiterzugeben, war erschreckend. Dennoch hatte ihre Schwester Anna eine wunderschöne Tochter, die Kyle aufzog, die aber keine seiner widerlichen Eigenschaften hatte. Wenn überhaupt, war sie das komplette Gegenteil.

„Was erwartest du, Lizzie?", sprach Pete leise genug, dass nur Liz es hören konnte. „Niemand wartet am Ende des Piers, um uns zu Lyndall zu bringen."

Sie drehte sich zu ihm um. „Ich erwarte, dass wir unseren Job machen und herausfinden, wer von diesem Dock mit ihr weggefahren ist, ob mit Auto oder Boot. Alles andere, und wir sind dieser Arbeit nicht würdig. Oder ihrer Freundschaft."

Petes Gesicht war entschlossen. Er stimmte zu, daran hatte sie keinen Zweifel. Aber da war etwas zwischen ihm und Lyndall, das er nicht preisgab, und das beunruhigte sie. Sie hatte so viele Möglichkeiten durchdacht und alle ausgeschlossen. Er hatte Zeit in ihrem Haus verbracht. Er wich auch allen Fragen über ihre Beziehung aus, was Liz nur noch mehr beunruhigte.

„Es gibt einen Parkplatz eine Straße vom Pier entfernt", sagte Hamish. „Um die Sache unauffällig zu halten."

Anstatt Hamish zu sagen, dass sie und Pete beide wussten, wo sie parken sollten und warum, sah Liz ihn an. „Gibt es eine Möglichkeit zu sehen, wohin Lyndall von hier aus ging? Wohin das Fahrzeug, in dem sie war, als Nächstes fuhr?"

„Reuben und ich arbeiten daran, und Meg beeilt sich, ihrer Software etwas hinzuzufügen, was helfen könnte. Also lautet die Antwort vielleicht." Er bot ein hoffnungsvolles Lächeln. „Es passiert viel im Hintergrund."

Pete fuhr auf den Supermarktparkplatz und nahm mit seinen miesen Parkfähigkeiten und seiner allgemeinen Gleichgültigkeit gegenüber der Meinung anderer zwei Plätze ein. Der BearCat war nicht gekennzeichnet, aber auffällig durch seine Größe, die dunkle Tönung und die Anbauten. Er musste nicht noch mehr Aufmerksamkeit darauf lenken.

Sie warteten, um die Straße zu überqueren, Hamish tippte

immer noch auf seinem Tablet, bis zu dem Punkt, an dem Liz sich fragte, ob sie ihn wie ein Kind führen müsste. Aber er schob es abrupt in eine Umhängetasche.

Die breite Grünfläche zwischen Straße und Meer war voller Kinder und Jugendlicher, einige nutzten die Spielgeräte und andere chillten einfach. Ein paar ältere Menschen gingen mit ihren Hunden spazieren und es war ein typischer Nachmittag im Spätsommer an diesem beliebten Streifen. Der Pier war ruhig. Die meisten Leute nutzten den viel größeren ein paar hundert Meter weiter am Strand. Dieser war nur für die etwa ein Dutzend festgemachten Boote da.

Ich will nicht hier sein.

Mit einem flauen Gefühl im Magen zwang Liz ihre Beine weiterzugehen, obwohl sie am liebsten zur öffentlichen Toilette gerannt wäre und sich übergeben hätte. Es würde sie für eine Minute besser fühlen lassen, aber weder Lyndall finden noch Terry zurückbringen.

„Wir werden nicht lange hier sein, Liz." Petes Worte waren nur für ihre Ohren bestimmt.

Er wusste es immer. Und er war an diesem schrecklichen Tag hier gewesen.

Sie nickte und führte den Weg die Mitte des Piers entlang, vorbei an dem Boot, hinter dem sie sich versteckt hatte, während sie das Kind festhielt, das sie vor ihrem Vater gerettet hatte. Vorbei an der Stelle, wo Terry in die Schusslinie getreten war, um ihr die Chance zu geben, in Sicherheit zu kommen. Und zu dem Ort, wo das Boot ihres Vaters festgemacht war, gefüllt mit Sprengstoff als Notfallplan. Er wäre fast mit dem Kind entkommen.

Aber wir haben sie gerettet. Sie ist wieder bei ihrer Mutter.

Liz starrte auf die Stelle, wo sein Boot explodiert war und Holz und Metall in den Himmel geschleudert hatte. Irgendwie hatte er überlebt, dessen war sie sich sicher. Aber was hatte er mit Tony Shaw oder Lyndall zu tun?

Hamish war wieder an seinem Tablet und wanderte langsam

den Pier entlang, bevor er neben Liz und Pete stehen blieb. „Ich bin mir sicher, dass sie auf ein Boot gebracht wurde."

„Erzähl weiter", sagte Pete und schenkte Hamish seine volle Aufmerksamkeit.

Liz hielt ihren Blick auf das Wasser gerichtet.

„Meg hat mehr Satellitenaufnahmen von mehreren Unternehmen angefordert und sie kommen langsam durch. Wir wissen, wann das Fahrzeug hier ankam, also ist es, solange Lyndall noch drin war, eine Frage des Findens von Bildern, die die Anzahl der Boote vorher und nachher zeigen."

„Wie lange?"

„Liz, es gibt keine Möglichkeit zu sagen-"

„Warum erwähnst du es dann überhaupt? Hol die Informationen und teile sie dann!" Liz drehte sich um. Ein Blick auf Hamishs betroffenes Gesicht und der Ärger verflog. „Tut mir leid. Hamish, es tut mir wirklich leid. Dieser Ort gibt mir Albträume, aber das ist keine Entschuldigung, dich anzufahren."

Pete grinste und als Liz ihm auf den Arm schlug, tat er so, als wäre er tödlich verwundet, was die Atmosphäre aufhellte. Aber Liz ärgerte sich über sich selbst. Das war überhaupt nicht ihre Art und Hamish war ehrlich. Sie musste ihre Energie für etwas Gutes nutzen.

„Lass uns mit jedem sprechen, den wir über diese Nacht finden können."

Nachdem sie sich von dem Boot, das der Straße am nächsten lag, bis zu den letzten beiden am Ende des Piers durchgearbeitet hatten, nahm Hamish einen Anruf entgegen und ging schnell zum Park, um zu antworten, nachdem er einen Blick auf die Anrufer-ID geworfen hatte.

„Gut, dann machen wir es eben allein, Liz, wie immer." Pete öffnete eine Wasserflasche. „Er ist wahrscheinlich ein Doppelagent, der Bericht erstattet."

Liz starrte ihn an. „Im Ernst, Pete."

„Nein, wirklich. Schau dir an, wie er sich verhält. Er ist

störend. Spielt seine Intelligenz herunter. Gibt sich alle Mühe, nervig zu sein, damit niemand ihm zu nahe kommt. Verschwindet zu seltsamen Zeiten. Ich wette, wenn du versuchst, sein bester Kumpel zu sein, würde er sein wahres Gesicht zeigen."

„Du bist lächerlich, aber bitte, geh du und sei sein bester Kumpel und teste deine Theorie."

„Ich? Nee, er wäre zu misstrauisch. Willst du das Boot links oder rechts?" Er nahm einen langen Schluck Wasser, ohne Liz aus den Augen zu lassen.

„Links. Hast du Ben gesagt, dass du so empfindest?"

Pete zuckte mit den Schultern und trank mehr.

Liz steuerte auf das letzte Boot am linken Ende des Piers zu, warf aber einen Blick zu Hamish hinüber, der ein lebhaftes Telefongespräch führte. Pete hatte ein gutes Gespür für Menschen, und alles, was er beobachtet hatte, stimmte, aber es war wahrscheinlicher, dass der Ex-Soldat mit der undurchsichtigen Vergangenheit einfach nur ein Idiot war, der nicht merkte, wie nervtötend er sein konnte, als ein Doppelagent. Oder was auch immer Pete ihn nennen wollte.

Das Boot war ein ansehnlicher Kreuzer mit einer verschlossenen Seitenluke. Liz rief ein paar Mal, dann spähte sie über die Seite. Alles war abgeschlossen. Aber es gab ein Sicherheitssystem an Bord mit zwei Kameras, die auf den Pier gerichtet waren. Liz tippte eine Nachricht auf ihr Handy mit ihrem Namen und der dringenden Bitte, sie in einer polizeilichen Angelegenheit anzurufen, dann hielt sie es eine ganze Minute lang vor die nächste Kamera. Sie schickte den Namen des Bootes und die Registrierung an Meg.

Pete unterhielt sich mit einem Mann am anderen Boot, also ging Liz zurück zum Park. Sie hatten bereits andere Sicherheitskameras bemerkt und Meg darauf angesetzt, also war es nur eine Frage der Zeit, bis sie Aufnahmen bekommen würden, ob von Kameras oder Satelliten.

„Tut mir leid, dass ich weggelaufen bin, Liz." Hamish

keuchte, nachdem er über den Rasen gejoggt war, um sie zu treffen. „Reuben bringt Tony Shaw her."

„Was? Oh, das ist brillant."

Das waren die besten Neuigkeiten des Tages.

„Ich freue mich darauf, ihn in Aktion zu sehen."

„Reuben?"

„Er hat den Ruf, das zu bekommen, was er will." Hamish grinste. „Zumindest wenn es um Kriminelle geht."

Und da fängst du schon wieder mit deinen Zweideutigkeiten an.

„Ich kenne ihn kaum. Oder dich."

„Das würde ich gerne ändern."

Manche Dinge waren am besten absichtlich misszuverstehen. „Ja, ich sollte wirklich etwas Zeit damit verbringen, Reuben kennenzulernen."

„Er ist nicht das, was du denkst."

Liz' Handy klingelte und sie hielt es hoch, um Hamish zu zeigen, dass Reuben anrief. Sein Gesicht wurde ausdruckslos und er schlenderte in Richtung Pier davon.

„Wirst du Tony Shaw abholen?", fragte Liz ohne Begrüßung.

Reuben lachte. „Nachrichten verbreiten sich ja schnell."

„Hamish hat es mir erzählt."

„Woher weiß er das? Jedenfalls ja, ich bin fast an seinem Haus und werde ihn höflich bitten, mich zu einem angenehmen Gespräch über verschwundene Überwachungsausrüstung zu begleiten."

„Und wenn er nicht will? Kannst du ihn festnehmen?"

„Ich bezweifle, dass ich mehr tun muss als zu fragen. Ich habe einiges gegen ihn in der Hand und er ist lange genug dabei, um zu wissen, wie die Welt funktioniert. Ich habe angerufen, um zu fragen, ob du das Verhör beobachten möchtest."

„Ja. Ja, danke. Wir sind fast fertig am Pier, also werden wir nicht weit hinter dir sein."

Liz machte sich auf die Suche nach Pete, der mit Hamish auf dem Weg zu ihr war.

„Der Besitzer des Bootes war in der anderen Nacht damit

unterwegs. Die ganze Nacht, er hat eine Gruppe auf eine Tour um die Bucht mitgenommen", sagte Pete. „Wahrscheinlich auch ein bisschen illegale Aktivität."

„Also haben sie nichts gesehen?"

„Das habe ich nicht gesagt. Er meint, als er hinausfuhr, habe er bemerkt, dass ein anderes Boot seinen Liegeplatz einnahm. Er dachte sich nichts dabei, weil dort Platz ist, und er nahm an, es sei jemand, der für Vorräte anhielt. Aber als er in den frühen Morgenstunden zurückkam, war es weg."

Das passte zu der Annahme, dass Lyndall auf ein Boot gebracht wurde.

„Hamish? Kannst du die Zeitparameter auf die Zeit ausdehnen, als Petes neuer Freund abfuhr und zurückkehrte?"

„Natürlich."

„Wirst du das Verhör mit Tony Shaw beobachten?", fragte Liz und beobachtete Hamish genau.

„Hä?" Das war Pete.

„Ähm... nee. Ich werde leider woanders gebraucht."

„Also hat Reuben dich nicht gefragt?"

Hamish fummelte an seinem Tablet herum. „Hm? Oh, ja, hat er. Deshalb hat er mich angerufen."

Liz' Herz sank. Mit wem hatte Hamish gesprochen? Es war nicht Reuben.

„Hallo? Irgendjemand? Welches Verhör mit Tony Shaw?"

Niemand antwortete und Pete warf die Hände in die Luft.

Tony Shaw war genau so, wie Liz ihn sich vorgestellt hatte. Worauf sie nicht vorbereitet war, waren der Verhörraum und der Beobachtungsbereich, die in keiner Weise irgendeinem ähnelten, den sie je gesehen hatte. Er befand sich auf einer anderen Etage als die zentrale Einsatzzentrale und hinter einem Empfangsraum mit Teppichboden, allerdings ohne freundliches Gesicht, das einen begrüßte.

Sie saß auf etwas, das man als Gamer-Stuhl bezeichnen könnte – mit hoher Rückenlehne, Armlehnen und Kopfstütze und der Möglichkeit, sich in ein Dutzend Positionen zu verstellen, und unglaublich bequem. Er drehte sich, sodass sie sich einfach umdrehen konnte, um mit anderen Beobachtern zu sprechen, wenn sie wollte. Und es gab drei Ebenen mit jeweils drei Stühlen. Liz erwartete halb, dass ein Arm von unten erscheinen würde mit einem Tablett voller Essen und Wein. Es war wirklich Gold-Klasse.

Vor ihr befand sich das übliche Einwegglas, aber es füllte eine ganze Wand.

Dahinter war ein Raum, der allen Normen von Verhör- oder Vernehmungsräumen trotzte. Es gab einen Tisch. Aber darauf standen eine Kaffeemaschine und Tassen. Und ein Wasserspender mit Gläsern. Ein Minikühlschrank war darunter versteckt. Die Sitzgelegenheiten waren bequem. Etwa drei Sessel um einen Couchtisch. Ein Sofa, das wie ein Ausziehbett aussah. Und in einer Ecke zwei gerade Stühle umgedreht auf einem kleineren, rechteckigen Holztisch.

Tony Shaw lehnte mit geschlossenen Augen an einer Wand. Er war ein uninteressanter Mann, physisch. Durchschnittliche Größe und Statur. Kurz geschnittenes braunes Haar. Hageres Gesicht. Er könnte in einem weißen Kittel als Arzt durchgehen oder als Lehrer oder Taxifahrer. Nützlich für jemanden, der gerne stahl und sich als jemand anderes ausgab. Dachte er über seine Zukunft nach? Plante er seine Antworten? Oder döste er?

Reuben betrat den Raum durch eine Tür auf der gegenüberliegenden Seite und sein Blick huschte zum Spiegel, so deutlich durch das Glas, dass Liz lächelte, als könnte er sie sehen.

Der andere Mann richtete sich auf und blinzelte schnell.

„Bitte nimm Platz, Tony. Wo immer du willst."

Reuben wartete, bis Shaw sich in einen der Sessel setzte und mit beiden Handflächen über den Stoff fuhr. Dann setzte er sich gegenüber.

„Schöne Sessel. Schöner Raum. Könnte mich hier eine Weile niederlassen." Shaw verschränkte die Arme.

„Kein Grund dazu. Ich habe ein paar Fragen, dann halte ich dich nicht weiter auf."

Shaw warf den Kopf zurück und lachte.

Reuben wartete, unbeeindruckt.

Pete würde das gerne sehen.

Aber Pete war damit beschäftigt, mit Hamish Informationen vom Pier zu verfolgen. Ausnahmsweise hatte er sich jedoch nicht darüber beschwert, und Liz war sicher, dass er Hamish genau beobachtete. Ihr langjähriger Partner zog oft vorschnelle Schlüsse, lag aber öfter richtig als falsch. Aber dies war eine ernsthafte Anschuldigung, die er erhoben hatte, denn Ben und Candace hatten das Team ausgewählt, und keiner von beiden ließ sich leicht täuschen.

„Du warst noch nie im Knast", sagte Reuben. Er hatte gewartet, bis Shaw aufgehört hatte zu lachen. „Ich vermute mal, du hast genug Freunde oder Bekannte, die wissen, wie es wirklich im Gefängnis ist. Deshalb frage ich mich, warum du eine lebenslange Haftstrafe riskieren willst. Und zwar im schlimmsten Knast, den wir für dich finden können."

„Was meinst du damit?"

„Mit dem Gefängnis? Stell dir vor, neunzig Prozent des Tages in Einzelhaft zu verbringen. Stell dir vor, jahrzehntelang jeden Tag dasselbe Essen zu bekommen, und zwar genau das, was du am meisten hasst. Kein Kontakt zu irgendjemandem, nicht mal zu Wärtern, weil du in einem Trakt sitzt, wo kein Kontakt möglich ist. Einmal alle vierundzwanzig Stunden öffnet sich eine Tür für genau eine Stunde. Draußen ist ein Garten ... hab ich Garten gesagt? Ich meinte einen zehn mal zehn Meter großen Raum, der so hoch zugemauert ist, dass niemand je darüber hinwegsehen könnte, und mit einem elektrifizierten Gitter abgedeckt ist. Klar, du kannst den Himmel sehen, aber nur nachts. Und egal ob es wie aus Eimern schüttet oder so heiß wie in einem Ofen ist, du bleibst dort eine Stunde lang, während deine Zelle gereinigt wird. Diese Zelle hat die gleiche Größe und enthält ein Klo und eine Matratze und sonst nichts. Gar nichts. Klingt das verlockend?"

Wieder ein Lachen, aber diesmal nervös und kurz.

„Warum glaubst du, dass ich das nicht ernst meine, Kumpel?"

„So behandeln wir Häftlinge in Australien nicht. Kumpel."

„Doch, das tun wir tatsächlich, aber nur bei den dümmsten Verbrechern. Denen, die glauben, sie würden unter unserem Radar fliegen und dann einen dummen Fehler machen. Wie zum Beispiel Überwachungsausrüstung von der Regierung zu stehlen und dann dabei erwischt zu werden, wie man sie im Haus eines Zivilisten installiert."

Reuben hatte sich kaum bewegt und seine Stimme blieb gleichmäßig, fast schon entspannt. Er ließ die Worte ihre Wirkung entfalten, seine Körpersprache offen. Das verwirrte Shaw, der seine Arme verschränkte und sich ein wenig bewegte, sodass seine Beine nicht mehr direkt auf Reuben zeigten.

„Dass du mich dumm nennst, wird mich nicht dazu bringen, Fragen zu beantworten."

„Hab ich gesagt, dass ich dich beschrieben habe?"

Hinter Liz öffnete sich die Tür und Candace nahm den nächsten Platz ein.

„Meg hat Neuigkeiten für dich. Ich bleibe hier und beobachte."

„Reuben ist gut darin."

Candace lächelte, den Blick auf das Fenster gerichtet. „Shaw hat keine Chance."

DREIUNDZWANZIG

Megs Finger flogen über die Tastatur, und sie blickte nicht auf, als Liz sich näherte. „Zwei Sekunden. Setz dich."

Liz zog einen Stuhl mit Rollen heran und setzte sich nahe genug, um zu bewundern, wie schnell Meg war – und zuzugeben, wie wenig sie von dem verstand, was auf einem der Bildschirme zu sehen war. Codezeilen bewegten sich schnell, während Meg noch mehr hinzufügte. Ein anderer Bildschirm zeigte zwei laufende Gesichtserkennungsprogramme, basierend auf Fotos von Alain und einem von Jean-Paul. Der dritte Bildschirm war leer.

„Hat Shaw schon nachgegeben?", fragte Meg und hob ihre Hände von der Tastatur.

„Nein, aber ich mag, wie Reuben mit ihm umgeht."

„Es ist nur eine Frage der Zeit. Okay, ich habe Neuigkeiten." Sie klickte etwas an und der dritte Bildschirm blendete langsam eine Quittung ein. „Blumen vom Floristen am Friedhof. Ich habe die verwendete Kreditkarte zurückverfolgt, aber bitte erwähne das vorerst niemandem gegenüber, da ich mir vielleicht einige Freiheiten mit dem ordnungsgemäßen Verfahren genommen habe." Ein weiterer Klick. „Sie gehört diesem Mann."

Es erschien ein professionelles Porträtfoto eines Mannes, vielleicht Ende fünfzig, mit pechschwarzem, zurückgekämmtem Haar. Er hatte markante Gesichtszüge, die auf eine fernsehmafia-boss-artige Weise attraktiv waren.

„Marcus Bonner. In Deutschland geborener australischer Staatsbürger. Lebt seit fast vierzig Jahren hier. Internationaler Kunstsammler und -händler. Reist jedes Jahr durch Europa, um Ausstellungen und Auktionen zu besuchen. Er besitzt die Bonner Art Gallery."

„Sag mir bitte, dass das auf der Liste für Alain stand?"

„Es stand auf der Liste."

„Also werde ich Hallo sagen gehen?"

„Das wirst du." Das war Ben, der von einem Gespräch mit Annette herübergekommen war. „Nimm jemanden mit."

„Alle sind beschäftigt, Boss. Und ich bin weniger bedrohlich alleine."

„Ich kann mitkommen. Ich möchte wirklich mehr tun, als ich tue." Annette war Ben gefolgt. „Alles, was ich mache, ist darauf zu warten, dass Leute zu mir zurückkommen, und ich kann neue Informationen auch unterwegs verarbeiten."

Liz sah Ben an, der nickte. Es wäre gut für Annette, aus dem Gebäude zu kommen. Sie war lange Zeit Streifenpolizistin gewesen, bevor sie in die Verwaltung von Interviews und Verhören wechselte, und es würde ihnen die Chance geben, sich zu unterhalten. Obwohl sie Annette seit Jahren kannte, hatte sie kaum mit ihr gesprochen, seit sie im Gebäude angekommen war.

„Kannst du in zehn Minuten fertig sein?"

„Klar doch." Annette grinste und eilte zu den hinteren Räumen.

Meg warf einen Blick auf Ben. „Wir sind zuversichtlich, dass die bei Lyndall installierten Überwachungskameras keinen Ton aufnehmen, und ich bin mir so sicher, wie ich nur sein kann, dass es dort drin nichts anderes gibt. Alles, was wir brauchen, ist eine Bestätigung, dass Lyndalls Entführer etwas von ihr will und nicht von einer dritten Partei. Es gab keine Lösegeldforderung."

„Und dann können wir losgehen und was auch immer sie

versteckt hat, finden und es als Köder anbieten", sagte Ben. „Reuben könnte einige Ergebnisse bekommen, die uns in die richtige Richtung weisen. Und Marcus Bonner. Aber sei vorsichtig mit ihm, Liz. Sein Grund für das Blumenniederlegen könnte unschuldig sein."

„Oder auch nicht. Ich weiß, und wir werden vorsichtig sein."

Liz suchte Pete auf, bevor sie ging. Er stand vor der Tafel auf Rollen, die Candace im zweiten Raum benutzte, tief in Gedanken versunken. Sie wollte ihn nicht stören und trat zurück.

„Ich weiß, dass du da bist. Komm rein."

„Annette und ich fahren los, um mit der Person zu sprechen, die Blumen auf dem Friedhof hinterlassen hat."

Er drehte sich um. „Soll ich mitkommen?"

„Nein. Aber du solltest wissen, dass der Mann eine der Kunstgalerien auf Alains Reiseplan besitzt."

„Warte, er könnte Alain tatsächlich gekannt haben? Ich sollte mit euch kommen."

Vielleicht solltest du das.

„Du bist beschäftigt, Kumpel."

Pete fuhr sich mit der Hand durchs Haar. „Ich muss das hier fertig machen. Candace und ich arbeiten daran, das zweite Kind zu finden, obwohl sie sich bequem davongemacht hat, um das Verhör zu beobachten."

„Sie könnte Dinge aufschnappen, die wir nicht bemerken würden."

„Ja, ich weiß. Geh und sprich mit diesem Kunsttypen, aber wenn du denkst, er ist involviert, ruf mich an."

„Ja, Mama."

„Lizzie..."

„Ich necke dich nur. Hör auf, so beschützend zu sein, und finde dieses Kind. Den Erwachsenen. Und ich werde anrufen."

Sobald sie im Fahrzeug saßen, hörte Annette kaum auf zu reden. Durch den Burnley Tunnel, entlang des Monash Freeway, auf den Eastlink und schließlich auf den Peninsula Link plauderte sie über alles andere als den Fall. Wenn sie versuchte, die lange Zeit, in der sie Liz nicht gesehen hatte, wettzumachen, dann funktionierte es.

„Du musst diese Ausfahrt nehmen", sagte Annette.

„Für Mount Martha? Nein, die nächste."

„So ist es schneller."

Liz nahm die Ausfahrt und das Navigationssystem beschwerte sich, es sei dabei, die Route neu zu berechnen.

„Ich bin in der Nähe der Kunstgalerie zur Highschool gegangen. Na ja, nicht in der Nähe, aber in der gleichen Gegend. Wir hatten einmal einen Ausflug dorthin."

„Aber du hast es niemandem erzählt."

„Doch, hab ich. Ich hab's Hamish erzählt, als ich es auf der Liste der Galerien gesehen habe."

Und da ist dieser Name wieder.

„Und wie war es? Ich glaube, es ist privat."

„Wir durften nicht überall hin. Ähm... es ist ein älteres Gebäude. Ich glaube, es steht unter Denkmalschutz. Hinter großen Toren. Die Kunst war mir zu seltsam. Ich mag Landschaften und Porträts, aber das war hauptsächlich abstrakt."

„Erinnerst du dich an Marcus Bonner?"

„Nein. Ich war nur dort, weil ich gerade eine Phase durchmachte, in der ich dachte, Kunst sei cool und jeder könne das machen. Dass ich das könnte." Sie lachte kurz. „Ich war furchtbar. Ich habe nach dem Ausflug Abstraktes versucht und es nie wieder probiert. Ich habe meine Kurswahlen für das nächste Semester geändert, um meinem anderen Traum zu folgen."

„Der Polizei?" Liz warf einen Blick hinüber.

„Würdest du glauben, dass ich Historikerin werden wollte? Ich liebte Religionswissenschaften und hatte Visionen davon, wie ich zwischen verstaubten alten Wälzern in irgendeiner europäischen Kirche herumwandere, aber irgendwie wurde daraus, zwischen verstaubten alten Kisten in einer Polizeistation herumzuwandern."

Irgendwie passte es zu Annette, die eine Superstar-Polizistin für Akten war, dass sie sich nach einem ruhigeren und langsameren Leben gesehnt hatte. Sie war großartig auf Streife gewesen, hatte aber nie Ehrgeiz gezeigt.

„Biege als Nächstes links ab und dann scharf rechts. Wenn ich mich recht erinnere, geht es dann eine Weile bergauf."

Wieder ignorierte Liz das Navigationsprogramm und parkte wenige Minuten später vor einer langen, hohen Mauer in einer ruhigen Straße. Von dieser Höhe aus konnte sie Blicke auf Port Phillip Bay erhaschen, obwohl sie eigentlich auf der falschen Seite der Autobahn war, um eine Aussicht zu erwarten.

Beeindruckende schmiedeeiserne Tore waren geschlossen und Liz drückte einen Knopf an einem Sicherheitspanel, der mit „Besucher" gekennzeichnet war.

„Wie kann ich Ihnen helfen?", antwortete eine tiefe, männliche Stimme.

„Guten Tag. Kriminalhauptkommissarin Liz Moorland und Kriminalkommissarin Annette Benski hier. Wir würden gerne ein paar Minuten Ihrer Zeit in Anspruch nehmen. Genauer gesagt, von Marcus Bonners Zeit."

Die Tore öffneten sich gerade weit genug, damit sie durchgehen konnten, und schlossen sich dann sofort wieder hinter ihnen. Liz sah sich nach alternativen Ausgängen um, falls es dazu kommen sollte. Sie hatte keinen Grund, Bonner als Verdächtigen zu betrachten, aber dieses Treffen könnte das ändern.

„Ich erinnere mich tatsächlich an diesen Ort!", Annette zeigte dorthin, wo die Auffahrt um das Gebäude herumführte und verschwand. „Wir kamen alle in einem Kleinbus und die Tore waren offen, und wir fuhren den ganzen Weg bis nach hinten."

„Was ist da hinten?"

„Wahrscheinlich war es ursprünglich der Dienstboteneingang und ihre Unterkünfte. Da dies kein Wohnsitz mehr ist, wie es im 19. Jahrhundert der Fall gewesen wäre, stelle ich mir vor, dass dort jetzt Lieferungen ankommen. Ich erinnere mich, dass wir einem langen und schmalen Korridor mit vielen Zimmern folgten. Wir kamen an einer Küche vorbei und ich konnte einen Blick hineinwerfen – sie war riesig."

Liz hatte das Anwesen vor dem Verlassen des Hauptquartiers schnell recherchiert.

„Dies ist seit mehr als fünfzig Jahren eine private Galerie. Es finden gelegentlich Spendenaktionen für verschiedene wohltätige Zwecke sowie regelmäßige Bälle für die Gönner statt."

„Wer hat überhaupt so viel Geld?"

Annette sah verzaubert aus. Wenn sie Künstlerin hätte werden wollen, würde sie verstehen, wie schwierig es war, an die Spitze zu gelangen. Wenige schafften es. Noch weniger Australier.

Was also machte Lyndall anders?

„Willkommen in der Bonner Galerie."

Marcus Bonner war ein Mann, der auf seinen Körper achtete und einen Anzug trug, der maßgeschneidert war, um das Beste aus seinen Bemühungen herauszuholen. Seine Präsenz war beeindruckend und Annette wurde sehr still und senkte den Blick zu Boden. Er stand auf der obersten Stufe mit einem entwaffnenden Lächeln.

„Bitte, kommen Sie herein."

Liz nahm sofort die Stufen, bot ihre Hand zum Schütteln an. Bonner war einen Kopf größer und aus der Nähe waren die Anzeichen des Alterns deutlicher zu erkennen.

„Guten Tag. Ich bin Liz und das ist Annette."

Am besten, wir halten es locker.

Annette war Liz gefolgt und nickte, anstatt ihre Hand auszustrecken. Bonner schien es nicht zu bemerken und drehte sich mit einer Armbewegung um, damit sie ihm folgen konnten. Er schritt zu einer Seitentür.

„Alles in Ordnung?", flüsterte Liz.

„Schlechtes Gefühl bei ihm."

„Er ist nur ein Mann. Du beobachtest alles, was wir sehen, und ich rede, wenn dir das hilft?"

Es gab ein leichtes Nicken und Liz nahm das als Ja.

Sie traten durch die Seitentür in einen winzigen, verglasten Vorraum.

„Ich habe einen wunderbaren Kurator, der darauf besteht, dass keine Außenluft ohne Filterung hereinkommt. Besser für die Kunstwerke, besonders die älteren." Bonner schloss die Seitentür ab. „Nur ein paar Sekunden, dann öffnen sich die inneren Türen."

Das taten sie. Ein lautloses Öffnen von Doppeltüren.

Bonner ging durch eine große Eingangshalle, komplett mit einer geschwungenen Treppe zu einer Zwischenebene, und dann in einen von vielen Räumen.

Der Raum hatte die Größe eines kleinen Hauses ohne Fenster, und alle Wände zeigten jeweils ein Dutzend Gemälde. In der Mitte des Raumes standen gepolsterte Stühle, jeder zu einer Wand gerichtet.

„Bitte, nehmen Sie Platz, damit wir uns unterhalten können."

Ich würde mich lieber umsehen.

Liz machte es sich bequem, während Annette sich auf die Kante ihres Stuhls setzte und mit großen Augen umherblickte. Bonner rückte einen weiteren Stuhl heran, sodass er ihnen gegenübersitzen konnte, was er mit einem erwartungsvollen Gesichtsausdruck tat.

„Danke, dass Sie uns empfangen, Herr Bonner-"

„Marcus."

„Marcus. Wir ermitteln in einem Vermisstenfall und Ihr Name ist als möglicher früherer Kontakt aufgetaucht. Wenn es Ihnen nichts ausmacht, ein paar Fragen zu beantworten, könnte uns das sehr helfen."

„Sicherlich, obwohl mir nicht bewusst ist, dass jemand, der mir nahesteht, vermisst wird."

„Die Fragen drehen sich eher um jemanden, der der fraglichen Person nahestand. Alain Dubois. Und sein Sohn, Jean-Paul."

Liz beobachtete Bonners Gesicht wie ein Falke. Seine Augen verengten sich für einen Sekundenbruchteil.

„Alain? Er ist vor vielen Jahren verstorben. Ebenso wie sein kleines Kind. Ein tragischer Bootsunfall in der Port Phillip Bay. Er war ein Kollege im Kunsthandel und besuchte diese Galerie nur Tage vor seinem Tod." Bonners Schultern sackten herab. „Eine schreckliche Sache."

„War sein Besuch hier das einzige Mal, dass Sie sich trafen?"

„Keineswegs. Meine Arbeit führt mich oft nach Europa und unsere Wege kreuzten sich ein Dutzend Mal. Er war ein feiner Mann."

„Ist das der Grund, warum Sie Blumen auf sein Grab gelegt haben?"

Er lehnte sich zurück, die Augenbrauen hochgezogen. „Ist es das, wie Sie mich mit ihm in Verbindung gebracht haben? Ich bin verwirrt, wie Sie das herausgefunden haben, aber egal ... inwiefern ist Alain für Ihren Vermisstenfall relevant?"

„Wir ermitteln im Verschwinden seiner Frau."

Bonner stand auf und ging zur Hälfte des Raumes, um ein Gemälde zu betrachten.

Annettes Aufmerksamkeit galt dem Rest der Galerie, als sie langsam ihren Kopf so weit wie möglich drehte, um alle Kunstwerke in ihrem Blickfeld zu betrachten. Dann drehte sie sich in die andere Richtung und senkte abrupt ihre Augen wieder, als Bonner zurückgestapft kam.

Er setzte sich nicht, sondern legte seine Hände auf die Rückenlehne des Stuhls und starrte Liz intensiv an.

„Warum sollten Sie nach Nora Egan suchen?"

Endlich ein Name.

„Alains Frau. Jean-Pauls Mutter."

„Na ja, es sei denn, er hätte früher in seinem Leben jemand anderen geheiratet. Nora hat Alain verlassen und ihr anderes Kind mitgenommen. Keiner von beiden wurde je wieder gesehen. Nach was ... dreißig Jahren oder mehr ist sie wohl kaum noch eine vermisste Person, oder?"

„Wann hat sie ihn verlassen?"

Bonner richtete sich auf und zuckte mit den Schultern. „Ich

gehörte leider kaum zu ihrem engsten Freundeskreis. Aber es war kurz vor seinem Besuch hier. Er war traurig. Als ich hörte, dass er und das Kind von einem Boot gefallen waren, war klar, dass es seine Tat war. Manche Männer kommen mit Verlust nicht gut zurecht, und er war ihr sehr ergeben gewesen."

„Sie kannten Nora persönlich?"

Er stellte den Stuhl an seinen ursprünglichen Platz zurück. „Ich habe sie ein- oder zweimal getroffen. Sie war sehr talentiert, aber offensichtlich ein schlechter Mensch. Den meisten Künstlern fehlt die Fähigkeit, die Liebe zu erwidern, die ihnen von gewöhnlichen Sterblichen so eifrig entgegengebracht wird."

Liz stand auf und schlenderte zu einem der Gemälde in der Nähe des Türrahmens, Bonner dicht auf den Fersen. Aus dem Augenwinkel sah sie, wie Annette in die andere Richtung ging.

„Ich fürchte, ich habe in Kürze eine Videokonferenz. Falls Sie also nichts weiter haben?"

„Das ist ein wunderschönes Gemälde. Kaufen Sie Kunst aus der ganzen Welt?"

„Nun ja. Die Sammlung ist international für ihre Qualität bekannt, und wir haben einige der wichtigsten Kunstkritiker und Sammler der Welt zu Gast gehabt. Sind Sie Sammlerin?" Bonner stand Liz unangenehm nahe, aber sie lächelte nur.

„Überhaupt nicht, aber ich bin beeindruckt von jedem, der eine solche Galerie erschaffen kann. Ich habe gelesen, dass Sie seit vielen Jahren die treibende Kraft dahinter sind. Ohne unhöflich klingen zu wollen, war es Ihre eigene Arbeit oder ein Erbe?"

Er versteifte sich leicht.

„Mein Vater, wenn man ihn so nennen kann, war ein betrunkener Ire, der Glücksspiele liebte, und meine wunderschöne Mutter gab einen Großteil ihres hart verdienten Geldes dafür aus, ihn aus seinen Schwierigkeiten zu befreien. Meine Arbeitsmoral habe ich von ihr, da sie in Deutschland, wo ich aufwuchs, eine Pension führte, nachdem wir von ihm weggekommen waren. Aber kein Erbe. Nur harte Arbeit. Ich muss wirklich gehen."

„Danke für Ihre Hilfe." Annette war wieder an Liz' Seite und nickte ihm zu. „Wir werden nicht mehr von Ihrer Zeit in Anspruch nehmen."

Einen Moment später standen sie im Sonnenschein, und die Tür oben an der Treppe klickte hinter ihnen zu. Keine von beiden sprach, bis sie wieder im Auto auf der anderen Seite des Tores waren. Liz verriegelte die Türen und schüttelte dann den Kopf über sich selbst. Sie waren hier draußen völlig sicher.

„Ich habe ein Foto gemacht", sagte Annette. „Von dem Gemälde, das er sich ansah, als du nach Alains Frau gefragt hast."

„Oh, das war riskant."

„Aber ich glaube, es hat sich gelohnt." Annette reichte ihr das Handy. „Wenn du unten links vergrößerst, ist der Name des Künstlers ganz deutlich zu erkennen."

Es war Nora Egan.

VIERUNDZWANZIG

Nachdem Pete so viele Anfragen wie möglich über Lyndalls zweites Kind gestellt hatte, gesellte er sich zu Candace, um das Interview zu beobachten. Sie war vertieft, machte sich Notizen, während sie ihre Augen auf das Fenster gerichtet hielt, und blickte nicht einmal zu ihm.

Er ließ sich neben ihr auf den Sitz fallen.

Tony Shaw saß wortlos da, während Reuben für beide Kaffee zubereitete.

„Shaw war gerade dabei, zum zwanzigsten Mal zu sagen, dass er nichts über Lyndall oder das Verwanzen ihres Hauses weiß. Reuben stand auf und begann Kaffee zu machen, sodass seine Worte ins Leere fielen. Er ist ein ausgezeichneter Verhörspezialist.“

„Wünschte, ich wäre da drin.“

„Wir brauchen Shaw lebendig, Pete.“

„Oh, das wäre er. Für eine Weile.“

Candace kicherte und machte sich eine Notiz auf dem Tablet auf ihrem Schoß. „Shaw bricht zusammen. Mit Reubens Rücken zu ihm, schau dir seine Haltung an. Sein Nacken ist steif. Die Arme angespannt gegen nichts als den Druck seiner Hände, die auf den Tisch drücken.“

„Er schwitzt wie verrückt."

„Gute Beobachtung."

Reuben kehrte mit zwei Kaffees zum Tisch zurück, stellte einen in Shaws Nähe ab, bevor er sich wieder setzte. Er rührte seine Tasse nicht an, aber Shaw nahm einen Schluck und verzog das Gesicht.

„Was? Zu heiß? Kann nicht am Geschmack liegen, denn ich habe die Bohnen selbst ausgesucht."

Mit einem wütenden Blick öffnete Shaw den Deckel einer Wasserflasche und trank.

„Stell dir eine Welt ohne Kaffee vor. Ich schätze dich als Kaffeekenner ein. Jemand, der eine teure Kaffeemaschine besitzt und sich Zeit nimmt, den ersten des Tages zu genießen. Aber in Einzelhaft gibt es keinen Kaffee. Du darfst dich nicht mit den anderen Häftlingen anstellen, um deine Ration verwässerten Java zu trinken. Ich kann es jetzt schon sehen." Reuben lehnte sich in seinem Stuhl zurück und legte einen Knöchel auf ein Knie. „Diese langen Tage und noch längeren Nächte? Du wirst dich daran erinnern, wie es sich anfühlt, deinen eigenen Kaffee zuzubereiten. In die Cafés deiner Wahl zu gehen. In der Sonne zu sitzen mit einem Croissant und Saft."

„Mag keine Croissants. Nicht mal die authentischen französischen von der Halbinsel."

„Ich bin neu in Melbourne und mag Gebäck. Wo ist es am besten auf der Halbinsel?"

„Was springt für mich dabei raus?"

„Vielleicht werfe ich dir meine dampfend heiße Tasse nicht ins Gesicht." Reubens Ton blieb entspannt und umgänglich. „Und ich werde deiner täglichen Ration keine Croissants hinzufügen."

Shaw warf den Kopf zurück und lachte.

„Alles nur Show. Er wird gleich zusammenbrechen."

Candaces Stimme klang aufgeregt und Pete sah sie überrascht an. Sie war die schwierigste Person im Team, wenn es darum ging, sie einzuschätzen, weil sie alles verbarg. Jetzt aber nicht.

Das Lachen verstummte.

Shaw schob seine Tasse weg. „Was wollt ihr von mir? Ich rede, aber ich brauche Immunität."

Reuben nahm zum ersten Mal seine Tasse und trank einen Schluck.

Candace und Pete machten sich auf den Weg zurück zum Hauptquartier. Reuben hatte eine Pause eingelegt und brachte Shaw in einen Raum, der nichts anderes als eine Toilette, ein Waschbecken und ein in die Betonwand eingelassenes Bett mit einer dünnen Matratze enthielt.

„Dieses zweite Kind von Lyndall?", fragte Candace.

Sie folgten einer Reihe von Gängen.

„Ohne ihren echten Namen ist das schwierig. Alain Dubois taucht als Vater keines Kindes auf, abgesehen von der Erwähnung auf dem Grabstein. Und wo wir gerade dabei sind, ich habe Meg gebeten, nach demjenigen zu suchen, der die Beerdigungen bezahlt hat."

„Das ist wirklich gut durchdacht."

„Stimmt." Pete grinste. „Wie immer unterschätzt."

„Unsinn. Jeder von uns ist hier wegen seiner einzigartigen Talente."

„Sogar Hamish?"

Candace blieb abrupt stehen und Pete ging einen Schritt zurück, um ihr ins Gesicht zu sehen. „Na ja, abgesehen davon, dass er die Drohnen steuert und ein scharfer Schütze ist, was genau macht er eigentlich?"

„Nicht dass Ben seine Entscheidungen erklären müsste, aber Hamish hat Fähigkeiten, die das Team brauchte. Wir wissen alle, dass seine Art der Interaktion etwas anders ist, aber er hat eine anständige Erfolgsbilanz. Abgesehen von seiner offensichtlichen Bewunderung für Liz, welche konkreten Bedenken hast du bezüglich Hamish?"

Pete dachte darüber nach. Alles, was er hatte, waren Spekulationen. Keine harten Beweise, dass Hamish sich nicht an die Regeln hielt oder schlimmer, gegen das Team arbeitete. Er wollte nicht als Nörgler gelten.

„Vielleicht bin ich es einfach nur gewohnt, derjenige zu sein, der Grenzen austestet."

Sie war nicht überzeugt. Nicht nach der Art, wie sie ihren Kopf leicht neigte und ihre Lippen gerade hielt.

„Ich werde ihm eine Chance geben, okay?"

Sie gingen weiter.

„Weißt du, Pete, du kannst mir alles sagen. Wenn es nicht für die Ohren des Teams bestimmt ist, dann lass es mich wissen. Und wenn irgendjemand – nicht nur Hamish – deinen Verdacht erregt, im Gegensatz zu deinem Ego, dann kannst du mir vertrauen."

„Ja, ich weiß."

„Also, das Kind?"

„Ich habe eine Menge Nachrichten bei Kontakten aus meinem... früheren Leben hinterlassen. Leute, die Bescheid wissen über absichtliches Verschwinden und die keine Scheu haben, schwierige Fragen zu stellen. Einer hat möglicherweise Zugang zu Unterlagen über Zeugenschutz und wird vielleicht einen diskreten Blick darauf werfen."

„Möglicherweise?"

Er zuckte mit den Schultern. „Am besten wissen wir nicht zu viel. Außerdem habe ich jemanden, der französischen Verbindungen nachgeht. Es ist eine träge Maschinerie, wenn man versucht, Fakten über Alain Dubois zu bekommen."

Petes Telefon klingelte. „Es ist Liz." Er tippte auf „Annehmen". „Ich bin hier mit Candace auf Lautsprecher."

„Oh gut. Annette hört hier mit. Wir hatten ein Treffen mit Marcus Bonner, das... interessant war. Er ist sehr gewandt und geschmeidig und charmant, bis man ihn in die Enge treibt. Er kannte Alain Dubois als Kunsthändler, den er bei mehreren Gelegenheiten traf, aber nur einmal in seiner Galerie. Er bezeichnete ihn als feinen Mann."

Annette sprach. „Er ist der Meinung, dass Alain für die Tragödie verantwortlich ist, die ihm und Jean-Paul das Leben kostete."

„Du meinst, absichtlich?", fragte Pete.

„Ja. Er kannte Lyndall und hat keine gute Meinung von ihr. Hört euch das an. Er sagt, kurz vor dem Besuch in der Galerie von Alain nahm Lyndall das zweite Kind und verließ die Ehe und den älteren Sohn. Und wir haben endlich einen Namen. Er nannte sie Nora Egan."

Candace blieb stehen und öffnete ihr Tablet, tippte den Namen in die Suchleiste. „Liz, Annette... ich mache gerade eine schnelle Suche und es gibt mehrere Seiten allein mit ihrem Namen. Öffentliche Informationen."

„Ich habe schon mit Meg gesprochen, die uns alle gerne zusammenbringen möchte. Wir sind in einer halben Stunde da. Annette hat ihr ein Foto geschickt, das sie heimlich von einem Gemälde im Ausstellungsraum gemacht hat, in dem wir waren. Es hat Nora Egan als Künstlerin und es erinnert mich definitiv an einige von Lyndalls Arbeiten. Ich komme immer wieder darauf zurück, dass er sagte, sie sei mit dem zweiten Kind weggegangen."

„Wir sind gerade auf dem Weg zu Meg", sagte Pete. „Und ich werde Reuben den Namen von Nora Egan geben, um seinem Verhör mehr Gewicht zu verleihen."

„Okay. Bis gleich."

„Wenn du willst, sage ich es Reuben", meinte Candace. „Geh du zu Meg."

Sie drehte sich um, ohne auf eine Antwort zu warten, und Pete ging weiter zum Zentrum. Das war ein großer Schritt nach vorn.

Meg brauchte mehr Finger und Monitore. Sich selbst zu klonen wäre eine noch bessere Lösung. Sie ließ ein paar Suchanfragen laufen und ging zum Tisch, wo sie ein paar Minuten lang Anweisungen eintippte, bevor sie den vertikalen Bildschirm hochfuhr.

Lyndalls echten Namen zu kennen, veränderte alles. Statt basierend auf einer Reihe von Hinweisen zu suchen – einige davon zweifelhafter Natur – und dann zu versuchen, die Ergebnisse abzugleichen, hatte sie nun einen konkreten Ansatzpunkt. Sie richtete den Bildschirm ein und benutzte einen Finger, um Bilder und Text zu halten und zu verschieben, bis sie zufrieden war.

Reuben kam herein und ging in Richtung Küche. Candace war dicht hinter ihm. Pete war bereits vom Zuschauen beim Verhör zurückgekehrt und befand sich nach einer kurzen Besprechung mit Meg in einem der hinteren Räume.

Sonst war niemand hier.

Das musste vorerst genügen, und sie konnte die anderen informieren, sobald sie eintrafen.

Sie überprüfte ihren Schreibtisch und nahm ein paar Anpassungen an einer der Suchanfragen vor, dann trank sie hastig etwas Wasser.

Ich weiß, wir sind nah dran. So verdammt nah jetzt.

„Ist Ben weg?", Pete blickte in Bens Büro, als wolle er sich vergewissern.

„Erst vor ein paar Minuten. Er hat das Treffen in der Stadt."

Pete umrundete den Tisch, seinen Augen entging nichts.

Als Candace und Reuben zu ihnen stießen, berührte Meg den Bildschirm. „Das ist Nora Egan. Lyndall zu einer anderen Zeit und an einem anderen Ort." Das Bild vergrößerte sich. „Sie ist zwanzig Jahre alt auf diesem Foto. Bisher ist das das älteste, das ich gefunden habe."

Alle starrten auf das Bild. Die junge Lyndall hatte langes dunkles Haar, das über ihre Schultern fiel, und trug Jeans und eine Bluse, die eine gute Figur zur Geltung brachten. Sie lächelte breit, während sie hinter einer Staffelei posierte. Sie war im Freien, hielt Palette und Pinsel und blickte direkt in die Kamera. Und ihre Augen verrieten, dass es definitiv Lyndall war.

Meg begann, durch weitere Bilder zu scrollen, jedes vergrößerte sich für ein paar Sekunden und kehrte dann zur Originalgröße zurück, während das nächste es verdrängte.

„Ich arbeite noch an einem Profil, aber was ich euch sagen kann, ist, dass Lyndall gebürtige Australierin ist. Ihre Verbindung zu Europa begann durch ihre Kunst, und dann zog sie nach Frankreich, um Alain, einen Kunsthändler, zu heiraten. Sie reiste viel für Ausstellungen und Ähnliches, und dieses Foto zeigt mir, dass sie ein beliebter Gast bei diesen und exklusiven Dinner-Partys war. Ich werde bald mehr wissen, und sobald Pheobe zurück ist, kann sie mir helfen, die Informationen über die Attentate abzugleichen."

Reuben sah grimmig aus. „Versuchst du, Lyndall mit Morden in Verbindung zu bringen?"

„Auf keinen Fall", sagte Pete. „Sie ist keine Mörderin."

„Natürlich ist sie das, und zwar noch vor einem Jahr", wanderte Hamish herein.

„Sie rettete das Leben ihrer Nachbarin, sie hat keinen Mafiaboss ermordet."

Meg war beeindruckt, wie beherrscht Pete seine Stimme hielt, aber seine Hände waren an seine Oberschenkel gepresst. Wie interessant. War das wegen seiner Schwäche für Lyndall oder wegen seines Unbehagens gegenüber Hamish?

„Wissen wir mit Sicherheit, dass der Mann, den sie kürzlich erschossen hat, nicht Teil des organisierten Verbrechens war?"

„Kumpel, das ist reine Zeitverschwen-"

„Nein, wissen wir nicht." Meg hatte weder die Zeit noch die Kapazität für ihr... was auch immer es war. „Aber im Moment ist es wichtig, genug Punkte zu verbinden, um uns zu Lyndall zu führen." Sie hoffte, ihr Gesichtsausdruck reichte aus, um sie zur Vernunft zu bringen. „Hamish, bist du mit den Bildern vom Dock weitergekommen?"

„Ein paar Neuigkeiten. Darf ich?"

Er sah Meg um Erlaubnis bittend an, den Bildschirm zu berühren.

„Ich fahre diesen hier runter, nimm also den horizontalen."

Ein Tippen, und der vertikale Bildschirm verschwand. So würde sie die Einrichtung für später nicht verlieren.

Hamish verlor keine Zeit und verwandelte den gesamten Tisch in eine nächtliche Karte von Greater Melbourne. „Wenn ihr genau hinseht, ist dies eine Aufzeichnung einer Kombination von Live-Bildern, die alle zusammengefügt wurden, um einen ziemlich guten Überblick über die Nacht zu geben, in der Lyndall verschwand. Nora Egan, das heißt."

Pete warf Hamish einen Blick zu, die Augen verengt, aber sein Mund blieb geschlossen.

„Wir können mehr oder weniger den Weg von ihrem Haus zum Dock verfolgen... zumindest das Fahrzeug, das sie dorthin brachte. Ich war nochmal dort unten und habe einen Laden auf der gegenüberliegenden Straßenseite gefunden, der eine Kamera in die richtige Richtung für uns hatte." Er benutzte sein Handy, um etwas an den Bildschirm zu senden. „Hoffe, das funktioniert."

Ein dunkles Bild erschien. Körnig. Es war Nacht, und es war niemand zu sehen. Der Park war gerade noch sichtbar und dahinter Masten von Yachten.

„Ich habe versucht, die Qualität zu verbessern, aber hier", Hamish zeigte auf eine Stelle, „sieht man die Umrisse von dem, was ich für einen Pajero oder Land Cruiser halte. Die Lichter sind aus, aber eine Tür ist offen."

Meg passte den Fokus und den Kontrast an. „Nicht viel Verbesserung, aber ja, ich stimme dem zu, was du siehst."

„Die Reifenspuren, die wir hinter ihrem Haus gefunden haben, würden zu diesen Geländewagen passen." Pete beugte sich vor, um das Bild genauer zu betrachten. „Also bringen sie sie auf ein Boot oder in ein anderes Fahrzeug? Gab es keine anderen Ergebnisse von Kameras? Das Dock hatte einige. Eines der Boote auch." Er richtete sich auf und sah Meg an.

„Ich werde dem nochmal nachgehen, sobald ich Hilfe bei anderen Dingen bekomme."

„Ich kann zurückgehen und nochmal mit den Bootbesitzern sprechen", bot Hamish an.

Meg schaute auf die Uhr. „Nein. Lassen wir alles zentral, bis der Chef zurück ist."

Reuben sprach zum ersten Mal. „Das wird mir bei Shaw helfen." Er deutete auf den Tisch. „Lyndalls echten Namen zu haben, ebenfalls. Es gab allerdings etwas, das er sagte, das keinen Sinn ergab."

„Über die Croissants?", fragte Pete.

„Ja. Er mag sie nicht, nicht einmal die, die er ‚authentisch französische' nannte. Von der Halbinsel."

„Welche Halbinsel? Können wir ihn dazu drängen?" Meg zeigte auf die Karte. „Vom Dock aus hat ein Boot relativ leichten Zugang zu den Halbinseln Mornington oder Bellarine. Beide haben Hunderte von Anlegestellen. Aber Liz und Annette waren in Mount Martha, also deutet es auf erstere hin."

Die anderen drehten sich zu ihr um.

„Ich werde etwas Hilfe brauchen. Wir müssen alles über Marcus Bonner herausfinden."

FÜNFUNDZWANZIG

„Ist Annette bei dir?", empfing Meg Liz an der inneren Tür und schaute an ihr vorbei.

„Nein, aber sie ist nur ein paar Minuten hinter mir. Sie wollte rauchen."

„Sie raucht?"

„Ich wusste bis eben auch nicht, dass sie das tut. Die Arme war ganz durcheinander vom Treffen mit Marcus Bonner und sie sagte etwas darüber, dass der Stress dieser Woche ihr zu schaffen macht."

Sie hatte Annette an der Ecke abgesetzt. Liz wollte eigentlich einen Kaffee und eine Toilettenpause, aber der Ausdruck auf Megs Gesicht war zwingend.

„Was ist passiert?"

„Es könnte – Betonung auf *könnte* – eine Verbindung zu Marcus Bonner geben, die über seine frühere Beziehung zu Alain Dubois hinausgeht. Tony Shaw hat Reuben gegenüber eine beiläufige Bemerkung über Croissants auf der Halbinsel gemacht."

„Was genau?"

„Ich habe das Gespräch nicht mitbekommen, aber Shaw hat seine Abneigung gegen Croissants zum Ausdruck gebracht, sogar gegen die echten französischen von der Halbinsel. Reuben, Pete und Candace bestätigen, dass er das gesagt hat, also brauche ich Annette, um nach Bäckereien und dergleichen zu suchen, die in diese Kategorie fallen."

„Oder zumindest seine Vorstellung davon." Liz folgte Meg an ihren Schreibtisch. „Nehmen wir an, er meint die Mornington Peninsula. Frankreich. Kunst. Jeder Mann hatte eine andere Art von Kontakt mit Lyndall. Das deutet auf Bonner hin."

„In der Tat. Ben holt besser unsere Zustimmung ein, um weiterzumachen. Ich habe vor ein paar Minuten eine kurze Zusammenfassung geschickt, falls er noch in der Besprechung ist. Im Moment arbeitet Reuben an Shaw. Würdest du bitte mit Vince reden? Ich schicke dir ein paar Fotos von Nora und möchte seine Meinung dazu hören. Mal sehen, ob ihm etwas Neues einfällt.

Nach einem kurzen Abstecher auf die Toilette und einer Cola light statt eines Kaffees ruft Liz Vince von ihrem Schreibtisch aus an.

„Liz? Bitte sag mir etwas Gutes."

Die Sorge in seiner Stimme war beunruhigend. Sie unterdrückte den Drang, sich dafür zu entschuldigen, dass sie nicht mehr Kontakt gehalten hatte, denn wann? Ihre Zeit war voll ausgelastet und sie tat ihr Bestes.

„Wir kommen der Sache näher. Bist du zu Hause?"

„Ja. Hab gerade Melanie bei einer Freundin für die Nacht abgesetzt. Geburtstagsparty mit Übernachtung und sie wollte unbedingt hin."

„Das Beste für sie. Es kann nicht lustig sein, Sicherheitspatrouillen auf und ab in der Einfahrt zu haben und zu wissen, dass Lyndall noch nicht zu Hause ist. Vince, hast du je den Namen Nora Egan gehört?"

Annette kam an, eilte in die hinteren Räume.

„Ja. Ja, das habe ich. Hat Lyndall nicht eines ihrer Gemälde?"

„Welches?"

„Gib mir 'ne Minute. Es ist nicht signiert, so viel weiß ich."

Liz begann, handschriftliche Notizen zu machen. Sie hatte jedes Kunstwerk auf Signaturen überprüft und viele hatten keine. Nicht eines trug Nora Egans Namen.

„Nachdem wir die Waffenkiste in den Panikraum gebracht hatten, sagte sie mir... verdammt, warum ist mir das nicht früher eingefallen?"

„Lass dir Zeit."

Vinces Ton war rau. Er ärgerte sich über sich selbst. „Sie stand neben einem Gemälde und sagte, es sei von Nora Egan gemalt worden. Das bedeutete mir nichts, aber sie ließ mich es wiederholen. Ich fragte warum und sie gab mir einen dieser intensiven Blicke und sagte, ich würde es wissen, wenn ich jemals jemandem sagen müsste, dass es existiert."

Es gab ein Geräusch. Ein Aufprall.

„Ich hätte mich daran erinnern sollen, Liz."

„Reiß dich zusammen, Vince. Ihr Verschwinden war stressig und sie hat sich selbst nicht geholfen, indem sie die ganze Zeit so vage war. Welches Gemälde?"

Ich weiß, welches Gemälde.

„Im Flur zwischen ihrem Schlafzimmer und der Tür zum Panikraum."

Liz schloss die Augen. Sie hatte Recht gehabt, ihm Aufmerksamkeit zu schenken. Es bedeutete etwas Wichtiges. Entscheidendes. Und Lyndall hatte sorgfältig für genau so ein Worst-Case-Szenario geplant. Clever.

„Vince, wir sind schlau genug, das herauszufinden. Candace und ich haben die Bedeutung dieses Gemäldes bereits diskutiert, ohne zu wissen, dass Lyndall es gemalt hat."

„Moment. Lyndall ist Nora Egan?"

„Ja, das ist sie." Mit offenen Augen kritzelte Liz Wörter in chaotischer Weise, ihre Gedanken vermischten sich mit dem, was Vince enthüllt hatte. „Du bist heute Nacht allein, oder?"

„Mel kommt erst morgen Nachmittag zurück. Warum? Was willst du, dass ich tue?"

„Ich habe eine Idee, die sich gerade formt. Kannst du es bei mir lassen? Und bereit sein, wenn ich Hilfe brauche?"

„Ich gehe nirgendwo hin, Liz. Außer die Tiere zu füttern."

„Müssen sie jetzt gleich gefüttert werden, oder können sie noch eine Stunde oder zwei warten?"

„Noch länger und es gibt eine Eselrebellion."

Ben rief eine Besprechung ein, sobald er zurück war, und alle trafen sich am runden Tisch, den Candace freigeräumt hatte. Die Tafel auf Rädern stand zur Seite. Phoebe – die nach einer Nachtschicht in einer der Einheiten geschlafen hatte – sah immer noch erschöpft aus, aber sie nippte an eisgekühltem Wasser und beobachtete still, wie die anderen sich setzten.

„Danke euch allen, dass ihr hier seid", sagte Ben. „Besonders dir, Phoebe, dass du uns erlaubst, deinen dringend benötigten Schlaf zu stören."

Ben hatte sich nicht anmerken lassen, seit er vor fünfzehn Minuten durch die Haupttür geschritten war. Er hatte sich in seinem Büro eingeschlossen, um Telefonate zu führen, nachdem er Liz gebeten hatte, das Team zu versammeln.

„Dank eurer Bemühungen um starke Hinweise in Bezug auf Tony Shaw und Marcus Bonner haben wir weitere achtundvierzig Stunden ohne Einmischung zugesichert bekommen."

Ein kollektiver Seufzer ging um den Tisch.

„Wir werden Lyndall lange vor dieser Frist finden. Die neue Information über Lyndalls wahre Identität ist unglaublich nützlich, und ich werde Shaw jetzt einen Besuch abstatten."

Pete grinste. „Hab dich noch nie in eine Rauferei verwickelt gesehen."

„Und das wirst du auch nie. Reuben?"

Reuben grinste ebenfalls, vermutlich bei dem Gedanken, dass der stets ruhige und gut gekleidete Ben Rossi mit einem Verdächtigen handgreiflich werden könnte. Liz wusste es besser. Ben hatte schon Mörder gestoppt, aber er war nicht so hemdsärmelig wie Pete oder vermutlich Reuben.

„Also gut. Unser Besucher im Verhörraum ist bereit, uns bei unseren Ermittlungen zu unterstützen, besteht aber darauf, dass das erst geschieht, wenn er Straffreiheit bekommt", sagte Reuben.

„Was wir nicht anbieten können. Oder?", fragte Annette.

„Wir haben alle Polizeiserien gesehen, in denen die Forderungen des Verdächtigen an Ort und Stelle erfüllt werden, und wir wissen alle, wie lächerlich das ist. Ich glaube, sogar die Verdächtigen glauben das." Ben schüttelte den Kopf. „Meine Absicht ist es, Shaw für seinen Anteil daran und was auch immer wir sonst noch über ihn ausgraben können, strafrechtlich zu verfolgen, aber um Lyndalls willen habe ich die Befugnis, ihm zu versichern, dass unsere Empfehlungen an die zuständigen Stellen direkt von dem Grad seiner Kooperation abhängen werden."

Formulier es richtig, und er wird glauben, dass er einen guten Deal macht.

Liz hatte nur ein Ziel: Lyndall lebend zu finden. Alles andere war ein Problem für eine andere Zeit. Bis vor kurzem hatte sie sich strikt an die Regeln gehalten. Hatte nie Grenzen überschritten und konnte sich auch nicht vorstellen, es jemals zu tun. Das war, bevor ein Kind entführt wurde ... Ein zweites Kind, das Liz sehr ähnlich war. Grenzüberschreitungen waren es, die das Kind gefunden und Liz zu Operation Nobody gebracht hatten, also war es ihr egal, ob Ben den Mistkerl in der Arrestzelle direkt anlügte.

„Boss?"

Alle drehten sich zu Liz um.

„Ich habe gerade mit Vince Carter gesprochen, dessen Erinnerung durch den Namen Nora Egan angeregt wurde. Ich habe eine Idee, wie wir in den Panikraum kommen könnten."

Pete saß auf dem Stuhl neben Liz und trat ihr plötzlich gegen den Knöchel, nicht hart genug, um zu schmerzen, aber er hatte ihre Aufmerksamkeit erregt, und als sie ihn ansah, war sein Gesichtsausdruck leicht zu lesen. Er warnte sie, nicht weiterzureden.

„Nur zu, Liz", sagte Ben.

Hamish lehnte sich erwartungsvoll vor. Liz hatte in keiner Weise eine Verbindung zu ihm aufgebaut und vertraute dem Mann nicht ganz. Und sie wusste, dass Pete es auch nicht tat. Vielleicht war es ihre Vorgeschichte, aber Liz wollte wissen, warum dies ein Problem für ihren alten Partner war, bevor sie zu viel mehr sagte.

„Ich denke noch darüber nach. Hast du etwas dagegen, wenn Pete und ich erst einmal brainstormen?"

Ben nickte. An seiner Seite verengte Candace die Augen.

Für ein paar weitere Minuten teilte Ben Aufgaben zu, unterstützt von Meg, die von der schieren Menge an Anfragen, die sie bearbeitete, überfordert war. Sie nahm Annette, Phoebe und Hamish zur Unterstützung mit. Reuben machte sich auf den Weg zurück, um Shaw aus der Zelle zu holen. Als sie gegangen waren, sah Ben Liz an und wartete.

„Ich habe eine Idee, die beinhaltet, dass Vince in Lyndalls Haus geht. Er war noch nicht oben, um die Tiere zu füttern, also wird seine Anwesenheit dort nicht infrage gestellt werden. Es gibt keinen Grund, warum er sich nicht ins Haus einlassen und zum Panikraum gehen kann."

„Abgesehen von dem Risiko, dass es weitere Überwachung gibt, von der wir nichts wissen", sagte Candace. „Willst du, dass er dieses schmale Stück Wand untersucht?"

„Sogar aufbricht. Ich bin sicher, es ist nur Gips."

Ben stand auf. „Wir können es mit dem Sicherheitsteam im Haus abklären, dass er Zugang bekommt, aber ich denke, es würde zu verdächtig aussehen, wenn er einfach reinspaziert und eine Wand einschlägt."

„Was, wenn er hineintorkelt?", Pete stand auf und begann, durch den Raum zu taumeln. „Hatte einen langen Nachmittag mit Trinken und war traurig, dass seine Freundin immer noch vermisst wird. Findet sich im Panikraum wieder und in seinem betrunkenen Zustand stolpert er und landet gegen die Wand."

Er tat so, als würde er genau das tun, hielt aber kurz vor den Ziegeln an.

Mit einem Grinsen machte sich Ben auf den Weg. „Warum sehe ich nicht erst einmal, was Shaw zu bieten hat?"

„Okay, aber kann ich Vince vorbereiten, falls du grünes Licht gibst?"

Liz holte Ben ein, als er in den Hauptraum ging, die anderen folgten. „Was Pete vorgeschlagen hat, mag dumm klingen, aber es ist glaubwürdig und könnte uns vielleicht sogar einen Blick ermöglichen."

„Boss? Kann ich euch beiden etwas zeigen?", Meg wedelte mit beiden Händen in der Luft.

Auf einem ihrer Monitore war eine Quittung für zwei Beerdigungen zu sehen.

„Das wurde von der Bonner Art Gallery bezahlt. Hat er zufällig seine Beteiligung daran erwähnt, Liz?"

„Nein. Und er war nicht erfreut, dass wir von den Blumen wussten."

„Marcus Bonner ist bereits alarmiert, Ben", sagte Pete. „Lass Vince seinen Teil erledigen, bevor die Bösen einen weiteren Versuch bei Lyndalls Haus unternehmen."

Meg nickte zustimmend. „Ich kann ihn durch die beste Herangehensweise leiten."

„Ja, arbeitet mit Liz und Pete daran. Und ich möchte, dass ihr beide in der Nähe seid, wenn er reingeht, also macht euch bald auf den Weg." Ben sah sich um. Alle Augen waren wieder auf ihn gerichtet. „Hamish, ich sage Reuben, er soll dich in der Garage treffen. Geht und holt Marcus Bonner."

Liz landete mit Hamish im Aufzug, nachdem Pete zurückgegangen war, um etwas zu holen, und sagte, er würde in einer Minute unten sein.

„Er mag mich nicht."

„Kumpel, im Moment interessiere ich mich nicht für Schulhofpolitik. Meine einzige Sorge gilt Lyndall."

Sein Gesicht fiel, aber dann nickte er. „Ich klinge wohl ein bisschen erbärmlich. Tut mir leid. Sobald wir sie gefunden haben... vielleicht hilft ein Ausflug in die örtliche Kneipe, um etwas Gemeinsames zu finden. Mit dir auch."

„Pete wird selten nein zu einem Drink sagen."

„Und du?"

„Klar. Ich denke, das ganze Team wird ein paar Drinks verdient haben, sobald Lyndall in Sicherheit ist."

Die Türen öffneten sich und sie folgten ein paar Fluren zur Garage. Weder Reuben noch Pete waren schon da.

„Was soll ich von Marcus Bonner erwarten? Irgendetwas, das mir eine Vorstellung von ihm gibt." Es lag eine neue Intensität in Hamish, als hätte er einen Gang hochgeschaltet.

„Unterschätz ihn nicht wegen seines Alters. Seine Statur ist kraftvoll und er wirkte wendig. Wenn er der Mann war, der auf dem Bildschirm im Schutzraum mit dem Gewehr zu sehen war, wissen wir, dass er schlau und heimlich ist."

„Und wenn er einmal Nora Egans Handler war, wird er auf so ziemlich alles vorbereitet sein."

Liz verschränkte die Arme. „Handler? Was weißt du, das ich nicht weiß?"

„Ich verbinde nur die Punkte, Liz. Attentate auf hochrangige Verbrecherfiguren in oder um Kunstgalerien in Europa zur gleichen Zeit, als Nora angeblich in Frankreich lebte. Bonner war ein regelmäßiger Besucher dort und kannte beide. Mochte Alain, aber sie nicht. Noras Ehemann und ein Kind ertrinken in Australien und weißt du wo? Beim Bootfahren in der Port Phillip Bay. Ihr anderes Kind verschwindet und sie auch, nur um als Lyndall Smith, Eselretterin, wieder aufzutauchen."

Vorsichtig, um nicht anklagend zu klingen, ließ Liz ihre Arme sinken. „Woher weißt du von Bonners Beziehung zu Alain und Nora und seiner Meinung über sie? Und Lyndalls echten Namen."

„Annette hat es mir erzählt."

Die Tür zum Treppenhaus schlug zu, als Pete und Reuben auftauchten, in ein tiefes Gespräch vertieft und auf sie zukamen.

„Hamish... erinnerst du dich daran, dass Annette dir erzählt hat, sie hätte die Bonner Gallery besucht, als sie noch zur Schule ging?"

Sein Gesicht war ausdruckslos und er schüttelte den Kopf.

„Bist du sicher? Das war, bevor wir Marcus Bonner als die Person identifiziert haben, die für die Blumen auf den Gräbern verantwortlich war."

„Daran würde ich mich erinnern. Aber sie und ich hatten kaum Zeit zu reden, bis sie vorhin rauchte und ich mich zu ihr gesellte. Fasse sie nie an, es sei denn, jemand pafft alleine und bietet mir eine an. Eher so eine soziale Sache."

„Fertig, Hamish?", rief Reuben von einem der größeren Fahrzeuge aus.

„Ist das ein Problem?", Hamish senkte seine Stimme, als Pete sich näherte.

„Überhaupt nicht. Bleibt sicher und schnappt euch den Mistkerl."

SECHSUNDZWANZIG

In einer weiteren Stunde würde alles Licht verschwunden sein. Melbourne war bereits ein ferner Leuchtturm. Näher reflektierte das brillante Abendlicht von den Fenstern einiger der teuersten Häuser Victorias entlang der Küste der Halbinsel. Riesige Häuser mit direktem Strandzugang oder hoch oben auf den Klippen.

Lyndall hatte ausgerechnet, dass sie etwas mehr als drei Kilometer vom Rye Beach entfernt war. Es gab Momente heute, in denen sie Boote vom Pier ablegen und in ihre Richtung fahren sah, nur um von einem von Marcus' Leuten, der als Ranger von Parks Victoria verkleidet war, in einem Boot, das sich nie weit aus ihrer Sicht entfernte, gewarnt zu werden. Er hatte sich viel Mühe gegeben, ihre Entdeckung zu verhindern.

Zeitweise während des langen Tages, allein bis auf gelegentliche Robben und viele Seevögel, war Lyndalls Stimmung gesunken.

Sie war nahe dran gewesen, seinen Forderungen nachzugeben.

The Tides auszuhändigen würde einige der Probleme lösen. Vince und Melanie wären nicht länger bedroht, ebenso wenig wie die eine Person, um die sie täglich trauerte. Niemand, den Marcus als Drohung benutzte. Zu viel über das Monster und seine Fähigkeit, Leben zu zerstören, nachzudenken, war seelenzerstörend.

Aber es war ihre einzige Versicherung.

Sobald er The Tides hätte, wäre sie entbehrlich. Jeder wäre es. Und er hätte die Kontrolle über gefährliche Informationen, nach denen er seit Jahrzehnten gesucht hatte.

Anstatt sich selbst zu bemitleiden, suchte Lyndall tief in ihrem Inneren nach der Widerstandskraft, die sie durch die schlimmsten Zeiten getragen hatte. Sie machte sich ein Bild von der Lage und wanderte durch das kleine Innere des alten Gebäudes, das bei jeder Bewegung des Meeres ächzte und stöhnte. Am liebsten hätte sie eine Fensterscheibe eingeschlagen oder einen anderen Ausweg gefunden, aber das Glas war für die Bedingungen auf See gebaut, und ohne geeignetes Werkzeug war das unmöglich. Ihr Versuch, sich mit einem Stuhl einen Weg nach draußen zu bahnen, wurde von Marcus' Männern schnell bemerkt, und die Drohung, wieder gefesselt zu werden, reichte aus, um sie abzuschrecken.

Sie hatte Marcus mehr als einmal überlistet und konnte es wieder tun.

Er würde bald hier sein und wissen wollen, wo The Tides war. Wenn Vince einige ihrer Andeutungen aufgeschnappt und sie mit Liz geteilt hatte, dann musste eine Untersuchung im Gange sein. Sicherlich hätten die Kameras in ihrem Haus ihre eigene Entführung aufgezeichnet und hoffentlich gesehen, wie sie das Telefon einschaltete. Inzwischen hatte sie herausgefunden, dass derjenige, der die neue Alarmanlage installiert hatte, zu Marcus' Leuten gehörte, aber sie musste daran glauben, dass die anderen Maßnahmen, die sie ergriffen hatte, zu ihrer Rettung führen würden.

Über die Gedanken der Polizei zu spekulieren, war Zeitverschwendung, aber es gab eine Sache, die sie versuchen musste.

Marcus hatte ihr zweites Handy. Wenn er es hier einschaltete, würde Liz es sicherlich orten können. Alles, was Lyndall brauchte, war ein Weg, ihn dazu zu bringen, es zu tun.

SIEBENUNDZWANZIG

„Wir dürfen nicht in Sichtweite des Häuschens oder Lyndalls Haus kommen, Vince. Nicht bevor du im Panikraum warst."

„Aber die Sicherheitsleute wissen, dass sie mich in Ruhe lassen sollen?"

Durch das Telefon klang Vince wie ein wiedergeborener Mann. Sein altes Ich, zurück in den Zeiten, als er der beste Streifenpolizist war, den Liz je getroffen hatte. Mit Pete hatten sie ausführlich besprochen, wie die nächste halbe Stunde ablaufen würde, und Vince war im Begriff, das zu beginnen, was er Phase eins nannte. Die Tiere wie gewohnt füttern.

„Ja. Der, der normalerweise ums Haus herumhängt, wird die Auffahrt runtergehen, um mit dem anderen einen lockeren Plausch zu halten. Das passiert anscheinend ein paar Mal pro Schicht, also wird für den unwahrscheinlichen Fall, dass das Grundstück beobachtet wird, nichts verdächtig erscheinen."

„Außer, dass du ein offenes Bier trägst, wenn du an ihnen vorbeigehst", fügte Pete hinzu. „Vielleicht kippst du dir etwas über, um es realistisch zu machen."

„Nö, das überlasse ich dir. Scheint eher zu deinem Charakter zu passen."

„Immer gerne bereit, Bier über dich zu schütten."

Liz ließ sie etwas nervösen Dampf ablassen.

Pete bog in die Straße ein, die zu Vinces Haus führte.

„Wir sind fast da, also geh bitte zu Lyndalls Haus hoch. Lass dein Handy in deiner oberen Tasche aufnehmen, und wir werden dich aus der Ferne im Auge behalten."

„Ich melde mich bald. Und Liz, danke dafür." Vince beendete den Anruf.

„Er wird schon klarkommen, Liz."

„Wenn jemand das durchziehen kann, dann er. Wo halten wir an?"

„Als ich mit Hamish durch die Gegend gezogen bin, habe ich einen Weg gefunden, an dem wir parken können. Man kann ihn von Lyndalls Haus aus nicht sehen, aber wenn wir aussteigen und ein Stück laufen, können wir ihr Haus sehen."

Liz konzentrierte sich auf ihr Handy und richtete die Verbindung zum Live-Feed von Lyndalls Sicherheitssystem ein. Meg hatte ihre eigene Art von Magie gewirkt, um es über die App zugänglich zu machen, und als Pete parkte, wurde es auf einem der beiden Bildschirme des Fahrzeugs angezeigt.

„Wir können jetzt zuschauen." Liz sah sich um. Sie befanden sich in einem Buschgebiet auf einem holprigen Feldweg und konnten die Straße, die sie verlassen hatten, nicht sehen. „Und du hast das wann gefunden?"

„Hörst du mir eigentlich nie zu?"

„Nur wenn ich dazu gezwungen werde."

Pete stieg aus. „Sollen wir etwas höher gehen?"

Grummelnd, dass sie gerade erst den Live-Feed eingerichtet hatte, nahm Liz ein Tablet mit und folgte ihm, wild tippend, bis sie das Innere von Lyndalls Haus auf etwas Größerem als ihrem Handy hatte. Sie folgte ihm einen steilen Hang hinauf, ohne zu wissen, wohin er sie führte.

Selbst Pete sah etwas verloren aus, aber nach ein paar Fehlversuchen verschwand er zwischen einigen Büschen. „Hier durch."

„Wo durch?"

Er tauchte wieder auf, und sie behielt ihn auf seinem etwas fragwürdigen Pfad im Blick. Aber es gab eine winzige Lichtung, und das war reines Gold mit Lyndalls Haus auf der anderen Seite des Tals. Pete reichte ihr ein Fernglas.

„Vince scheint Futter für die Kühe auf der unteren Weide ausgelegt zu haben und läuft jetzt die Auffahrt hoch."

Das Fernglas war hervorragend, und Vince hätte hundert Meter entfernt sein können statt eines Kilometers oder mehr. Auf halbem Weg Lyndalls langer Auffahrt ging er an den beiden Sicherheitsleuten vorbei und hob zur Begrüßung seine Bierflasche.

Die Wachleute hatten einen einwandfreien Hintergrund, ebenso wie ihr gesamtes Team, das das Anwesen seit Stunden nach Lyndalls Entführung beschützte. Ehemalige Polizisten, allesamt gute Leute mit solidem Ruf, die weit über dem Standard bezahlt wurden. Liz gab das Fernglas zurück.

„Ist das einer der Orte, die von der Drohne als potenzieller Beobachtungspunkt angesehen wurden?"

„Ja. Zumindest ist Hamish hier nicht fast über den Rand gefallen." Pete hatte offensichtlich einen Stein im Brett. „Was hat er vorhin so Interessantes in der Garage gesagt?"

„Er hat nach meiner Einschätzung zu Marcus Bonner gefragt und worauf man achten sollte."

„Ach ja. Als ob er sich plötzlich genug interessieren würde, um seinen Job zu machen."

„Alter, jetzt reicht's, okay? Gib ihm etwas Spielraum."

Pete zog die Augenbrauen hoch. „Jetzt beste Freunde, oder was?"

„Kaum. Aber er hat einen scharfen Verstand und eine starke Theorie über Lyndall und was passiert."

„Er kannte ihren richtigen Namen schon, als er zu dem Treffen kam, bei dem der Rest von uns es erst erfuhr."

„Annette und er haben draußen eine geraucht, und sie hat ihn eingeweiht. Wo ist Vince jetzt?"

Pete bewegte das Fernglas. „Hab ihn. Zumindest kann ich

sehen, wie die Esel alle zu der Weide trotten, wo er sie gefüttert hat."

Nervosität traf Liz' Magen, und sie zwang sich, tief und langsam zu atmen. Das war riskant. Wenn sie und Pete das Haus beobachten konnten, gab es keinen Grund zu glauben, dass sie allein waren. Wahrscheinlich nicht hier draußen im Busch, aber in oder um das Haus herum mit Kameras, die sie und Meg beim letzten Mal nicht gefunden hatten.

„Es gibt keine Drohnen, oder? Seltsame?"

„Nee, ich hab's überprüft, und das Sicherheitsteam achtet gut darauf. Das Beste, was wir hoffen können, ist eine einfache Extraktion von dem, was in der Wand versteckt ist." Pete senkte das Fernglas, um Liz anzusehen. „Und eine schnelle Festnahme von Bonner. Reuben freut sich darauf, ihn den Zellen hinzuzufügen."

Liz überprüfte die App. „Er geht gleich rein. Hörst du ihm zu?"

Pete hielt sein Handy hoch. „Ja. Meg auch. Ich stelle es auf Lautsprecher, aber er kann uns nicht hören."

Geh sicher, Vince.

Während die Esel und Apple, die hinter ihnen herlief, aber den Löwenanteil des Futters abbekam, ihre Heuballen kauten, schlich sich Vince in den großen Unterstand und schaltete das Video auf seinem Handy ein. Da er keine Möglichkeit sah, die Bilder sicher aufzuzeichnen, ohne zu wissen, ob eine sorgfältig versteckte Kamera dies bemerken würde, steckte er das Handy in die obere Tasche seines Hemdes und vertraute darauf, dass die Tonaufnahme ausreichen würde. Er traute der Technik nicht, aber er hatte volles Vertrauen in Liz und ihr neues Team. In seiner rechten Hand versteckte er einen kleinen Schraubenzieher.

Er nahm den Weg zum Haus, nicht wirklich schwankend, aber definitiv eine Oscar-reife Darstellung dezenter Betrunkenheit abliefernd.

Auf der Terrasse blieb er eine Minute lang stehen, leicht

schwankend, und nahm einen Schluck aus der Flasche, die zuvor in ein hohes Glas geleert und mit kaltem Tee wieder aufgefüllt worden war. In all seinen Jahren als Polizist hatte er nie Detektiv sein wollen. Heute schon.

Wie Liz.

Nicht wie dieser Vollidiot.

Er konnte sich ein Grinsen nicht verkneifen, als er daran dachte, wie sehr das Pete irritieren würde, obwohl der Detektiv ihm zu seiner Ehre nichts als hilfreich gewesen war, als sie durchgingen, wie das alles ablaufen sollte.

Vince hatte genug Wut, aus der er schöpfen konnte. Lyndall bedeutete Melanie die Welt. Ihm auch. Er hatte eine Frau und eine Tochter verloren, und durch all das war Lyndall eine beständige, stille Stütze gewesen.

Er hob die Flasche und rief zum fast nächtlichen Himmel:

„Hey du! Ich will sie zurück!"

Aus einer Tasche zog er einen Schlüsselbund und machte eine Show daraus, den richtigen zu finden, um die Schiebetür zu öffnen. All das könnte umsonst sein. Wenn niemand zusah, war es vergeudete Zeit. Aber nach dem, was Liz gesagt hatte, waren die Mistkerle, die Lyndall entführt hatten, versiert in Überwachung, und ihr Leben war in Gefahr, sollte der falsche Schritt gemacht werden.

Vince schob die Tür auf und trat ein.

Sein Herz pochte. Das Haus war kalt, beraubt der natürlichen Wärme seiner Besitzerin. Lyndall hatte eine Freundlichkeit, die oft unter einer praktischen und barschen Persona verborgen war, aber seit Melanie bei ihm lebte, hatte er die wahre Lyndall öfter als nicht gesehen.

Außer dass ich jetzt herausfinden muss, wer du wirklich bist.

Zwischen den Zeilen lesend, sah Liz' Team Lyndall als jemanden mit einer dunklen Vergangenheit. Möglicherweise einer kriminellen Vergangenheit. Wenn das stimmte, dann war sie in dieses Leben gezwungen oder genötigt worden, denn er wusste, dass sie keine Bosheit in ihrer Seele hatte. Er wollte sie nur sicher zu Hause haben. Mit allem anderen würde man sich befassen, und er würde an ihrer Seite sein.

„Lyndall? Ich hoffe immer noch, dass das ein böser Traum ist." Er machte seine Worte langsam und schwer. In der Küche stellte er die Flasche auf die Theke. „Bist du schon zurück?"

Er schlenderte in den Flur, lehnte sich für eine Minute gegen die Wand, seine Augen auf dem Gemälde, von dem er jetzt wusste, dass es Lyndalls eigenes Werk war. Nora Egan. Sie hatte eine Familie gehabt. Eine glänzende Karriere. Ein ganzes Leben, das durch den Verlust ihres Mannes und Sohnes zerstört wurde – vielleicht durch den Mann, der sie entführt hatte.

Vince nutzte die aufsteigende Verzweiflung zu seinem Vorteil. Er bedeckte sein Gesicht mit einer Hand und taumelte von einer Seite des Flurs zur anderen, wo die Tür des Schutzraums leicht offen stand, stieß sie weit auf und stolperte fast über seine eigenen Füße.

Er behielt den Schwung bei, die Arme nun ausgestreckt und den Körper schwankend, während er einen gutturalen Laut ausstieß. Seine Hände trafen hart und zusammen auf die Wand, beide den Griff des Schraubenziehers umklammernd und ihn in den Putz treibend. Alles, was er hoffen konnte, war, dass seine Masse das Werkzeug vor etwaigen Kameras verbarg.

„Verdammt, sieh mal, was ich gemacht habe. Muss das reparieren."

Vince machte den kleinen Riss größer, ließ dann den Schraubenzieher in eine Tasche gleiten und benutzte seine Finger.

„Jetzt ist ein Loch in Lyndalls Panikraum. So ungeschickt. Tut mir leid, Lyndall."

Er konnte seinen Augen nicht trauen.

Da war ein schwarzer Zylinder, der an einen Holzständer geklebt war. Das musste das sein, was Liz vermutet hatte, dass Lyndall es versteckt hatte. Vince knöpfte sein Hemd teilweise auf, immer noch den beschädigten Bereich abschirmend.

„Werde etwas neuen Putz brauchen."

Während er sprach, riss er das Klebeband ab und entfernte

vorsichtig den Zylinder. Er war starr, aber zum Glück klein genug, um an seinen Oberkörper zu passen. Vince knöpfte sein Hemd wieder zu und verschränkte die Arme. „Könnte mehr als Putz brauchen. Brauche einen Bauarbeiter. Nee. Ich brauche Wodka."

„Das ist der Satz. Er hat etwas gefunden!" Liz und Pete hatten Vince durch den Live-Feed beobachtet. „Wir müssen los."

Es dauerte nur ein paar Minuten, um zum Auto zurückzukommen, und die ganze Zeit redete Vince. Zuerst war es mehr laute und falsche Selbstanklage wegen des Schadens, dann das Finden des richtigen Schlüssels, um das Haus abzuschließen, und dann, als er lief, war es an sie gerichtet.

„Ich hab's, Liz. Werde Lyndalls ganze Auffahrt runtergehen, um euch zu treffen."

„Du hattest Recht. Du und Candace und Meg. Es war richtig zu glauben, dass etwas hinter der Wand versteckt war." Pete grinste, während er fuhr. „Unglaubliche Polizeiarbeit."

„Vince war brillant. Wir haben nicht einen Blick auf das erhascht, was er gefunden hat."

„Ja ... er hat's ganz gut gemacht." Aber Pete war immer noch ekstatisch und machte eine kleine Faust.

Meg rief an, ihre Stimme genauso aufgeregt. „Wisst ihr, was er gefunden hat?"

„Nein. Er ist vorsichtig mit dem, was er sagt."

„Ruf mich an, sobald ihr wegfahrt."

„Wir biegen gerade in die Straße ein. Vince ist fast am Ende der Auffahrt", sagte Liz. „Ich ruf dich zurück."

„Sag ihm, er hat's toll gemacht."

Pete fuhr an den beiden Auffahrten vorbei und machte eine Kehrtwendung, dann hielt er am Straßenrand, als Vince aufholte. Liz hatte ihr Fenster heruntergelassen und Vince kam so nah wie möglich an das Auto heran, vorsichtig einen schwarzen Zylinder unter seinem Hemd hervorziehend.

„Das wird helfen, sie zu finden. Oder?" Er beugte sich hinunter, um ins Auto zu spähen. „Könnte jemand gesehen haben, was ich gefunden habe?"

„Bezweifle ich. Wir haben den Live-Feed beobachtet und nichts zeigte sich auf Lyndalls Kameras."

„Erinnere mich daran, dich nicht zu verärgern", sagte Pete.

„Zu spät, Kumpel."

„Ist es okay für dich, im Cottage zu bleiben? Ich kann für die Nacht oder bis wir diese Leute fangen, etwas arrangieren."

„Nein, aber danke, Liz. Nur für den Fall, dass sie zurückkommt. Oder so." Vince trat einen Schritt zurück. „Ich werde ein Auge auf die Dinge haben."

Pete lehnte sich über Liz. „Meg sagte, du hast einen angemessenen Job gemacht."

Liz schob ihn weg. „Sie sagte, du hast es toll gemacht. Und ja, wir denken, das wird helfen, Lyndall zu finden."

„Gut."

Vince hob eine Hand, als Pete wegfuhr.

ACHTUNDZWANZIG

„Annette, gibt's was zu den Croissants?", rief Meg von ihrem Schreibtisch aus, zu müde und zu beschäftigt, um zum Schreibtisch der anderen Frau zu gehen.

„Sie ist kurz aufs Dach gegangen." Pheobe eilte herbei, ein Notizbuch in der Hand. „Ich bin der Sache nachgegangen und habe drei gefunden, die den Kriterien entsprechen könnten."

Meg unterdrückte ihren Ärger darüber, dass Annette Pheobe ihre Arbeit überlassen hatte, obwohl Pheobe schon genug zu tun hatte, und nahm die Hände von der Tastatur. „Schieß los."

„Es gibt eine auf der Bellarine-Halbinsel, in der Nähe von Wallington, was so ziemlich in der Mitte liegt. Eine weitere in Langwarrin und die dritte in Rye. Langwarrin gehört technisch gesehen nicht zur Mornington-Halbinsel, also mit der anderen Verbindung zu Mount Martha ..."

„Verstehe. Und die in Rye gilt als die echte Sache, was die Backwaren angeht?"

„Sie gehört einem französischen Bäcker, der in Paris ausgebildet wurde. Wahrscheinlich so nah dran, wie man hier kommen kann. Ich habe nachgeschaut, und Rye ist etwas weniger als dreißig Kilometer von der Bonner Art Gallery entfernt."

Auf einem der Monitore erschien eine E-Mail, und Meg öffnete sie sofort, ihre Augen überflogen die kurze Nachricht. „Oh, Gott sei Dank. Das sind die Informationen, nach denen ich bezüglich Lyndalls anderem Handy gesucht habe."

Jetzt kann ich denjenigen finden, der es hat.

Sie wandte sich wieder Pheobe zu, die nah genug war, um die E-Mail gelesen zu haben. „Können wir das vorerst unter uns behalten? Nur bis Ben die Weitergabe der Details genehmigt hat."

„Natürlich. Was ist aber mit der französischen Bäckerei in Rye?"

„Du und Annette, arbeitet bitte zusammen, um den Besitzer zu finden." Meg warf einen Blick auf ihre Uhr. „Sie werden für heute längst geschlossen haben, aber Annette sollte einen Weg haben, an private Nummern zu kommen. Ich hätte gern, dass jemand, der dort arbeitet, sich Bilder von Shaw und Bonner ansieht. Weißt du, wo Candace ist?"

„Am Konferenztisch."

„Danke. Und danke, dass du die Infos zur Bäckerei besorgt hast. Gute Arbeit."

Pheobe senkte den Blick, nickte und kehrte mit hochrotem Kopf an ihren Schreibtisch zurück. Meg mochte sie sehr und verstand sie total. Die jüngere Frau hatte einen brillanten Verstand, der gegen soziale Angst ankämpfte, und schaffte es trotzdem, ein erfolgreiches Unternehmen zu führen und jetzt diesem Team zu helfen.

Meg schickte Candace eine Nachricht, gab ihr die Nummer, die sie gerade erhalten hatte, und bat sie, dies vertraulich zu behandeln. Wenn Ben zurück wäre, könnte er diesen Anruf tätigen, aber er würde wollen, dass Candace Bescheid wusste.

Sie starrte einen Moment lang auf ihre Bildschirme. Es liefen bereits so viele Programme, aber sie brauchte noch eines. Eines, das sie sofort benachrichtigte, wenn Lyndalls anderes Handy eingeschaltet wurde, und auch verfolgte, wann es zuletzt aktiv war. Inzwischen könnte das verdammte Ding zwar schon keinen

Akku mehr haben oder zerstört sein, aber es war ein Joker, den sie auf keinen Fall übersehen durfte.

In ein paar Minuten würden Liz und Pete den wohl wichtigsten Teil des Puzzles bringen ... wenn sie alle Lyndalls kryptische Hinweise richtig verstanden hatten.

Die Sonne ging unter.

Ich will dich nicht noch eine Nacht da draußen wissen, Lyndall. Finde einen Weg, mir deinen Standort mitzuteilen.

Pete bestand darauf, dass Liz mit ihm einen anderen Weg im Gebäude nahm. Es war ein weiterer Flügel, getrennt vom Teamhauptquartier, und sobald sie hineinging, wusste sie, dass Meg dafür verantwortlich war.

Er machte das Licht an. „Sie kann nicht weit weg sein."

„Ich dachte, wir würden den zweiten Raum benutzen."

„Zu empfindlich. Und wir wissen eigentlich nicht, was in dem Zylinder ist, den du so fest umklammerst. Könnte ein luftübertragenes Gift sein, das wir gleich freisetzen."

„Du bist ja heute richtig fröhlich."

Aber Liz stellte den Zylinder auf eine Edelstahlbank und trat zurück. Nur für den Fall.

„Immer noch nichts von Reuben und Hamish?"

Pete überprüfte sein Handy, so wie sie gerade ihres überprüft hatte. „Hab vergessen, dass es hier keinen Empfang gibt. Sie sollten mit Bonner unterwegs sein." Er fuhr sich mit der Hand durchs Haar. „Ich will essen. Einen Kaffee trinken, ohne dass er kalt wird. Ein Bier trinken."

„Ich weiß. Oh, ich hätte erwähnen sollen, dass Hamish dir ein Bier ausgeben will, wenn das alles vorbei ist."

„Ja, also im Moment ist selbst der Teufel willkommen, mir eins auszugeben, und ich werde nicht ablehnen. Und Liz? Ich werde ihm gegenüber aufgeschlossen bleiben, okay?"

„Tut mir leid, Leute. Eine Million Dinge passieren gerade gleichzeitig." Meg kam hereingestürmt. „Der ist kleiner, als ich erwartet hatte."

Der Zylinder war etwa vierzig Zentimeter lang.

„Pete, in der Schublade links neben dir sind Masken und Handschuhe. Für uns alle bitte."

„Siehst du, ich hab dir gesagt, da ist wahrscheinlich eine biologische Waffe drin."

„Hör auf, so albern zu sein", runzelte Meg die Stirn. „Das wird ein Gemälde sein, und ich will nicht, dass ihr es anatmet oder berührt."

Sie begannen, die Schutzkleidung anzulegen.

„Meg, gibt's Neuigkeiten von Reuben? Oder Ben?" Liz justierte ihre Maske.

„Ben bekommt Papiere von seinen Vorgesetzten, die Shaw unterschreiben soll. Der Mann ist dumm genug, sich erwischen zu lassen, aber schlau genug, um sicherzustellen, dass er etwas Schriftliches bekommt. Und nichts von den beiden Jungs bisher."

Etwas stimmte nicht. Liz wusste, wie lang die Fahrt zur Galerie war, und selbst wenn sie über die Mauer hätten klettern müssen, um auf das Gelände zu gelangen, und sich dann gewaltsam Zutritt verschafft hätten, sollte es inzwischen Neuigkeiten geben.

Nachdem sie eine Kamera aufgestellt hatte, um ihre Handlungen aufzuzeichnen, öffnete Meg vorsichtig den Zylinder. Was sie herauszog, war in ein leicht glänzendes Material eingewickelt.

„Wasserdicht. Und ich vermute luftdicht."

Nachdem diese Hülle entfernt war, rollte Meg langsam eine Leinwand aus. Das Werk war eine Meereslandschaft. Ein langer Strandabschnitt bei Nacht mit heranrollenden Wellen und Mondlicht, das sich über die Wasseroberfläche ergoss. Es war ein wunderschönes Gemälde mit so zarten Pinselstrichen, dass die Wellen stellenweise durchscheinend waren und ein einsamer Fußabdruck im nassen Sand zurückblieb.

„Nora Egans Unterschrift", sagte Meg. „The Tides. Ich glaube, so heißt es?"

Alle beugten sich über die Worte über der Unterschrift und stimmten zu.

„Nun, das ist wunderschön, aber was macht es so wichtig, dass Lyndall es nicht nur in einem maßgefertigten Tresorraum versteckt, sondern auch kryptische Hinweise hinterlassen hat, um es zu finden? Ist das Gemälde sehr wertvoll oder ist es ein weiterer Hinweis?"

„Hoffentlich nicht. Mein Gehirn ist nicht für diese Rätsel verdrahtet", sagte Pete. „Könnte es eines dieser Gemälde sein, unter dem sich ein anderes befindet?"

„Das lässt sich herausfinden", sagte Meg, „aber ich brauche einen Scanner. Ich werde mir einen ausleihen. Ich sollte jetzt eigentlich nicht weggehen."

„Dann lass Annette gehen", schlug Pete vor.

„Nein. Nein, ich brauche sie in meiner Nähe. Kannst du das übernehmen, Pete? Ich rufe vorher an und du musst es nur an der Tür abholen. Es ist tragbar."

Meg legte die Leinwand in einen Safe und sobald sie den Raum verlassen hatten, tätigte sie einen Anruf.

Liz begann nach Gemälden von Nora Egan mit dem Titel „The Tide" zu suchen. „Nichts, Pete. Weder unter ihrem Namen noch unter dem Titel. Was macht es so wichtig?"

Ihre Handys piepsten gleichzeitig mit Nachrichten.

„Oh, von Reuben." Liz' Herz sank. „Sie haben Bonner nicht gefasst."

Als Liz zurückkehrte, war es im Zentrum fast totenstill. Pete war gerade losgefahren, um den Scanner abzuholen, und Meg war direkt hinter ihr, immer noch am Telefon. Phoebe blickte nicht von ihrem Computer auf und Annette lächelte kaum, als Liz direkt zum zweiten Raum ging.

Ben lehnte an der Wand und rieb sich die Augen.

Candace saß zusammengesunken am Tisch und sah genauso niedergeschlagen aus.

Zum ersten Mal seit Lyndalls Verschwinden wusste Liz nicht,

was sie tun oder sagen sollte. Das Team durfte wegen eines Rückschlags nicht auseinanderfallen. Aber sie waren alle erschöpft und wahrscheinlich auch hungrig. Sie wollte sich nicht zur Teammutter aufspielen, aber Liz war noch nicht bereit aufzugeben.

„Wir müssen alle für ein paar Minuten eine Pause machen", sagte sie. „Wir drei werden Kaffee oder was auch immer für das Team machen und etwas Obst oder wer weiß was finden, und wir holen die anderen hier rein, um eine Pause zu machen. Reuben und Hamish sind nur ein paar Minuten entfernt, also kommt schon."

„Liz, das ist ein netter Gedanke, aber-"

„Sie hat recht, Ben." Candace erhob sich. „Die Stimmung ist im Keller und wir können das ändern."

„Wenn ihr euch ausruhen müsst, können wir das übernehmen."

Ben richtete sich auf. „Wir brauchen alle Ruhe und die werden wir bekommen, sobald Lyndall in Sicherheit ist."

Er ging voran in die Küche.

Während er eine Auswahl an heißen Getränken zubereitete, warf Candace ein paar gefrorene Pommes in die große Heißluftfritteuse und Liz schnitt Obst und Käse und fügte Cracker zu einem großen Brett hinzu. Etwas so Einfaches zu tun, fühlte sich produktiv an, und als sie ihre jeweiligen Waren an allen vorbeitrugen, erregten sie viel Aufmerksamkeit.

„Phoebe, Annette, Meg? Fünfzehn Minuten Pflichtpause."

Die ersten beiden sprangen auf und folgten nach Bens Ankündigung, aber Meg bewegte sich nicht von ihrem Schreibtisch. Liz stellte ihr Brett auf den Tisch und ging zurück.

„Zu viel zu tun, Liz. Tut mir leid."

Meg hatte nicht einmal den Kopf gehoben, um Liz anzusehen. Sie hatte eine Hand auf der Tastatur und die andere auf der Maus und arbeitete an zwei Bildschirmen, während ein dritter eine Karte von Victoria zeigte.

„Wofür ist die Karte?"

„Ich habe die Nummer von Lyndalls anderem Handy und ich brauche nur, dass es sich einschaltet. Nur für eine Sekunde."

Megs Stimme zitterte und Liz hockte sich neben sie.

„Es wird dich aus der Ferne benachrichtigen, ja?"

„Ja."

„Und die anderen Programme?"

„Ja. Ja, Liz, sie werden mich alle benachrichtigen, aber wie kann ich weggehen, wenn Lyndalls Leben von meinen Suchen abhängen könnte?"

„Ich verstehe dich. Aber ein paar Minuten könnten dich etwas aufladen und die Jungs werden bald hier sein und wir werden unsere Energie und unseren Verstand brauchen, um mit dem umzugehen, was kommt. Musst du einen Laptop mitnehmen?"

Mit einem Seufzer schüttelte Meg den Kopf und stand auf. „Das Handy wird reichen."

Als sie den Konferenzraum betraten, schnupperte sie. „Pete wird sauer sein, die heißen Pommes verpasst zu haben."

Das Essen war fast aufgegessen, als Reuben und Hamish ankamen. Liz hatte gerade mehr Kaffee gemacht und deutete ihnen, sich zu bedienen.

„Wir hatten eine Besprechung erwartet, aber nicht eine mit Käse und Trauben", ließ sich Reuben auf einen Stuhl in der Nähe von Liz fallen. „Wo ist Pete?"

„Er holt einen speziellen Scanner für mich ab, um zu sehen, ob Lyndall etwas in dem Gemälde versteckt hat, das wir aus dem Panikraum geholt haben. Und ich werde euch beide gleich auf den neuesten Stand bringen, aber wir sind alle ziemlich verzweifelt darauf aus, etwas über die Bonner Gallery zu erfahren." Meg nahm die letzte Pommes.

Hamish sah grimmiger aus, als Liz ihn je gesehen hatte. „Es gab keine Reaktion auf unsere Anfragen, das Gelände zu betreten, also haben wir einen Weg hinein gefunden. Die Galerie war abgeschlossen und niemand war zu Hause."

„Allerdings hat derjenige, der dort war, sich schnell aus dem

Staub gemacht", fügte Reuben hinzu. „Eine Tür hinten war unverschlossen und die Alarmanlagen waren nicht aktiviert, also kamen wir problemlos hinein. Es gibt eine ganze Suite, die für Überwachung eingerichtet ist, und zwar nicht nur für ihr eigenes Gelände." Er drehte sein Handy. „Screenshot von drei Kameras, die noch bei Lyndall aktiviert sind."

Liz konnte ihren Augen nicht trauen. Die Aufnahmen zeigten Vince. Erst wie er auf die Schiebetür zuging, dann im Flur und schlimmer noch - im Panikraum.

„Ich kann nicht glauben... verdammt", sagte Meg. „Habt ihr Vince beobachtet? Habt ihr gesehen, was er getan hat?"

„Er fiel gegen eine Wand. Er hat gute Arbeit geleistet, um zu verbergen, was auch immer er gefunden hat, aber er hat etwas gefunden. Du sagtest ein Gemälde."

Zumindest wissen sie nicht, was wir haben.

Ben nahm das Handy, um besser sehen zu können. „Ihr habt das live gesehen?"

„Ja. Aber keine Möglichkeit zu sagen, ob sie Fernzugriff haben, und realistisch betrachtet werden sie den haben", hörte Hamish lange genug auf zu essen, um zu sprechen. „Das verbindet Lyndalls Verschwinden zweifelsfrei mit Bonner und ich habe das Gefühl, wir haben ihn nur um Minuten verpasst. Es ist, als hätte er gewusst, dass wir kommen."

Er blickte um den Tisch herum, seine Augen blieben bei Annette stehen. Sie erwiderte seinen Blick, ohne zu blinzeln. Es gab Liz das seltsamste Gefühl, dass etwas nicht stimmte, aber war es ein Konflikt zwischen ihnen oder etwas viel Bedrohlicheres?

Ben gab das Handy zurück und stand auf. „Wie habt ihr die Sache dort gelassen?"

Reuben erhob sich ebenfalls. „Wir haben ein paar vertrauenswürdige Leute in der Nähe, die jede Aktivität melden sollen. Wollten niemanden auf dem Gelände positionieren. Ich würde gerne ein Forensik-Team reinschicken, um den Ort gründlich zu durchsuchen und eine ordentliche Untersuchung durchzuführen."

„Sobald wir einige freie Ressourcen haben, werden wir das tun. Ich werde nachsehen, wo dieses Dokument für Shaw ist, also bleib in der Nähe, Reuben. Alle anderen, macht weiter mit dem, was ihr gerade tut. Wir kommen der Sache näher."

Als Ben gerade gehen wollte, piepste Megs Handy.

„Pete ist unten, also werde ich ihn bitten, mir beim Scannen dieses Kunstwerks zu helfen. Liz, ich bekomme in diesem Raum kein Signal."

„Ich kümmere mich um die Überwachung. Geh du."

Meg machte sich auf den Weg und als die anderen begannen, den Tisch abzuräumen oder den Raum zu verlassen, nahm Candace Liz beiseite und wartete, bis sie allein waren.

„Hast du diesen Moment zwischen Hamish und Annette bemerkt?"

Liz nickte. „Ich dachte eigentlich, sie würden sich gut verstehen, aber das hat mich vom Gegenteil überzeugt."

„Sobald wir Lyndall gefunden haben und alle sich richtig ausgeruht haben, werde ich mit ihnen sprechen. Wir brauchen ein zusammenhängendes Team, und während es immer kleine Persönlichkeitsunterschiede gibt, können wir uns keine großen leisten. Du hast gute Arbeit geleistet, Ben und mich aus unserer Stimmung zu holen."

„Wir sind alle ein Team, das aufeinander aufpasst. Und apropos, ich muss zu Megs Station."

NEUNUNDZWANZIG

Eine halbe Stunde an Megs Schreibtisch zu sitzen, brachte keine Änderungen in den laufenden Programmen. Liz traute sich nicht, etwas anzufassen, und hatte ihren eigenen Laptop auf einem freien Teil des Arbeitsplatzes, wobei sie alle paar Minuten die Monitore überprüfte. Pete und Meg arbeiteten immer noch am Gemälde, und Ben und Reuben waren nach Erledigung des Papierkrams wieder bei Shaw.

„Liz? Phoebe und ich haben einige Informationen von der Bäckerei", sagte Annette aufgeregt, ihre Augen weit geöffnet. „Können wir den vertikalen Bildschirm einschalten?"

„Äh... ja? Kannst du ihn zum Laufen bringen?"

Annette lachte. „So ging es mir die ersten Tage auch, aber ich kann damit umgehen. Es braucht nur Übung, und Meg sagt, man kann ihn nicht kaputt machen."

„Diese Theorie werde ich jetzt nicht testen. Leg los."

Vom Tisch aus hatte man einen guten Blick auf Megs Arbeitsplatz, und Liz stellte sich so hin, dass sie eine direkte Sichtlinie hatte, während Annette Videomaterial einrichtete. Phoebe und Hamish gesellten sich zu ihnen.

Phoebe sprach zuerst. „Annette hat tolle Arbeit geleistet, den Besitzer der Bäckerei aufzuspüren. Er war nicht begeistert, zu

Hause gestört zu werden, aber als er erfuhr, dass es sich um einen Vermisstenfall handelt, war er sehr entgegenkommend."

„Ja, er ist in die Bäckerei zurückgekehrt und hat das jüngste Filmmaterial durchgesehen, weil er Bonners Gesicht von dem Foto erkannt hat, das wir geschickt haben. Er sagt, er sei in den letzten paar Wochen ein paar Mal da gewesen."

„Dieses Video wurde mit seinem Handy aufgenommen, weil er keine Ahnung hatte, wie man es herunterlädt. Er wird weiter beobachten, ob es mehr gibt, aber das muss hilfreich sein", Phoebe zeigte auf den Bildschirm. „Du wirst sehen, wie Bonner zuerst durch die Vordertür ins Bild kommt."

Die Kopie der Kopie war nicht kristallklar, aber gut genug, um Marcus Bonner an der Theke zu zeigen, zunächst ein paar Leute hinter ihm, dann arbeitete er sich nach vorne, während sie bedient wurden. Er verbrachte die meiste Zeit damit, auf einem Handy zu scrollen, blickte aber direkt auf die junge Frau hinter der Theke, fast direkt in die Kamera, die so positioniert war, dass sie auf die Tür gerichtet war. Er sprach und wartete dann, die Hand auf der Theke, mit den Fingern klopfend, während er etwas auf seinem Handy in der anderen Hand las.

„Kannst du anhalten?"

Die Aufnahme fror ein.

„Und zoom auf seinen Arm. Als wir ihn trafen, trug er einen Anzug. Seine Unterarme sind frei, und ich möchte diese Tätowierung sehen."

Annette schien damit zu kämpfen, aber Phoebe übernahm und zeigte die Nahaufnahme, die Liz wollte. Sie machte ein Foto mit ihrem eigenen Handy, ihr Herz raste. „Danke, macht weiter."

Bonner bezahlte seine Bestellung, die sich in einer Box mit dem Logo der Bäckerei befand, und ging dann.

„Wann war das?"

„Gestern, kurz bevor sie um drei Uhr schlossen." Annette wechselte zu den Aufnahmen einer Außenkamera. „Der Besitzer hat auch das hier geschickt."

Der Blick durch ein Eckfenster zeigte die Tür der Bäckerei, einige Tische im Freien und einen Teil des Bürgersteigs. Marcus Bonner trat hinaus, sah sich um, schien jemanden zu erkennen, den er kannte, und blieb stehen, um mit ihm zu sprechen. Die andere Person war ein Mann, der mit dem Rücken zur Kamera am hintersten Tisch saß. Bonner hörte ihm aufmerksam zu, nickte, sprach kurz und ging.

„Spiel es noch einmal ab, bitte."

Es war etwas an dem sitzenden Mann... Liz sah Dinge. Die Tätowierung musste dafür verantwortlich sein, dass sie voreilige Schlüsse zog.

Hamish beobachtete aufmerksam. „Er kannte jemanden gut genug, um stehen zu bleiben und zu reden. Kein Lächeln oder Händeschütteln. Aber auch nicht feindselig."

„Würdest du Candace bitten, sich beides anzusehen und ihre Gedanken dazu zu äußern?"

Er nickte und ging sofort, um sie zu holen.

„Phoebe, fühlst du dich sicher genug, um an Megs Schreibtisch zu sitzen? Von mir zu übernehmen und nach Warnmeldungen Ausschau zu halten?"

„Oh. Oh, ja. Das kann ich. Jetzt gleich?"

Liz ging, um ihren Laptop zu holen. „Wenn es dir nichts ausmacht. Oder hol dir erst etwas zu trinken. Meg könnte noch eine halbe Stunde oder länger brauchen, aber wenn irgendetwas auf diesen Monitoren aufpoppt, schick sofort Hamish zu ihr."

Phoebe ließ sich auf den Sitz hinter der Arbeitsstation plumpsen.

„Was ist los, Liz?", fragte Annette. „Gehst du irgendwohin?"

Zurück an ihrem eigenen Schreibtisch packte Liz ihren Laptop in ihre Aktentasche und hängte sich den Griff über die Schulter, dann nahm sie ihre Handtasche. „Ja. Wenn Pete oder Ben in der Nähe sind, würdest du sie bitten, mich anzurufen?"

„Sicher, aber wohin gehst du?"

„Und bitte Candace, den Überblick zu behalten, bis Ben oder Meg zurück sind. Ich werde alle bald auf den neuesten Stand bringen." Nicht willens, lange genug zu warten, bis Candace auftauchte und sie davon abhielt zu gehen, ignorierte Liz den verwirrten Gesichtsausdruck von Annette und ließ sich selbst hinaus.

Sie war noch in der Garage und wartete darauf, dass sich das Rolltor hob, als Candace anrief, und für einen Moment überlegte Liz, es auf die Mailbox gehen zu lassen. Aber sie hatte alle mit kaum einem Wort zurückgelassen, und sie zu beunruhigen war nicht ihre Absicht.

„Tut mir leid, dass ich nicht lange genug geblieben bin, um mit dir zu sprechen, Candace."

„Du hast offensichtlich irgendwo hin zu gehen."

„Ja. Nein. Du wirst denken, ich hätte den Verstand verloren."

Das sanfte Kichern von Candace beruhigte Liz sofort. Sie fuhr hinaus und navigierte zur Straße.

„Kein Urteil von mir. Das solltest du inzwischen wirklich wissen. Und ich kenne *dich* gut genug, um zu verstehen, dass du entweder einige Punkte verbunden hast oder einer Ahnung folgst. Ich habe mir das Filmmaterial kurz angesehen, und wenn ich mich nicht irre, lässt dich diese Tätowierung an deinen Vater denken."

Meine Güte, sie ist gut darin.

Nicht zum ersten Mal sehnte sich Liz danach, der anderen Frau ihr Herz auszuschütten. Über den Mann zu sprechen, der sie verlassen und dann nicht ein, sondern zwei junge Mädchen in einer kranken Fantasiewelt gestohlen hatte, in der sie die perfekte Tochter sein sollten, die er verloren hatte.

Eine Autohupe ertönte, und Liz trat hart auf die Bremse. Sie wäre fast vor einen kleinen Lastwagen gefahren.

„Was war das?"

„Nur der Verkehr, Candace. Aber ja, die Tätowierung ist die gleiche wie eine meines Vaters und die auf Tony Shaws Rücken. Vielleicht kannst du Ben Bescheid geben? Es könnte helfen, wenn er sich diese beiden Clips ansieht."

„Schon geschickt. Es hat keinen Sinn, dass du zur Bonner Galerie fährst. Nicht ohne Rückendeckung."

„Das tue ich nicht."

Sie hatte es nicht einmal in Betracht gezogen.

„Ich verstehe."

Liz schlängelte sich durch mehrere enge Straßen. Nicht mehr lange und sie würde auf der Bolte Bridge sein.

„Candace, du kannst mich orten. Ich fahre nach Rye."

„Das war meine zweite Vermutung. Was brauchst du von mir?"

Einen Hubschrauber? Ein größeres Team? Den genauen Standort von Lyndall?

„Das hast du schon getan. Hör zu, es ist wirklich nur eine Ahnung, aber ich habe gelernt, mir selbst zu vertrauen."

„Gut. Ruf an, wenn du mich brauchst."

Die Leitung wurde unterbrochen.

In all ihren Jahren als Polizistin, selbst als sie mit anständigen Cops wie Vince und ihrem alten Chef Terry zusammengearbeitet hatte, hatte sie nie ein solches Maß an Vertrauen und Unterstützung erfahren wie in diesen wenigen Tagen.

Liz bog auf die Straße ein, die sie zur Mornington-Halbinsel führen würde, und beschleunigte.

Ben und Reuben saßen im Beobachtungsraum und sahen zu, wie Shaw zum dritten Mal die Vereinbarung durchlas.

„Er hält uns hin." Reuben rückte seinen Stuhl zurecht, um Ben besser sehen zu können. „Was, wenn wir ihn laufen lassen?"

„Ich höre."

„Sagen wir ihm, dass wir Informationen aus einer anderen Quelle bekommen haben und dass er gehen kann."

„Warum sollte er uns glauben?"

Nachdem Shaw sie so lange hingehalten hatte, war Ben kurz davor, den Mann zu Major Crimes zu verlegen. Er war sich nur nicht sicher, ob das irgendetwas beschleunigen würde.

„Wir haben das Gemälde."

„Ja, das haben wir."

„Wenn wir ihn glauben lassen, dass wir etwas über das Gemälde herausgefunden haben, das Lyndalls Standort preisgeben wird, dann führt er uns vielleicht zu ihr. Oder zu Bonner. Denn wenn es sich an einem unbekannten und sicheren Ort befindet, könnte Bonner einen Tausch vorschlagen wollen."

So viel hing davon ab, ob Bonner die richtige Person war. Ob das Gemälde das ultimative Ziel war. Und ob Lyndall überhaupt noch am Leben war.

Reuben grinste. „Außerdem habe ich ein paar fancy kleine Wanzen, die ich schon lange an einem echten Verbrecher testen wollte. Er wird nie merken, dass er markiert wurde, und wenn er sich nicht mit genau der richtigen Mischung von Chemikalien gründlich schrubbt, geht es nicht ab."

„Ist das der durchsichtige Aufkleber, den du mir gezeigt hast?"

„Ja. Und sein Handy wurde bereits von uns kompromittiert, also wenn er dumm genug ist, es zu benutzen, hören wir mit."

Shaw war aufgestanden und klopfte ans Fenster, hielt die immer noch unsignierten Papiere hoch.

„Sollen wir ihm gemeinsam die schlechte Nachricht überbringen?"

„Ich wollte schon immer mal so etwas in natura sehen, sozusagen. Habe sie studiert, aber nie gedacht, dass ich einen unter einer Schicht Ölfarbe finden würde!"

Meg hielt ein winziges Objekt mit einer langen Pinzette unter einer großen Lupe.

„Aber wird sein Inhalt überlebt haben?", fragte Pete, der noch nie etwas so Kleines gesehen hatte.

„Kein Grund, warum nicht. Mikrochips wie dieser winzige sind einfach nur Speichermedien."

„Und das Gemälde?"

Meg legte den Chip vorsichtig in einen durchsichtigen Beutel und verschloss ihn. „Mit bloßem Auge ist fast kein Schaden zu erkennen. Wenn es als Köder gebraucht wird, sollten wir gut dastehen."

Beide schauten noch einmal auf „The Tides", das auf dem Edelstahltisch lag. Der Scanner hatte den Chip schnell lokalisiert, oder zumindest Bildmaterial, das nicht zu Leinwand und Farbe passte. Er befand sich zwischen dicken Farbschichten, wo der Fußabdruck im Sand war, und wenn Pete jetzt darauf schaute, konnte er nicht erkennen, dass Meg das entfernt hatte, was höchstwahrscheinlich der Grund für Lyndalls Entführung war.

„Was jetzt?"

„Wir schließen das ein. Ich habe hier nicht die Ausrüstung, um was auch immer auf dem Chip ist zu extrahieren, und würde es auch nicht anfassen, wenn ich sie hätte, nicht bevor wir viel mehr Informationen darüber haben."

Petes Gedanken rasten und er trat einen Schritt vom Tisch zurück. „Du sagtest Köder? Für Shaw? Bonner?"

„Ich werde alles einschließen, also geh und finde Ben. Es wird einen Weg geben, Bonner zu kontaktieren."

Er verlor keine Zeit, zum Hauptquartier zurückzukehren, machte aber zuerst einen Abstecher zur Toilette. Auf dem Rückweg schnupperte er. Jemand hatte Pommes gekocht. Sein Magen hatte schon lange aufgegeben, nach Essen zu fragen, aber jetzt knurrte er wieder.

Annette war an ihrem Arbeitsplatz, aber Phoebe saß an Megs Platz und Candace war ausnahmsweise mal in ihrem Büro. Hamish schaute Annette über die Schulter auf etwas. Sonst war niemand anwesend und der Raum war ruhig.

Candace sah ihn und winkte ihn zu sich.

„Hast du mit Liz gesprochen?"

„Nein, ich komme direkt von Meg. Wo ist Liz?"

„Candace! Alle mal her!"

Phoebe sprang auf, der Stuhl rollte rückwärts. Sie zeigte auf einen Monitor mit einer Karte des Bundesstaates.

„Schaut, da ist ein Standort."

Hamish war als Erster da. Alle drängten sich um den Bildschirm. Das Bild zeigte einen pulsierenden Kreis mit mehreren geraden Linien, die darauf zeigten.

„Was ist das?" Aber dann fiel es ihm ein und er drängte sich an Hamish vorbei. „Lyndalls Handy, richtig? Kann bitte jemand Meg holen?"

„Ich gehe", sagte Phoebe und eilte davon.

Der Kreis befand sich in der Port Phillip Bay, vor der Küste des unteren Endes der Mornington-Halbinsel. Jede Linie führte zum Land, vermutlich zu Handymasten, die sich kombinierten, um das Telefon zu orten.

„Ist es auf einem Boot?", fragte Annette.

„Ich bin da."

Meg griff nach ihrem Stuhl und ließ sich darauf gleiten, als Pete zur Seite trat. Ihre Hände griffen bereits nach Maus und Tastatur. „Das ist gut. Das ist sehr, sehr gut." Sie tat etwas, das den Bildschirm zu einer Satellitenansicht wechselte, ähnlich wie bei Karten-Apps auf dem Handy. „Lasst mich den genauen Standort ermitteln ... cool." Meg kopierte eine Zeile mit Längen- und Breitengraden und fügte sie in ein Suchfeld auf einem anderen Monitor ein. „Das ist live. Das ist gut, außer dass wir nicht in der Nähe sind."

Sie zoomte heran, bis nur noch der Kreis und die Küste im selben Bild zu sehen waren.

„Das ist ein paar Kilometer vor dem Blairgowrie Beach", sagte Pete.

„Eigentlich ist es näher am Rye Beach. Sieht aus wie das South Channel Pile Light."

„Entschuldigung, was?", fragte Hamish verwirrt.

„Alter Leuchtturm. Wird nicht mehr benutzt, wurde von seinem ursprünglichen Standort verlegt und neu aufgebaut. Vor Besuchern geschützt."

Candace lachte kurz. „Clevere Frau, unsere Liz."

Pete richtete sich auf und sah sie an. „Sie ist nach Rye gefahren."

„Das hat sie."

DREISSIG

Das Handy lag auf dem Tisch zwischen Lyndall und Marcus. Es war nach nur ein oder zwei Minuten wieder aus, weil der Akku leer war. Marcus hatte eines seiner Boote herbeigerufen und jemand hatte ihm eine tragbare Powerbank gegeben. Jetzt warteten sie.

„Diese Handys sind dämlich. Schau, wie lange es dauert, bis es anfängt zu laden und neu startet." Marcus stand auf und begann umherzutigern. „Es soll sich beeilen." Er blieb am Fenster stehen und starrte in die Nacht hinaus.

Er war vor einer Weile angekommen, seine Stimmung unlesbar.

Sie war am Verhungern und aß schnell den steinkalten Burger und die Pommes von irgendeinem Imbiss. Ihr Bedürfnis nach Nahrung überwog den Wunsch, ihm das miese Essen ins Gesicht zu werfen. Die ganze Zeit über saß er da und beobachtete sie. Nicht wütend. Nicht einmal ungeduldig. Eher, als hätte er sich damit abgefunden.

Als sie fertig war, streckte er die Hand aus und berührte ihr Gesicht. Sie riss ihren Kopf zurück, um seiner Hand auszuweichen.

„Oh, meine liebe Nora. Wie anders unser Leben wäre, hättest

du mich nicht bestohlen. Was wir verloren haben. Die Liebe, die wir einst teilten, für immer verschwunden. Die clevere Vereinbarung, um unsere Aufgaben zu erfüllen... meine und Alains. Vielleicht hättest du deinen anderen Traum verfolgen und eine olympische Medaille im Schießen gewinnen können. So eine Verschwendung von Talent."

„Ich habe dich nicht bestohlen, Marcus. Das Gemälde gehört mir."

Sein Gesicht verdüsterte sich. „Wo ist es? Ich bin nicht mehr bereit zu warten."

„Bevor ich dir helfe, muss ich wissen, dass es vorbei ist. Sobald du das Gemälde hast, wirst du nie wieder nach mir suchen. Du wirst mich nie wieder kontaktieren oder jemandem nahe kommen, den ich kenne."

Marcus nickte.

„Und da ist noch etwas."

„Geld? Ich kann dir jeden beliebigen Betrag geben."

Und es wird mir meine Kinder nie zurückbringen.

„Nicht Geld... Marcus, ich muss nur wissen..." Ihre Stimme versagte. Ihn danach zu fragen, bedeutete, das Schlimmste zu riskieren. Aber wenn er wirklich wieder verschwinden würde, und diesmal für immer, dann war es ihre einzige Chance.

„Du möchtest etwas über Claude wissen?"

Ihre Hände begannen zu zittern und sie schob sie unter den Tisch.

„Vielleicht hältst du mich für ein Monster, aber ich habe mein Versprechen gehalten. Ihm würde nie etwas zustoßen, es sei denn, du hättest meine Operation und die meiner Meister aufgedeckt. Ich hatte gehofft, du würdest mich finden, um den Chip zurückzugeben und deinen Sohn wieder in dein Leben zu holen, doch du hast dich dagegen entschieden. Stattdessen hast du eine ausgeklügelte Ablenkung geschaffen, die mich durch ganz Europa nach dir suchen ließ, während du die ganze Zeit im selben Bundesstaat wie mein Zuhause gelebt hast."

Anstatt ihre Entscheidungen zu debattieren, drängte Lyndall

ihn. „Er ist jetzt ein junger Mann. In der Lage, seine eigenen Entscheidungen zu treffen. Sobald du The Tides hast-"

„Was, Nora? Ich soll ihn zum zweiten Mal aus seinem Leben reißen und ihm sagen, dass seine geliebte Mutter am Leben ist und sich vor ihm versteckt hat? Welche Grausamkeit. Und du gehst davon aus, dass ich nach so langer Zeit überhaupt noch seinen Aufenthaltsort kenne, also nein." Marcus schlug mit der Faust auf den Tisch. „Nein!"

Mit ineinander verkrampften Fingern nickte Lyndall leicht.

Es reichte aus, um den Mann zu beruhigen, und er holte tief Luft.

Ich muss meine Emotionen kontrollieren. Mel und Vince brauchen mich, um dieses Chaos zu beseitigen.

„Aber er wird in Sicherheit bleiben? Claude. Versprich mir das... bitte, Marcus."

„Ich verspreche es dir."

„Ich kann dich zu The Tides bringen."

Marcus lehnte sich mit den Armen auf den Tisch. „Und da liegt ein Problem. Dein Haus wird bewacht. Trotzdem ist dein dummer Nachbar vor Kurzem in einer Art alkoholinduziertem Rausch hineingegangen."

„In mein Haus? Haben ihn die Wachen nicht aufgehalten?"

„Sie waren spazieren oder so. Er hat den Himmel angeschrien und kam dann mit einer Bierflasche rein und torkelte überall herum. Ich vermute, er ist in dich verliebt, um sich in seinem Alter so närrisch zu benehmen. Er war im Flur in der Nähe deines Schlafzimmers und verlor das Gleichgewicht. Der Narr fiel gegen eine Wand."

„Ich hoffe, er hat keinen Schaden angerichtet! Wenn doch, werde ich ihn bitten, für die Reparatur zu zahlen."

Marcus öffnete sein Handy und drehte es. „Sieh selbst."

Die Aufnahmen waren in mehrfacher Hinsicht interessant. Am alarmierendsten war, dass mehrere Kameras installiert waren, die nicht von Lyndall stammten. Eine weitere war, dass die Tür zum Panikraum genau so angelehnt war, wie sie es sich erhofft hatte. Und dann, als er den Raum verließ, nachdem er eine Hand durch die richtige Wand an der richtigen Stelle gesteckt hatte, murmelte er etwas davon, dass er einen Wodka brauche. Der Mann hasste Wodka leidenschaftlich.

Das war wunderbar. Es war das Werk von Liz, und ihr Vertrauen in das System, das sie vor so langer Zeit eingerichtet hatte, wurde bestätigt.

„Marcus, wenn ein betrunkener Mann die Wachen umgehen konnte, dann kann ich das sicher auch. Bring mich nach Hause und ich hole The Tides."

Marcus brach in lautes, schallendes Gelächter aus.

In dem Bemühen, verzweifelt auszusehen, ging Lyndall so weit, ihren Kopf auf ihre Hände zu legen, die sie unter dem Tisch hervorgezogen hatte.

„Komm schon, Nora. Ich bin nicht dein dummer, verliebter Nachbar. Ich werde zum Haus gehen, aber du wirst mir sagen, wie ich sicher hineinkomme und wo das Gemälde ist."

„Aber es wird nichts nützen, weil es einen Code gibt. Für einen Safe."

Sie hob ihre Augen. Marcus runzelte die Stirn, sein ganzes Gesicht unsicher.

„Wo ist der Safe?"

„Versteckt im Panikraum. Er öffnet sich entweder mit Gesichtserkennung und beiden Handflächen, oder es gibt einen Code, um ihn zu öffnen."

„Gib mir den Code."

„Ich würde. Aber das ist kein Code, den man sich merkt, Marcus! Er ist so konzipiert, dass er sich bei jedem Versuch ändert und sich vollständig verschließt, wenn drei Versuche fehlschlagen."

„Machst du absichtlich keinen Sinn? Ich habe Leute in der Nähe des Häuschens deines Nachbarn und mit einem Anruf kann ich Leute dorthin schicken."

„Mich zu bedrohen ändert nichts an den Tatsachen. Was ich sage, ist, dass du mich entweder mitnimmst und meine Biometrie verwendest oder ich dir zeige, wie man den Code benutzt. Aber das funktioniert nur, wenn du noch mein Handy hast. Mein anderes Handy, Marcus, von dem ich weiß, dass du es aus der Waffenbox genommen hast."

Seine Hand glitt in eine Tasche und er warf es auf den Tisch. „Dieses hier? Es ist kein Smartphone, wie könnte es also möglicherweise das tun, was du sagst?"

Lyndall hatte das nicht gut genug durchdacht. Ihr Ziel war es gewesen, ihn dazu zu bringen, sie zum Haus zu bringen. Ihr Handy war gut fürs Telefonieren und SMS-Schreiben, aber für nicht viel mehr. Abgesehen von einer kleinen Liste mit Nummern in einem Notizenprogramm.

„Lass dich von seinem Aussehen nicht täuschen, Marcus."

Er schaltete es ein und nach einem Moment der Dunkelheit leuchtete der kleine Bildschirm auf. „Was ist das Passwort?"

„Claude. Alles in Großbuchstaben."

Marcus warf ihr einen Blick zu und gab dann das Passwort ein. „Was jetzt? Wo soll ich schauen?"

„Darf ich?" Sie streckte ihre Hand aus. „Es ist ja nicht so, als könnte ich jemanden um Hilfe anrufen, wenn du nur Zentimeter entfernt bist. Oder?"

Er reichte es ihr.

Sie benutzte das Tastenfeld, um die Notiz zu finden, und sie öffnete sich, aber dann wurde der Bildschirm schwarz.

„Was hast du gemacht!" Marcus riss ihr das Handy weg. „Ich schwöre, Nora, wenn das ein Trick war-"

„Beruhige dich. Hast du nicht gesehen, wie die Batterieanzeige geblinkt hat? Es muss nur aufgeladen werden."

Mit einem Grunzen schob Marcus seinen Stuhl zurück und schritt zur Tür. „Pass auf deinen Ton auf, Nora." Er deutete auf das Boot, das sich wieder auf seine übliche Entfernung von etwa fünfzig Metern zurückgezogen hatte.

Das Schnellboot, das Marcus vom Ufer gebracht hatte, war am Fuß der Treppe festgemacht, und seine beiden Insassen standen rauchend vor dem Gebäude. Es sah schnell aus, aber es schien unmöglich, die Kontrolle darüber zu erlangen.

„Was wird als Nächstes passieren, Marcus? Wenn du die Codes hast und ich dir erklärt habe, wie man den Safe findet?"

In ein oder zwei Minuten würde das Handy genug aufgeladen sein, um es zu benutzen. Lyndall musste sich bald bewegen, denn sie glaubte keine Sekunde lang, dass dieser Mann sie einfach frei gehen lassen würde.

„Ich habe darüber nachgedacht. Mein Plan war, dich hier zu lassen, bis ich das Gemälde hatte, und dann mein Boot zurückzurufen. Es würden nur ein oder zwei Tage vergehen, bis irgendein Sightseer oder so nah genug herankäme, dass du auf dich aufmerksam machen könntest. Aber anscheinend bin ich ins Visier deiner potenziellen Retter geraten und muss meinen Zeitplan anpassen."

Die beste Nachricht seit Tagen. Jetzt muss ich nur noch ein bisschen länger am Leben bleiben.

„Dir wird nichts Schlimmes passieren, Nora. Wir haben einen Deal."

Das Handy leuchtete auf und Marcus schob es über den Tisch.

„Jetzt die Codes."

EINUNDDREISSIG

Liz verließ die Bäckerei, der Besitzer schloss die Tür hinter ihr und kehrte zu seiner tagelangen Suche in den Aufzeichnungen zurück. Er war charmant, wenn auch verwirrt über die Aufmerksamkeit, die seinem kleinen Laden zuteil wurde. Sie war eine Weile geblieben, während Meg sich aus der Ferne in sein glücklicherweise modernes System eingeloggt hatte. Er war sehr auskunftsfreudig gewesen und hatte sogar einen Duplikatbeleg für den Verkauf an Bonner ausgedruckt, der bisher als einziger von der Kamera aufgezeichnet worden war. Der andere Mann, der draußen saß, hatte die Bäckerei nicht betreten, und keine noch so sorgfältige Überprüfung der Kameras hatte sein Gesicht gezeigt. Beim Betrachten des Austauschs in der Originalaufnahme war jedoch die Überraschung auf Bonners Gesicht zu erkennen, als er den anderen Mann sah, der einen Augenblick später in dieselbe Richtung verschwand.

Sie hatte sich mit ein paar örtlichen Streifenpolizisten getroffen, die Ben organisiert hatte, und sie besuchten alle Geschäfte, die so spät noch geöffnet hatten, mit Bonners Foto und dem von Lyndall von Vinces Handy.

Marcus Bonner war unvorsichtig gewesen. Er hatte sich sicher gefühlt in dieser kleinen Stadt, wo ihn niemand kannte.

Nur ein weiteres Gesicht in der Menge einer Gemeinde, die an Fremde gewöhnt war, dank ihrer Beliebtheit als Urlaubsziel. Hätte Tony Shaw nicht in dem Interview die Information über authentische französische Croissants auf der Halbinsel preisgegeben, wäre sie jetzt nicht hier.

„Aber wo bist *du*, Lyndall?"

Liz überquerte die Straße und ging zum Strand hinunter. Es war ein schöner Abschnitt goldenen Sandes mit mehreren Bootrampen in regelmäßigen Abständen und einem langen Pier. Sie war schon einige Male hier gewesen und wusste, dass es ein sicherer Strand zum Schwimmen war. Aber das war tagsüber.

Wolken zogen über den Himmel, verdeckten und enthüllten einen fast vollen Mond, der nicht weit über dem Horizont stand. Es war kein Sturm vorhergesagt, auch keine hohe Luftfeuchtigkeit, nur die Restwärme des Tages. Der Strand war verlassen und Wellen schlugen ans Ufer, während die Flut sich wendete. In der Ferne erinnerten die Lichter von Melbourne Liz daran, wie weit Hilfe entfernt war, sollte sie sie brauchen.

Pete rief an und als sie antwortete, betrat Liz den Pier.

„Ich stecke in Straßenarbeiten fest", sagte er. „Nachtarbeiten, die unglücklicherweise vor einer halben Stunde begonnen haben."

„Und ich warte immer noch auf ein Boot. Wie kann es sein, dass wir kurzfristig nichts in die Hände bekommen?"

„Könnte etwas mit der kurzen Frist zu tun haben? Aber ernsthaft, es sind zwei Wassereinheiten aus Williamstown unterwegs, aber der Wind peitscht das Wasser auf und macht die Fahrt langsamer als erwartet."

„Hier weht kaum eine Brise", sagte Liz. „Ich habe ein paar Charterunternehmen vor Ort angerufen, aber niemand will so spät rausfahren. Bei diesem Tempo werde ich noch etwas beschlagnahmen."

„Richtig. Ausgezeichnete Idee, Lizzie. Klau ein Boot, fahr raus zu diesem verlassenen Leuchtturm, überwältige die Bösewichte, rette Lyndall."

„Und sei rechtzeitig zurück für ein spätes Abendessen irgendwo. Pete... glaubst du, Lyndall ist da draußen? So nah am Land, aber unfähig es zu verlassen? Wir wissen nicht einmal, ob sie schwimmen kann."

„Alles, was wir wissen, ist, dass ihr Handysignal von dort oder sehr nahe dran kam. Einmal für höchstens eine Minute und dann für ein paar mehr. Wenn sie es hätte, würde sie sicher eine Nachricht schicken oder anrufen? Aber wahrscheinlicher ist, dass sich Bonner dort versteckt und vermutlich auf eine Abholung wartet, um ihn aus australischen Gewässern zu bringen. Das Einschalten könnte gewesen sein, um zu prüfen, ob sie Nachrichten hatte, die er wissen musste."

Liz war sich nicht so sicher. Sie hatte den South Channel Pile Light recherchiert, während sie in der Bäckerei war, und es war ein cleverer Ort, um eine unwillige Person zu verstecken. Lyndall war einfallsreich und Bonner würde das wissen. Sie an einem so isolierten Ort festzuhalten, war ein kluger Schachzug.

Am Ende des Piers frischte der Wind auf und die Wellen wurden höher. Irgendwo da draußen in der Dunkelheit war Lyndalls Handy. Hoffentlich Lyndall auch.

„Ich fahre wieder, Liz. Wo sollen wir uns treffen?"

„Parkplatz beim Supermarkt. Ich bin gerade auf dem Pier."

„Bis in fünfzehn Minuten."

Sie blieb dort und starrte in die Nacht. Drei Kilometer entfernt blinkte ein Licht und Liz wusste, dass es die Quelle des Handysignals war. Es mochte jetzt nicht mehr als Leuchtfeuer dienen, aber seine Lichter dienten immer noch als Orientierung in der Bucht. Polizeiboote würden keine Probleme haben, es zu erreichen. Aber würden sie zu spät kommen?

Reubens Anruf spornte Liz zum Handeln an. Gott sei Dank war der Parkplatz nur ein paar Minuten entfernt.

„Ich bin mit Hamish auf Lautsprecher, Liz. Wir sind nicht weit hinter Pete, aber ich mache einen kleinen Umweg."

„Um mir ein Boot zu besorgen?"

Er lachte und aus irgendeinem Grund half der Klang, Liz' Stimmung zu beruhigen.

„Ich meine es ernst."

„Und ja, genau das tun wir. Fast. Ich habe einen Freund in Tootgarook, der eine Vorliebe für Jet-Skis hat und zufällig mehrere besitzt. Er hat zugestimmt, mich mit dreien zu treffen, und wir kommen zum Rye Beach rüber."

Liz atmete erleichtert tief ein. Das war wenigstens etwas.

„Drei?"

„Ich nehme an, du willst zu einer kleinen Spritztour mitkommen."

„Würde ich mir nicht entgehen lassen."

„Gut. Was, wenn ich dir eine SMS schicke, sobald wir ein paar Minuten entfernt sind, und dir mitteile, wo wir sein werden?"

Hamish sprach im Hintergrund, aber Liz konnte ihn nicht hören. Sie lief zwischen Autos über die Straße.

„Hamish hat gerade von Meg gehört. Tony Shaw ist in Richtung Lyndalls Haus aufgebrochen, laut seinem neuen Tracker. Noch positiver ist, dass sie ein Telefongespräch mithören konnte, das er kurz nachdem Ben ihn zu Hause abgesetzt hatte, führte."

„Wie das?"

„Der Tracker ist etwas Besonderes. Er lässt uns die Gespräche des Trägers mithören."

„Was wurde gesagt? Weißt du, wen er angerufen hat?"

„Er benutzte keinen Namen und der Anruf war kurz, aber er sagte, er sei von einem Haufen Idioten festgehalten und befragt worden, die keine Ahnung hätten, mit wem sie es zu tun hätten."

Dummer Mann. Reuben scheint nicht der Typ zu sein, der Beleidigungen toleriert.

„Er sagte, er sei standhaft gegen aggressive Verhöre geblieben, was seinen Status als Lügner nur bestätigt." Reuben klang, wenn überhaupt, erfreut. „Dann hörte er eine Weile der anderen

Seite zu und sagte... warte mal, Hamish, hast du es auf deinem Handy?"

„Hey, Liz. Ich habe die Abschrift und seine Worte waren... Ich werde in dieses Zimmer kommen, Boss, und wenn es einen Safe gibt, werde ich ihn finden."

„Oh mein Gott. Ein Safe? Ich werde das mit Vince abklären, ob es einen gibt, aber das könnte bedeuten, dass Lyndall ihnen das erzählt hat. Sie könnte noch am Leben sein."

„Ja, das denken wir auch. Ben hat die Sicherheitsleute angewiesen, sich zurückzuhalten, aber willst du Vince Carter Bescheid geben?"

„Ich werde ihn anrufen. Ich will nicht, dass er jetzt irgendwo in der Nähe ist."

„Und Liz? Ich weiß, du hast noch nicht alle Informationen... ich bezweifle, dass irgendjemand von uns sie hat, aber was ich weiß, ist positiv, und niemand geht heute Nacht nach Hause ohne Lyndall."

Sie beendete den Anruf und fühlte sich endlich hoffnungsvoll.

Reuben hatte Recht, dass sie noch nicht alle neuesten Informationen hatte.

Ihr plötzlicher Aufbruch aus dem Hauptquartier bedeutete, dass das Team einen Teil ihrer Arbeit übernehmen musste, und dafür tat es ihr leid. Aber sie hatten bereits so viele Spuren verfolgt, ohne Ergebnisse zu erzielen, dass sie ihrem Instinkt folgen musste. Und es waren erschreckende Instinkte, weil sie zu ihrem Vater führten.

Es gab eine Vertrautheit in dem Mann, der in den Aufnahmen vor der Bäckerei saß. Die gleiche Schulterbreite und der muskulöse, aber schlanke Oberkörper waren alles, was sie hatte. Das und die Tätowierung auf Marcus Bonners Unterarm, die der ihres Vaters unheimlich ähnlich sah. Auf der Fahrt von Melbourne hierher war ihr Kopf immer wieder um die Frage gekreist, warum drei Männer – zwei davon mit Lyndalls Entführung verbunden – die gleiche Tätowierung hatten, die Liz zuvor mit einer obskuren White-Supremacist-Gruppe in Verbindung gebracht hatte.

Sie bog auf den Parkplatz ein und rief, da sie Pete nicht sah, Vinces Nummer an.

„Irgendwelche Neuigkeiten, Liz?"

„Einige. Und es tut mir leid, so spät anzurufen."

„Ich schlafe sowieso nicht gerade. Was bedeutet ‚einige'?"

„Bevor ich es vergesse, weißt du, ob Lyndall einen Safe hat?"

„Nein, hat sie nicht. Allerdings weiß ich das nur aus meiner Kenntnis, also ist alles möglich. Was gibt es für Neuigkeiten?"

„Lyndalls anderes Handy wurde kurz eingeschaltet und wir sind kurz davor herauszufinden, wo es sich befindet. Wir wissen nicht, ob sie am selben Ort ist, also erwarte noch nichts."

„Verstanden. Das klingt vielversprechend."

„Das ist es. Du musst auch wissen, dass es möglicherweise bald etwas Unruhe auf Lyndalls Grundstück geben wird. Der Mann, der angeblich den Panikraumknopf installiert hat? Wir hatten ihn stundenlang in Gewahrsam und haben einige gute Informationen, aber er durfte gehen und-"

„Nein, Lizzie, warum?"

„Weil er einen Tracker trägt und unsere beste Chance ist, einen genauen Standort von Lyndall zu bekommen. Deshalb rufe ich an, Vince. Er bewegt sich in deine allgemeine Richtung."

„Dann werde ich auf ihn warten."

„Das wirst du nicht."

Pete fuhr ein und parkte.

„Wir müssen ihn dazu bringen, seine Karten auf den Tisch zu legen, und die seines Bosses. Die Sicherheitsleute sind in Alarmbereitschaft und werden ihm aus dem Weg gehen, es sei denn, er versucht, Schaden anzurichten. Entweder du schließt dich im Cottage ein und bleibst dort, oder ich schicke jemanden, der dich abholt."

„Das würdest du nicht tun."

Aus dem Fahrzeug ausgestiegen, schloss Pete ab und eilte auf Liz zu.

„Oh doch, das werde ich, Vince. Aber während ein Mitglied meines Teams auf dich aufpasst, könnte es stattdessen helfen, Lyndall zu finden. Und jede Bewegung um ihr Grundstück könnte ausreichen, um diesen Mann in den Untergrund zu treiben. Also, wie lautet deine Entscheidung?"

Pete blieb in der Nähe stehen und hob beide Augenbrauen angesichts von Liz' entschlossenem Ton.

„Ja, gut. Okay, ich mache die Lichter aus und bleibe drinnen."

„Und ich informiere dich, sobald ich Neuigkeiten habe." Sie fuhr sich mit der Hand durchs Haar. „Wir kommen der Sache näher, Kumpel. Halt einfach durch."

„Ich hasse das. Hasse das Warten. Pass auf dich auf, Lizzie."

Sie schob das Handy in ihre Tasche und hoffte, Pete würde keine schlaue Bemerkung machen.

„Muss hart für Vince sein. Ich nehme an, du hast ihm gesagt, dass Shaw in seine Richtung unterwegs ist?"

Liz unterdrückte den Drang, Pete für sein Verständnis und seine Anständigkeit zu umarmen. „Er wird stillhalten, aber ich garantiere dir, er wird beobachten."

„Lass uns irgendwo einen Kaffee holen und einen Plan machen."

Sie fanden Kaffee zum Mitnehmen an der Tankstelle und fuhren zum Strand. In der kurzen Zeit, in der sie weg war, war die Flut weiter gestiegen und der Wind wurde stärker. Auf halber Strecke entlang des Piers setzten sie sich auf eine Bank und nippten an ihren Getränken.

Liz wiederholte das Gespräch, das sie mit Reuben geführt hatte.

„Hamish kann hier bleiben und ich komme mit euch beiden", sagte Pete. „Und bevor du sagst, dass ich ihn aufziehe, tue ich das nicht. Er ist ein besserer Schütze, wenn es um ein Ziel auf lange Distanz geht, und ich habe ein Jetski, also bin ich in meinem Element."

„Du was?"

Er lachte über ihre Überraschung.

„Wo bewahrst du das überhaupt auf?"

Pete lebte in einer Wohnung in den westlichen Vororten, nirgendwo in der Nähe eines Strandes.

„Lagereinheit."

„Ich schätze, man kennt einen Menschen nie wirklich." Liz lächelte ihn an. Sie hatte Pete immer als Surfer gesehen, also lag sie nicht weit daneben. „Ein bisschen wie bei Annette. Ich kenne sie seit Jahren, aber wusste nie, dass sie ein Kind hat."

„Nee. Sie hat keine Kinder."

Das konnte nicht stimmen. Einer von Annettes Gründen, gestern das Hauptquartier zu verlassen, war, die Betreuung für ihr Kind zu organisieren. Und dann noch einmal, um mehr Hafermilch zu kaufen... von der sie reichlich hatten. Liz musste sie in Bezug auf das Kind missverstanden haben, aber wie? Das war beunruhigend.

„Was weißt du darüber, was Meg in dem Gemälde gefunden hat?", fragte Pete.

„Nichts. Ich war weg, bevor ihr beide ins Hauptquartier zurückkehrtet. Sie hat etwas *in* dem Gemälde gefunden? Unter dem Gemälde?"

„Der kleinste Mikrochip aller Zeiten, Liz. Wie aus einem Spionagefilm, bis hin dazu, dass er zwischen Ölfarben-Schichten platziert wurde. Und ohne eine ordentliche Lupe kann man nicht erkennen, dass die Farbe gestört wurde, also hat es immer noch einen Nutzen."

Liz trank ihren Kaffee aus und stand auf, um den Becher in einen nahegelegenen Mülleimer zu werfen.

„Ben erzählt noch niemandem in höherer Position von dem Chip. Er macht sich Sorgen wegen möglicher Lecks, nachdem Bonner abgehauen ist."

„Moment mal, er hatte seinen Chefs erzählt, dass wir Bonner abholen würden?"

„Er musste Updates senden, um die Kontrolle über die Ermittlungen zu behalten. Allerdings nicht über The Tides. Das

Gemälde und der Mikrochip sind weggeschlossen, und bis er herausfindet, welche zuständige Behörde er wegen Letzterem kontaktieren soll, bleibt das auch so. Das Gemälde allerdings..."

„Als Köder? Ist das der Grund, warum Shaw freigelassen wurde?"

Pete öffnete sein Handy. „Meg hat für ein paar Minuten den Feed von allen Kameras im Haus unterbrochen, und wir haben einen der Sicherheitsleute gebeten, in den Panikraum zu gehen und eine Nachricht an der beschädigten Wand zu hinterlassen. Auch wenn er nach einem Safe sucht, wird er das nicht übersehen."

Er drehte den Bildschirm.

Auf einem großen Stück Papier, das gut sichtbar über der beschädigten Wand angebracht war, standen Worte in dickem Marker geschrieben.

Wir haben The Tides.

Darunter stand eine Handynummer.

„Entweder wird Bonner es über eine Kamera sehen, jetzt wo sie wieder an sind, oder wir machen es Shaw sehr leicht, reinzukommen und das zu finden. Wir werden mithören, wenn er seinem Meister erzählt, dass Lyndall in Sicherheit bleiben muss, um zu bekommen, was er will." Pete stand auf und streckte sich. „Wenn Lyndall da draußen auf dem Leuchtturm ist, wird Bonner sie wahrscheinlich wegbringen wollen, und er wird herausfinden, was passiert, wenn man sich mit ihren Freunden anlegt."

ZWEIUNDDREISSIG

~Tag Drei~

Mitternacht war vorbei und der Wind hatte nicht nachgelassen, aber viele der Wolken waren verschwunden, was die Sicht vom Ende des Piers aus verbesserte. Es war das Geräusch der Jet-Skis, das Liz aus düsteren Gedanken riss, für die es keine Lösungen gab. Sie fand sich wieder am Ende des Piers wieder.

So vieles hing von anderen Menschen ab.

Einige davon Kriminelle.

Und das Team, seine Integrität. Liz stimmte Candace zu, dass Gespräche geführt werden mussten und vielleicht mehr Informationen über die Vergangenheit aller geklärt werden sollten. Nur nicht jetzt, wo das Leben einer Frau auf dem Spiel stand.

Sie traf auf Pete und Hamish, die vom Strandende her kamen, beide trugen Drohnenkoffer. Pete telefonierte und stellte sich, nachdem er seinen Koffer abgestellt hatte, auf eine Plattform, immer noch redend. Hamish hielt in der Nähe von Liz an und nahm den zweiten Koffer auf.

„Bist du nicht auf einem Jet-Ski?"

„Bin mit dem BearCat rübergefahren. Wir müssen eine Drohne hochschicken und sehen, ob Lyndall in diesem Gebäude ist. Wenn ja, werde ich einige Waffen organisieren und an Land bleiben, um euch drei ordentliche Deckung zu geben. Imrans Freund ist auf dem dritten Jet-Ski und die beiden lassen sich von jemandem abholen, um nach Hause zu fahren. Reuben bestand darauf, dass sie nicht in der Nähe bleiben."

Pete hatte aufgelegt und half dabei, die drei Jet-Skis zu sichern, die gegen die Plattform stießen. Liz blieb zurück, da sie sich nicht mit Zivilisten einlassen wollte, während ihre Nerven mit ihrem Magen und Verstand spielten. Es gab Händeschütteln und ein kurzes Gespräch, und dann begleitete Hamish zwei Männer vom Pier.

Reuben kletterte mit einer Schwimmweste in der Hand herauf. „Alles klar bei dir?"

„Klar doch. Das hier ist einer der besten Urlaubsorte im Bundesstaat und ich bin hier. Nach Mitternacht. Und nicht, weil es eine Picknickdecke oder eine Flasche was Besonderes gibt ... nö, nur ein paar stinkende Jet-Skis und das Risiko, von einem bösen Kunsthändler erschossen zu werden."

Er warf den Kopf zurück und lachte.

Etwas in Liz zerbrach. Sie war eine starke Frau. Ein starker Mensch. Eine zähe Polizistin. Aber die Dinge standen gerade ziemlich beschissen und ihr eigener Sinn für Humor war längst verschwunden.

Sie drehte sich abrupt weg, um sich die Augen zu reiben. Hier und jetzt zu weinen war undenkbar.

Eine feste Hand drückte ihre Schulter und Reubens Mund war nah an ihrem Ohr. „Wenn wir das nächste Mal hier sind, lass mich den Wein mitbringen und wir feiern, dass wir Lyndall sicher zu ihren Lieben zurückgebracht haben."

Es war das Letzte, was sie von ihm erwartet hätte, und es würde nie passieren, weil sie nicht mit Kollegen ausging, aber für einen Moment verdrängte das Bild eines sonnigen Tages mit einem warmen Meer, kühlem Wein und guter Gesellschaft alle negativen Gedanken.

Liz drehte sich um. „Danke." Die Kontrolle war wieder da.

Reuben nickte, seine Augen auf ihren. „Halt den Gedanken

fest, okay? Pete schaut uns gerade auf eine besonders seltsame Art an."

Unbeabsichtigt blubberte Lachen auf.

„Viel besser. Sollen wir ein paar böse Jungs fangen?" Er reichte ihr die Schwimmweste. „Wir fangen an, in die richtige Richtung zu fahren, während Hamish eine Drohne aufsteigen lässt."

Petes Telefon klingelte wieder, als sie ihn auf der Plattform erreichten, und nachdem er abgenommen hatte, stellte er es auf Lautsprecher.

„Ben? Ich habe Liz und Reuben hier. Tut mir leid wegen des Windes im Hintergrund."

„Wir können euch hören. Es gibt Neuigkeiten. Tony Shaw ist in Lyndalls Haus eingebrochen. Stellt sich heraus, Vince war zu sehr damit beschäftigt, an Wodka zu denken, um die Zusatzschlösser an der Schiebetür zu aktivieren." Ben kicherte. Jeder wusste jetzt über das Schlüsselwort „Wodka" Bescheid. „Jedenfalls hat er keine Zeit verschwendet, zum Panikraum zu gehen und stand zunächst nur da und schaute sich um, bevor er das Papier sah."

„Er suchte nach dem nicht existierenden Safe."

Sie lebt. Sie spielt Bonner etwas vor.

„Dann, direkt vor unseren Augen, macht Shaw einen weiteren Anruf."

Liz hielt den Atem an.

„Zwei sogar. Zuerst, um die Infos über die Nachricht von uns weiterzugeben. Es wurde zu einem Gespräch, bei dem er versuchte zu sprechen, während jemand ihn anbrüllte. Konnte die Worte nicht verstehen, aber der Ton war wütend. Schließlich gab es eine Pause und Shaw sagte, er würde sie am Übergabepunkt treffen."

„Glaubst du, er meinte den Pier in Williamstown?"

„Möglich, Pete."

„Und der zweite Anruf?", presste Liz hervor.

Meg mischte sich ein. „Das sind gute Informationen, Leute.

Shaw verließ das Anwesen, fuhr ein paar Kilometer und parkte irgendwo. Er machte einen Anruf und hinterließ eine Nachricht, die nur ‚die Flut wendet sich‘ sagte, dann legte er auf. Ein paar Minuten später bekommt er einen Anruf. Dieser war ziemlich einseitig von der Seite, die wir nicht hören können, aber es gab einige interessante Kommentare von Shaw.“

Liz wollte sich setzen. Ihre Beine zitterten vor einer Mischung aus Erschöpfung und nervöser Energie, und sie stellte ihre Füße etwas auseinander und stützte sich gegen das leichte Schaukeln der Plattform.

„Ben, kannst du das Transkript vorlesen?“

„Klar. Das war, nachdem er abgenommen und fast sechzig Sekunden lang zugehört hatte. *Ich habe Bonner gesagt, dass die Bullen die Kunstwerke haben und eine Telefonnummer hinterlassen. Schätze, sie wollen gegen Nora tauschen. Er ist ausgerastet. Sagte, er habe genug davon, sich mit deinen Entscheidungen herumzuschlagen, und will, dass ich am Pier bin, um ihm bei einem Tausch zu helfen. Dann hörte er wieder zu, bevor er sagte:* Ich bin auf deiner Seite, nicht auf Bonners.“

Pete und Reuben sahen sich an und dann zu Liz.

„Ben … sagst du damit, dass jemand Bonner steuert? Dass nicht alles hinter Lyndalls Entführung von ihm kommt?“, fragte Liz.

Candace antwortete. „Seit wir die Aufnahmen des Mannes gesehen haben, der vor der Bäckerei saß, habe ich mein Profil von Bonner angepasst zu jemandem, der Ergebnisse kontrollieren will, aber selbst von einer anderen Person kontrolliert wird. Ich habe das Gefühl, nachdem ich die Aufnahmen immer wieder angesehen habe, dass Bonner nicht erwartete, diesen Mann zu sehen, und durch seine Anwesenheit sozusagen auf dem falschen Fuß erwischt wurde.“

„Irgendeine Ahnung, wer dieser Mann ist?“, fragte Reuben.

Liz trat einen Schritt vom ausgestreckten Telefon zurück. Ihre eigenen Gedanken konnten nicht richtig sein.

Pete bemerkte ihre Unruhe, seine Augen verengten sich, aber er sagte kein Wort.

„Pheobe und Annette arbeiten hart daran, einige Namen aus Lyndalls Leben als Nora Egan einzugrenzen. Bisher gibt es keine Person, die sowohl in ihrer Vergangenheit als auch in Bonners oder sogar Alains auftaucht", sagte Candace. „Wir haben allerdings herausgefunden, wo Nora und Alain sich kennengelernt haben. Es war in einem Schützenverein. Beide waren Anwärter für die olympische Auswahl in verschiedenen Gewehrdisziplinen."

„Moment mal, haben wir das alles falsch angegangen?", fragte Pete. „Wir haben angenommen, dass Nora eine Attentäterin gewesen sein könnte, aber was, wenn es Alain war?"

„Oder beide", sagte Ben. „So oder so, es sieht danach aus, als könnte sie zum Pier zurückgebracht werden, damit Shaw sie abholt. Ich stelle also ein Team zusammen, um dorthin zu fahren. Ich rufe Hamish zurück, damit Reuben zuerst eine Drohne hochschicken kann und dann, wenn nötig, selbst rausfahren könnt."

„Und passt auf euch auf!", rief Meg.

Es war nicht ideal, Hamish aus dem Team in Rye abzuziehen, aber Ben hatte wenig Personal zur Verfügung und alles deutete darauf hin, dass Lyndall zum Pier zurückgebracht werden würde. Seinen besten Schützen hundert Kilometer entfernt zu haben, würde niemandem helfen, wenn sich die Aktion nach Melbourne verlagern sollte.

„Meg schickt dir die Koordinaten, wo du den Hubschrauber treffen sollst. Bring alles mit, was du für den Einsatz brauchst. Reuben wird das Fahrzeug später abholen."

„Alles klar. Ich bin nicht gerade glücklich darüber, sie hier allein zu lassen."

„Wenn sich etwas ändert, drehen wir dich um. Beeil dich, damit du pünktlich zu deinem Flug kommst." Ben beendete das Gespräch.

Er stimmte Hamish zu. Niemand fühlte sich wohl damit,

unter diesen Bedingungen zu arbeiten, mit einem geteilten Team und so wenigen Anhaltspunkten. Es bestand durchaus die Möglichkeit, dass er die falschen Entscheidungen traf, doch die Auswahl war begrenzt. Bei so viel auf dem Spiel hatte er sich gezwungen gesehen, die Unterstützung eines der CIRT-Teams anzufordern. Critical Incident Response Teams waren kleine, schnell einsetzbare Einheiten mit hochqualifiziertem Personal, die Bens Leute unterstützen würden. Und die Wassereinheiten machten sich auf den Weg zum South Channel Pile Light, sodass sie möglicherweise in der Lage wären, Bonner abzufangen.

„Bist du fertig, Ben?", Meg hatte sich schwarze Hosen und ein schwarzes Oberteil angezogen und hielt in einer Hand eine schwere Jacke, in der anderen die allgegenwärtige Laptoptasche. „Annette sagt, sie ist in ein oder zwei Sekunden in der Einheit."

„Fast. Geh schon mal runter, ich hole meine Sachen."

Meg winkte in den Raum und ging hinaus. Nur noch Pheobe und Candace waren übrig, und beide sahen aus wie Menschen, die an ihre Grenzen getrieben wurden. Das war eine enorme Lernkurve für Ben und für Operation Nobody. In Zukunft musste er Änderungen im Personalbestand vornehmen und einige grundlegende Regeln aufstellen, um sie vor diesem Maß an Erschöpfung zu schützen, aber im Moment war er dankbar, dass jeder Einzelne Lyndalls Bedürfnisse über die eigenen stellte. Es war mehr, als er von ihnen zu erwarten gewagt hatte.

„Geh, Ben. Pheobe und ich werden hier die Stellung halten und dafür sorgen, dass die Kommunikation aufrechterhalten wird."

Als sie ihren Namen hörte, blickte Pheobe von ihrem Platz an Megs Arbeitsplatz auf. Sie lächelte, und Ben erkannte die Stärke, die sie ins Team einbrachte. Ihre Natur war nicht auf die Anforderungen eines solchen Jobs ausgerichtet, aber sie hatte geliefert, und das mehr als einmal. Wenn überhaupt, begann Pheobe auszusehen, als gehöre sie hierher.

Candace folgte ihm in sein Büro, wo er alles Nötige zusammensuchte.

„Pass auf unerwartete Angriffe vom Land oder vom Meer auf", sagte Candace. „Liz hat kein Wort gesagt, als wir darüber sprachen, dass Bonner einen Meister haben könnte, aber basierend auf den Tätowierungen bei ihm und Shaw weiß ich, dass sie ihren Vater in Verdacht hat. Und von der Statur her könnte der Mann in der Bäckerei durchaus Kyle Moorland sein."

„Ich werde vorsichtig sein und mit den anderen sprechen. Kyles Beschreibung, einschließlich eines Fotos und einer kurzen Zusammenfassung, ist an CIRT gegangen. Sie haben Erfahrung damit, ihn zu jagen, also glaube ich, dass sie, sollte sich die Gelegenheit ergeben, es zu ihrer Aufgabe machen werden, den Mistkerl zu fassen."

„Die nächsten paar Stunden sind entscheidend", sagte Candace. Ihre Augen waren ernst. „Wir alle glauben an dich, Ben."

Das bedeutete ihm die Welt, und während er die Treppe zum Parkplatz hinunterlief, nahm sich Ben vor, dem in ihn gesetzten Vertrauen gerecht zu werden.

In der Ferne waren die blinkenden Lichter am Himmel der Hubschrauber, der Hamish abholen sollte. Obwohl er leicht niedrig über das South Channel Pile Light hätte fliegen können, wich er stattdessen ab, um nicht als Polizeieinheit identifiziert zu werden.

Liz fühlte sich völlig hilflos.

Sie lief auf und ab auf dem Pier, oder zumindest auf den äußersten zwanzig Metern. Reuben und Pete konzentrierten sich auf die Drohne, die erst vor wenigen Minuten gestartet war. Ein Bildschirm war geöffnet und Reuben saß im Schneidersitz davor und steuerte das kleine Fluggerät so niedrig über dem Wasser, wie er es wagte. Pete benutzte ein Fernglas mit großer Reichweite, um dessen Fortschritt zu beobachten.

Und ich kann nichts tun. Gar nichts.

Sie zweifelte an allem. Ihre Entscheidung, das Team zu verlassen und ohne Plan hierher zu fahren, war unprofessionell. Die quälenden Gedanken über ihren Vater. Und ihre Sorgen bezüglich Hamish und Annette. Denn wenn einer von ihnen auf der Gehaltsliste ihres Vaters stand, dann war Lyndalls Leben mehr in Gefahr, als irgendjemand ahnte.

„Lizzie!"

Sie lief zu den Männern, ihre Augen auf den Bildschirm gerichtet, der zeigte, was die Drohne sah.

„Sie ist weit vom Gebäude entfernt, fast an der Grenze des Sichtbaren, und wir haben Probleme zu lösen." Reuben bediente die Steuerung und eine Form im Wasser kam allmählich in Sicht. „Boot Nummer eins. Ich habe ein Bild davon gemacht und herangezoomt, und es ist als Parks Victoria gekennzeichnet."

„Ich habe Pheobe jemanden in der Organisation kontaktieren lassen, um zu bestätigen, dass es nicht zu ihnen gehört", Pete senkte das Fernglas. „Es ist eine clevere Art, die üblichen Schaulustigen fernzuhalten. Sie müssten nur etwas über die Erweiterung der Anfahrtszone erfinden und verhindern, dass ein echtes Parks-Boot auftaucht."

„Das andere Problem ist ein zweites Boot. Schwerer zu sehen, weil es klein ist und sich am Gebäude befindet, aber es sieht schnell aus."

„Also sind tatsächlich Leute da draußen... Kannst du in das Gebäude hineinsehen?"

„Kaum."

Wieder änderte sich das Bild, der Bildschirm war fast schwarz, bis die Drohne sich stabilisierte, wohin auch immer Reuben sie geschickt hatte. Der Winkel war knapp über der Meeresoberfläche, und das South Channel Pile Light ragte aus dem Wasser. Es gab Fenster rund um die Struktur und schattenhafte Bewegungen dahinter. Das Bild wurde schärfer, als eine Gestalt gegen das Glas gepresst stand und hinausstarrte.

In einem Pyjama, mit offenem Haar um die Schultern und die Handflächen gegen das Fenster gedrückt, hatte Lyndall einen Ausdruck absoluten Terrors.

DREIUNDDREISSIG

Das Alter hatte Lyndall verändert. Ihr Körper war schwerer und nicht mehr so reaktionsschnell wie noch vor zehn Jahren. Sie konnte immer noch über einen Zaun klettern, riesige Säcke mit Viehfutter schleppen und ein Tor reparieren, aber ob es auch nur annähernd möglich war, von hier aus an Land zu schwimmen, blieb abzuwarten. Im Moment schien es ihre einzige Hoffnung zu sein, vorausgesetzt, sie fände einen Weg, ins Wasser zu kommen.

Auf der anderen Seite war ihre Willenskraft stärker denn je. Und das Alter hatte ihrer Sehkraft nicht geschadet. Als sie in Richtung Rye Beach starrte, sah Lyndall etwas. Nicht im Meer, sondern knapp darüber. Als sie sich darauf konzentrierte, verschwand die kleine Form.

„Ich habe dir gesagt, du sollst dich hinsetzen, Nora!"

Marcus hatte nach einem Telefonat gewütet und getobt und einen Stuhl geworfen, also hatte sie sich aus seiner unmittelbaren Schusslinie entfernt. Jetzt kehrte sie zum Tisch zurück.

Sein Gesicht und Hals waren knallrot. Vielleicht würde er einen Schlaganfall oder Herzinfarkt erleiden, und während seine Männer sich um ihn kümmerten, könnte sie sich davonschleichen. Seinen Tod wünschte sie sich allerdings nicht. Lyndall bezweifelte, dass sie in der Lage wäre, ihren Sohn zu finden, und sobald sie aus dieser Misere heraus wäre, würde sie Marcus, wenn nötig, foltern, um ein Geständnis über alles, was er getan hatte, zu bekommen. Jean-Paul verdiente Gerechtigkeit. Claude ebenso.

Wunschdenken. Du bist weit davon entfernt, in Sicherheit zu sein.

„Du hast gelogen."

„Absolut nicht. Ich habe dir die Codes gegeben, um den Safe zu öffnen und-"

„Es gibt keinen Safe!"

Lyndall verdrehte die Augen und lehnte sich in ihrem Stuhl zurück. „Wie gründlich hat dein Mann gesucht?"

„Gründlich genug, um eine Nachricht von deinen Polizeifreunden zu finden." Er drehte den Bildschirm seines Handys. „Das klebte an der Wand in deinem Panikraum. Willst du das erklären?"

Die Worte waren deutlich - **Wir haben The Tides.** Und eine Telefonnummer. Und dahinter war ein Loch in der Wand.

Gänsehaut überzog ihre Arme.

„Ist es echt? Das Gemälde ist in meinem Safe, also wie genau hat es jemand gefunden, geschweige denn geöffnet? Ich würde deinem Mann ein paar Fragen stellen, denn das klingt, als würde jemand anderes um die Kontrolle kämpfen."

Es war ein kalkuliertes Risiko, die Worte, die sie benutzte. Marcus war ein Kontrollfreak, und sie wusste, dass sie seinen wunden Punkt getroffen hatte, als seine Gesichtsfarbe sich noch mehr vertiefte.

„Du könntest ihn zurück in mein Haus schicken und ihn genauer beobachten."

„Ich habe ihn vorher beobachtet."

„Hast du dann gesehen, wie er nach dem Safe gesucht hat? Hat *er* das Papier dort hingeklebt?"

„Ich habe keine Ahnung, wer es dort hingeklebt hat, aber jemand hat sich genug um dich gesorgt, um große Anstrengungen zu unternehmen, um das eine Ding zu holen, das ich will."

Er schlug mit beiden Handflächen auf den Tisch.

Lyndall blieb regungslos. Ihn zu provozieren war ein gefährliches Spiel.

Als sein Handy klingelte, sprang er auf und drehte sich weg, um zu antworten.

Lyndall atmete lang und langsam ein und konzentrierte sich auf sein Gespräch. Das Telefon war fest an sein Ohr gepresst, aber sie konnte erkennen, dass am anderen Ende eine männliche Stimme sprach. Er hörte zu, seine freie Hand ballte sich zur Faust, bis er die Gelegenheit hatte zu sprechen.

„Nun, ich habe meine Meinung geändert, seit ich mit Shaw gesprochen habe. Wenn sie einen Austausch wollen, dann zu meinen Bedingungen. Sie können hierher kommen, wo ich Männer postiert habe und mehrere Fluchtmöglichkeiten habe."

Wer auch immer angerufen hatte, war sein Chef, da war sich Lyndall sicher. Ihr war eine Befehlskette bewusst gewesen, als Alains wahrer Lebenszweck in den Vordergrund trat, aber Marcus war die einzige Person, die sichtbar gewesen war. Wahrscheinlich um sie an ihre eigene Geschichte zu erinnern.

„Ich sage dir, das ist ein Fehler. Sie kommen zu uns, oder ich erschieße sie hier und jetzt." Marcus drehte sich absichtlich um, um Lyndall anzustarren. „Sie ist ein paar Meter entfernt. Denkt immer noch, sie könne es mit mir aufnehmen und gewinnen."

Was auch immer der andere Mann sagte, brachte Marcus plötzlich zum Lachen. Sein Körper entspannte sich ein wenig und er nickte.

„Schön. Das alles ist sehr aufreibend, meine Galerie zu verlieren und dass meine Identität aufgedeckt wurde, also verzeih meine Stimmung. Wenn uns das das Gemälde bringt, machen wir es auf deine Art, aber dein Insider in diesem Team sollte dir besser die richtigen Informationen geben." Mit dieser merkwürdigen Bemerkung beendete er das Gespräch.

Meinst du die Polizei? Die, die nach mir suchen?

Gab es kein Ende der heimtückischen Reichweite von Marcus und seinen Herren? So musste er sie von Anfang an gefunden haben... ein zahmer Bulle, der Liz kannte. Oder Vince. Das Einzige, dessen sie sich sicher war, war, dass Pete McNamara, sobald er davon hörte, nichts unversucht lassen würde, um sie aufzudecken. Er war ein ausgezeichneter Polizeibeamter und ein anständiger Mensch.

Marcus ging hinaus und rief seinen Männern zu, die ein paar Meter entfernt wieder auf dem Schnellboot waren, und gestikulierte, dass sie näher kommen sollten. Wenn Lyndall verstand, was als Nächstes passieren würde, würde er sie kurz darauf zwingen, auf dieses Boot zu steigen - in Pyjama und Socken - und sie möglicherweise in den Tod schicken, wenn es am Pier einen Schusswechsel gäbe. Es gab nur einen Handlungsweg in ihrem Kopf, der genauso riskant war, aber ihr Leben wäre in ihren eigenen Händen, nicht in denen eines Monsters.

„Wir gehen." Marcus stürmte herein. „Wenn du tust, was man dir sagt, überlebst du das vielleicht sogar. Ich werde deine Hände fesseln."

Sie stand auf und schlang die Arme um sich, so verängstigt aussehend, wie sie es nur konnte. „Hast du eine Schwimmweste?"

„Wofür um alles in der Welt? Das Boot wird schon nicht sinken."

„Boote sinken ständig und ich kann nicht schwimmen, Marcus."

Er überbrückte die Distanz und packte ihr Kinn, zwang sie, ihm in die Augen zu sehen, so nah, dass sie seinen fauligen Atem riechen konnte.

„Jeder kann schwimmen, Nora."

„Ich habe es nie gelernt. Und ich habe jedes Recht, das Meer zu fürchten, besonders diese Bucht, nach dem, was meinem Mann und meinem Sohn passiert ist."

Marcus seufzte. „Um Himmels willen. Schau, es gibt keine Schwimmwesten, aber ich werde deine Hände nicht fesseln. So kannst du dich an der Seite festhalten. Ich werde dich schon nicht ertrinken lassen. Du, meine alte Geliebte, bist meine Versicherung." Er küsste ihre Lippen, grob und zum Glück kurz, dann trat er zurück.

Er telefonierte wieder und drehte ihr den Rücken zu, und sie rieb ihren Mund an ihrem Oberteil ab.

Von ganzem Herzen hoffte Lyndall, dass sie das überleben würde, wenn auch nur, um Marcus Bonner zu vernichten.

VIERUNDDREISSIG

Mit abgeschalteten Motoren hoben und senkten sich die Jet-Skis mit der Strömung.

Zu jeder anderen Zeit hätte Liz laut gelacht, während sie durch die Nacht über das Meer glitt, mit dem Wind in ihren Haaren und dem Mondlicht, das ihr den Weg wies. Die Erfahrung war surreal, und als sie Pete einmal anschaute, strahlte sein Gesicht vor Begeisterung. Jetzt hatten sie etwa einen Kilometer vom Gebäude entfernt angehalten.

Alle hatten Ferngläser und beide Männer trugen Gewehre auf dem Rücken. Liz hatte ihre Handfeuerwaffe dabei und sie trugen Schutzwesten unter den Schwimmwesten.

„Es gibt einige Bewegungen beim Boot der Parkbehörde", sagte Reuben. „Sieht aus, als würden sie sich Richtung Melbourne bewegen. Ich schreibe Ben eine Nachricht, damit er sich darum kümmern kann."

Pheobe hatte bestätigt, dass Parks Victoria nichts von einem Boot wusste, das in den letzten zwei Tagen in der Gegend patrouillierte.

Liz benutzte ihr Fernglas, um nach Lyndall Ausschau zu halten. Die Fenster waren leer und das Licht, das dort an gewesen war – höchstwahrscheinlich eine Laterne oder Ähnliches – erlosch plötzlich.

„Habt ihr das gesehen? Das Licht drinnen ist aus." Liz scannte weiter. „Moment mal ... das Speedboot ist am Fuß der Treppe."

„Hab's gesehen", sagte Pete. „Wir sind auf der falschen Seite, um zu sehen, was passiert. Sollten vielleicht eine Runde drehen."

„Werden unsere Motoren sie nicht alarmieren?", fragte Liz und senkte das Fernglas. „Wir müssen zuerst sehen, wo Lyndall ist."

„Was wir von hier aus nicht können." Pete startete seinen Motor. „Ich werde vorsichtig rüberfahren."

Er fuhr langsam, der Jet-Ski war alles andere als leise, aber wahrscheinlich zu weit vom Gebäude entfernt, um Alarm auszulösen.

Liz' Telefon vibrierte und sie ging ran. „Candace. Was gibt's?"

„Ich kann auf dem Tracker sehen, dass sich Lyndalls Telefon, obwohl ihr in der Nähe seid, wo es sich eingeschaltet hat, jetzt von euch wegzubewegen scheint."

„Was? Es ist wieder an? Wo ist es?"

„Laut der Karte etwa zwei Kilometer nordwestlich von euch und bewegt sich in Richtung Stadt."

Liz gab die Information an Reuben weiter.

„Es muss auf dem Boot der Parkbehörde sein." Er änderte die Richtung, in die er schaute, um danach zu suchen.

„Ist Lyndall also auch an Bord?"

„Keine Möglichkeit, das zu sagen, aber ich habe mit Ben gesprochen und er hat die Wasserpolizei-Einheiten darauf angesetzt. Sie sind sich sehr bewusst, womit sie es zu tun bekommen könnten, aber es wäre vielleicht gut, wenn einer von euch näher ranfährt." In Candaces Stimme lag ein Ton von Besorgnis, den Liz noch nie gehört hatte. „Ich denke, du solltest folgen und Reuben sich um das Speedboot kümmern lassen."

„Warum?"

„Weil ... Liz, sei einfach vorsichtig. Bitte pass auf dich auf da draußen."

Unter ihr schwappte das Wasser gegen die Maschine und um sie herum trug der Wind – obwohl deutlich abgeschwächt – Geräusche und Gerüche. Für einen Moment war nichts davon wichtig, außer der Frau am anderen Ende des Telefons, die sich um ihr Wohlergehen sorgte. Liz war es nicht gewohnt, dass sich jemand um sie sorgte, schon gar nicht andere Frauen. Aber hier draußen war eine andere Frau, die ihre volle Aufmerksamkeit brauchte.

„Candace? Ich werde Lyndall nach Hause bringen, okay? Zu wissen, dass du und Pheobe über uns wachen, macht das möglich."

„Und wir werden hier sein, solange es nötig ist."

Das Telefon wieder in der Tasche, bewegte sich Liz näher zu Reuben. „Würdest du bitte dem anderen Boot folgen? Ich werde warten, bis ich von Pete höre, und wenn er Lyndall nicht auf dem Speedboot sehen kann, werde ich ihn dir hinterher-schicken."

„Und wenn er sie sieht?"

„Dann werden er und ich einen Plan machen."

„Bin nicht glücklich darüber, dich zurückzulassen."

Unsicher, wie sie sich dabei fühlte, allein auf einer Maschine zu sein, die sie nur ein paar Mal benutzt hatte, an einem Punkt, der Leben verändern würde, überkam Liz die seltsamste Ruhe.

„Wir können Lyndalls Rettung ja wohl kaum mit einer Flasche Wein am Rye Pier feiern, wenn wir sie nicht retten. Ich komme schon klar."

Reubens Gesichtsausdruck sagte etwas anderes, aber für einen Moment gab es ein Aufleuchten in seinen Augen, das ihre Anspielung auf seine früheren Worte anerkannte. „Ich werde dem Boot folgen, aber ich glaube wirklich nicht, dass sie auf diesem Boot ist. Erwarte also, mich bald wiederzusehen."

Damit war er in der Nacht verschwunden.

Liz war allein.

Wer wusste schon, welche Meereskreaturen darunter lauerten.

FÜNFUNDDREISSIG

Lyndall machte eine kleine Show daraus, Angst zu haben, von der untersten Stufe auf das Schnellboot zu steigen. Einer der Männer hatte Mitleid mit ihr und stützte ihre Arme, als sie einstieg.

„Ich werde seekrank", flüsterte sie ihm zu.

Er half ihr zu einem Sitz am Heck. „Übergib dich über die Seite." Er ging nach vorne zum Cockpitsitz und startete den Motor.

Das Schnellboot war elegant und eines, das sie unter anderen Umständen gerne gesteuert hätte. Lyndall war eine anständige Seglerin, aber sie war nicht in der Lage, drei Schläger und Marcus zu überwältigen. Hilflos zu erscheinen, machte sie zu einer geringeren Bedrohung.

Marcus nahm ein weiteres Telefongespräch an und stand dabei auf den Stufen, in die Nacht starrend. Unbemerkt knöpfte Lyndall vorsichtig ihr Pyjama-Oberteil auf, dankbar für ihre altmodische Schlafgewohnheit, ein Unterhemd darunter zu tragen. Als sie damit fertig war, schlang sie einen Arm um ihren Oberkörper, um die Vorderseite zusammenzuhalten, und griff mit der anderen Hand die Reling an der Seite des Bootes.

Während der Motor im Leerlauf lief, orientierte sich Lyndall.

Aus diesem Winkel konnte sie direkt unter die Struktur sehen, die sich auf zahlreichen dicken Holzpfählen aus dem Meer erhob. Darunter befand sich eine Art Holzplattform, die den Raum nicht vollständig ausfüllte. Es war genug Platz zum Schwimmen, aber nicht für ein Boot zum Folgen. Obwohl sie jetzt sofort eintauchen könnte, waren hier drei andere Personen, die nichts unversucht lassen würden, um sie zu finden.

Ich muss das perfekt timen.

Marcus beendete das Telefonat, stieg auf das Boot und hielt sich fest, als es schaukelte. Er warf einen Blick auf Lyndall und brüllte dann seinen Fahrer an.

„Planänderung. Fahr zum St Andrews Beach, und ich gebe dir bald die genauen Koordinaten."

„Das ist nachts eine gefährliche und langsame Fahrt, Boss. Zu viele Gefahren, einschließlich The Rip."

„Du wirst schon einen Weg finden, die Sache zu beschleunigen, wenn du die Rückfahrt machen willst."

Der Fahrer schüttelte den Kopf, änderte aber etwas auf einem Bildschirm, den er geöffnet hatte. Eine Seekarte blinkte auf, und er studierte sie einen Moment lang.

Marcus ließ sich auf den Sitz links vom Fahrer fallen und blickte zurück zu Lyndall. „Ich übergebe dich nicht an Shaw. Er kann den Ärger, der in der Stadt auf ihn wartet, selbst ausbaden, und ich habe arrangiert, dich an einem Ort gegen das Gemälde zu tauschen, wo ich die Oberhand habe. Halt dich fest, es wird holprig."

Sein höhnisches Grinsen hätte Lyndall vielleicht gestört, aber ihr Verstand arbeitete auf Hochtouren. Der einzige Weg mit dem Boot zum St Andrews Beach führte um Point Nepean herum durch die schmale Einfahrt zur Bucht. The Rip war eine berüchtigte Strecke, die im Laufe der Jahre viele Boote gefordert hatte, und für ein kleines Schnellboot war es gefährlich, sie nachts und möglicherweise mit hoher Geschwindigkeit zu befahren. Marcus musste einen Fluchtweg nach dem Austausch haben, es sei denn, er erwartete, dass das Schnellboot ihn einfach aufs offene Meer hinausbringen würde.

Woher wusste er, dass Shaw praktisch in eine Falle lief?

Der Motor brüllte auf, und das Schnellboot entfernte sich von der Struktur, wo Lyndall mehr als zwei Tage verbracht hatte. Es drehte in einem so engen Bogen, dass das Boot zur Seite kippte und die Wasseroberfläche nur Zentimeter von Lyndalls Seite entfernt war.

Mit all ihrer Kraft sprang sie hinab.

SECHSUNDDREISSIG

„Sie ist auf dem Schnellboot, Liz!", Petes Stimme war wegen eines plötzlichen Brüllens schwer zu verstehen. „Ich bin jetzt auf dem Weg dorthin. Hol Reuben zurück."

Die Verbindung brach ab und Liz rief Reuben an.

Es dauerte eine Minute, bis er antwortete, und er musste über den Lärm seines Jet-Skis hinweg schreien. „Ich bin nah am Boot der Parks."

„Lyndall ist auf dem Schnellboot." Liz hatte ihr Fernglas auf die Struktur gerichtet. „Okay, es bewegt sich weg. Oh Mist!"

„Was?"

„Reuben, es dreht in die andere Richtung. Ich schätze Richtung Sorrento."

„Bin unterwegs."

Liz gab die Information kurz an Candace weiter und bat darum, dass der Hubschrauber mit Hamish umkehre und Pete und Reuben für eine Standortbestimmung verfolge. Wenn Bonner Lyndall zu einem neuen Ort brachte, hatte er dann überhaupt vor, sie gegen das Gemälde einzutauschen?

Eine Nachricht von Ben erschien auf ihrem Handy.

Bonner will mich zum Austausch treffen. St Andrews Beach. Kehre ans Land zurück. Koordinaten folgen. Werde unterwegs anrufen, aber brauche dich dort drüben.

Kehre jetzt ans Land zurück.

Das Jet-Ski war näher an die Struktur getrieben und zum ersten Mal konnte Liz sie leicht ohne Fernglas sehen. Es gab eine sichtbare Bugwelle darum herum ... ein weiter Kreis wie der von einem Boot.

Das Schnellboot war immer noch da und schlich so langsam, dass die Motorengeräusche minimal waren. Jemand blitzte mit einem hellen Licht übers Wasser und unter das Gebäude.

Ist Lyndall geflohen?

Liz lauschte angestrengt nach einem der Jet-Skis. Niemand war in der Nähe. Pete hatte es im Blick, also hatte er sie verloren, oder war er wie sie in einiger Entfernung, um zu beobachten, was das Boot zurückgedreht hatte? Mit dem Fernglas versuchte sie, Lyndall zu finden, als das Schnellboot wieder um die andere Seite verschwand.

„Komm schon, komm schon", murmelte sie.

Reuben musste jetzt in der Nähe sein, es sei denn, er war auf einer direkteren Route Richtung Sorrento und dann die letzten paar Kilometer der Halbinsel gefahren. Oder waren er und Pete auch ans Ufer geschickt worden?

„Also bin ich ganz allein hier draußen."

Liz schickte Nachrichten an beide Männer und keiner antwortete.

Sie startete das Jet-Ski und ließ es im Leerlauf laufen, um sicherzugehen, dass sie niemanden im Schnellboot alarmiert hatte. Dann öffnete Liz so vorsichtig wie möglich den Gashebel gerade genug, um vorwärts zu kommen, und bewegte sich näher heran.

Ihr Handy leuchtete mit einer Nachricht von Pete auf.

Reuben und ich sind am Schnellboot dran. Hör auf, dich zu bewegen.

Liz stellte den Motor ab und riss an den Griffen, um die Richtung zu ändern. Sie war etwa zweihundert Meter von der

Struktur entfernt und hob das Fernglas, als das Schnellboot wieder in Sicht kam.

Drei Personen waren sichtbar. Eine war Marcus Bonner, der eine große Taschenlampe hielt und damit um die Holzpfähle leuchtete. Ein anderer fuhr, während der Dritte am Bug stand und ins Wasser spähte. Dieser Mann schrie plötzlich etwas, das für Liz nicht klar zu verstehen war, aber Bonner bewegte sich schnell, griff auf die andere Seite des Bootes und fischte etwas heraus.

Er hielt es hoch.

Es war Kleidung und sah genau wie das Pyjamaoberteil aus, das Lyndall trug, als Bonner sie aus ihrem Zuhause entführt hatte.

SIEBENUNDDREISSIG

Du dumme Frau, du wirst noch ertrinken.

Lyndalls Lungen schrien nach Luft, ihre Ohren dröhnten und ihre Augen brannten. Sie war so tief hinuntergetaucht, wie sie es ertragen konnte, und dann zu den Beinen der Struktur geschwommen. Sie klammerte sich so gut es ging an das schlüpfrige, mit Seepocken überzogene Holz, während sie langsam aufstieg.

Sie legte den Kopf in den Nacken, um so wenig wie möglich von sich zu zeigen, und schnappte nach Sauerstoff.

Sie war unter der Plattform und überlegte, ob sie darauf klettern sollte, aber dann näherte sich das Schnellboot.

Sie hatte gehofft, es würde länger dauern, bis sie sie vermissen würden.

Marcus rief ihren Namen.

Ein Hai könnte sie holen, und sie würde sich bereitwillig ergeben, bevor sie sich diesem monströsen Mann auslieferte. Aber es gab ihr eine Vorstellung davon, wo das Boot war, als es kreiste – zuerst weiter weg und dann mit jeder Drehung die Lücke verengend. Er hatte eine Taschenlampe, war aber noch nicht nah genug, um sie zu sehen. Noch nicht.

Bevor das Schnellboot zurückkehrte, war sie sich sicher,

andere Boote hier draußen gehört zu haben. Kleinere. Und eines, das langsam war und sich wie ein Fischerboot anhörte.

Ich werde verrückt. Als Nächstes sehe ich noch Meerjungfrauen.

Lyndall verlangsamte und vertiefte ihre Atmung und beobachtete, wie das Licht näher kam. Wenn sie sich nicht bald bewegte, würde Marcus sie finden, und obwohl er vielleicht zögern würde, ins Wasser zu gehen, um sie zu holen, hätte einer seiner Männer keine andere Wahl. Sie wartete, bis das Boot gerade vorbei war, tauchte dann wieder unter die Oberfläche und schwamm von der Struktur weg.

Diesmal musste sie schneller auftauchen, um Luft zu holen, was sie tat, während sie Hundepaddeln machte und zurückblickte. Immer noch kein Zeichen vom Schnellboot. Sie drehte den Kopf, um das Ufer zu suchen. In der Ferne funkelten Lichter in einer langen Reihe. Alles, was sie tun musste, war zu schwimmen.

Hinter ihr ertönte ein Ruf, und dann schrie Marcus immer wieder ihren Namen. Zu verängstigt, um zurückzublicken, zwang sich Lyndall erneut unter Wasser und schwamm hart, um tief genug zu kommen, um einer Taschenlampe zu entgehen, falls sie sie entdeckt hatten.

Sie musste ans Land kommen.

Melanies süßes Gesicht musste geküsst werden. Genau wie das von Vince.

Ich muss nur schwimmen. Einfach schwimmen.

ACHTUNDDREISSIG

Pete war nur hundert Meter vom Speedboot entfernt und nutzte ein kleines Paddel und die Strömungen. Er besaß das gleiche Modell und wusste, wo er nach kleinen Annehmlichkeiten wie dieser suchen musste. Es ging langsam voran, aber er hatte den Vorteil der Heimlichkeit.

Er hatte das Speedboot aus den Augen verloren, als es anfangs von seinem Liegeplatz abbog, und darüber war er stinksauer auf sich selbst.

Lyndall war eine Minute zuvor noch auf diesem verdammten Ding gewesen, und dann, als er nah genug herangekommen war, um wieder etwas zu sehen, war sie von ihrem Sitz verschwunden. Sein Herz war ihm in die Hose gerutscht, und er hatte gezögert, für einen Moment unsicher, ob er nach ihr suchen oder folgen sollte. Es bestand die Möglichkeit, dass sie wegen der scharfen Kurve einfach auf den Boden des Bootes gerutscht war.

Also war er gefolgt.

Es war eine kurze Fahrt und erforderte all seine Fähigkeiten mit einem Jet-Ski, um nicht gesehen zu werden, als das Boot zurück in die Richtung bog, aus der es gekommen war. Es war schon schlimm genug, keine Lichter zu benutzen, ganz zu schweigen davon, mit anderen Booten fertig zu werden, die dasselbe taten.

Er hatte eine Nachricht von Ben bekommen und sie ignoriert. Stattdessen hatte er hin und her mit Reuben geschrieben, der einen weiten Bogen machte, um einen Wachposten zwischen dem Leuchtturm und dem direkten Weg aus der Bucht zu finden. Reuben war ein ausgezeichneter Schütze und hatte Pete versichert, dass er nicht zögern würde, sein Gewehr einzusetzen, wenn es darum ginge, Lyndall oder Liz zu beschützen.

Pete hatte bemerkt, dass sie sich eine Weile lang näherten, und schrieb ihr schließlich, sie solle anhalten. Das tat sie. Und dann kam das Speedboot wieder herum und Bonner zog etwas aus dem Wasser.

„Nein, nein, nein."

Er griff nach seinem Handy und wählte Reubens Nummer.

„Sie haben Lyndalls Schlafanzugoberteil aus dem Meer gefischt. Wir müssen sie finden."

„Ich bin auf dem Weg."

Pete schaltete die Lichter seines Jet-Skis ein und gab Vollgas.

NEUNUNDDREISSIG

Das Geräusch des Jetskis so nah ließ Liz zusammenzucken. Pete steuerte direkt auf das Schnellboot zu. Und aus der Dunkelheit kam noch eines. Reuben, ebenfalls mit Vollgas.

Marcus schrie seinen Fahrer an, der das Boot so plötzlich beschleunigte, dass der Mann am Bug ins Meer fiel. Es wartete nicht auf ihn, und während der Fahrer einen Weg zwischen den beiden Jetskis navigierte, hatte Marcus ein Gewehr gefunden und machte sich bereit zu schießen.

Innerhalb von Sekunden waren alle drei Fahrzeuge verschwunden und hinterließen nur ein aufgewühltes Meer und den nachklingenden Lärm ihrer Motoren.

Ein Schuss.

Dann noch einer.

Liz wählte Bens Nummer und schaltete die Lichter des Jetskis ein.

„Liz, kann ich dich zurück-"

„Tut mir leid, nein. Lyndall ist anscheinend vom Schnellboot über Bord gegangen. Pete und Reuben verfolgen es, es hat gerade das South Channel Pile Light in südwestlicher Richtung verlassen. Es wurden Schüsse abgefeuert, aber außerhalb meiner Sichtweite."

„Verstanden. Wo bist du?"

„Zweihundert Meter nördlich vom Pile Light und beginne mit der Suche nach Lyndall. Ich brauche dringend Unterstützung und unsere Jungs auch."

„Der Hubschrauber ist bereits unterwegs. Wir informieren Hamish und die Wasserschutzpolizei."

„Bitte warne sie, dass Lyndall irgendwo im Meer sein könnte, ohne Rettungsweste. Einer von Bonners Männern ist auch im Wasser und ich hole ihn zuerst."

„Du wirst in wenigen Minuten Hilfe bekommen."

„Muss los."

Bonners Mann war am Fuß der Treppe, fluchte und schüttelte seine Faust gegen die Dunkelheit. Liz näherte sich bis auf ein paar Meter seiner Position.

Sie richtete ihre Waffe auf ihn und hielt Handschellen in die Luft. „Hören Sie mir zu. Legen Sie eine davon an und setzen Sie sich oben auf die Treppe und befestigen Sie die andere am Geländer. Wenn Sie Ärger machen und ich es selbst tun muss, werde ich dafür sorgen, dass Jahre zu Ihrer Strafe hinzukommen. Verstanden."

Mit grimmigem Gesicht nickte er, und als sie sie ihm zuwarf, tat er genau das, was sie gesagt hatte, und ließ sich auf die oberste Stufe fallen.

Liz machte eine langsame Runde um die Struktur. „Lyndall! Ich bin's, Liz, und es ist sicher!"

Sie erwartete keine Antwort, da viele Minuten vergangen waren, seit Lyndall ins Wasser gegangen war. Liz war überzeugt, dass es absichtlich geschehen war und dass sie ihr Pyjama-Oberteil als Zeichen abgestreift hatte. Wäre sie vom Schnellboot getroffen worden, wäre ihr Körper wahrscheinlich sichtbar gewesen, zusammen mit Blut, und beides war nicht der Fall.

Du schwimmst zum Ufer.

Liz folgte der direktesten Route, langsam und stetig, und hielt alle fünfzig Meter oder so an, um nach Lyndall zu rufen und ihre Taschenlampe zu benutzen. Sie war mehr als zwei Kilometer von der Struktur entfernt, als ein Hubschrauber über sie hinwegdonnerte, so nahe am Wasser, dass er das Jetski ins Schaukeln brachte. Hamish hatte die Tür geöffnet und hob die Hand zu ihr. Er flog unglaublich schnell und sollte Pete und Reuben bald einholen.

Bitte seid okay. Ihr alle.

Sie musste die Befürchtungen wegen der Schüsse in den Hintergrund drängen. Es war nicht ihre Aufgabe und beide waren hervorragend in ihrer.

Von hier aus war der Pier weniger als einen Kilometer entfernt. Konnte Lyndall in der Zeit so weit geschwommen sein? Selbst jemand, der regelmäßig Ozeanschwimmen betreibt, würde diese Distanz nicht so schnell zurücklegen, besonders nachts. Ganz zu schweigen davon, dass sie zwei Tage lang eingesperrt war und nicht zum Schwimmen gekleidet war.

Sie ging ihren Weg zurück, diesmal aber im Zickzack über einen breiten Kanal.

Ein Boot tauchte in der Dunkelheit auf. Nicht das Schnellboot, aber auch keine Polizeieinheit. Der Motor tuckerte, als Liz die Distanz verringerte und die Form eines Fischerboots erkannte. Es war alt und klein, ohne Namen oder Registrierung an den üblichen Stellen.

„Polizei! Ich brauche Hilfe bei der Suche nach einer über Bord gegangenen Person." Sie rief so laut wie möglich über den Lärm der Motoren hinweg.

Ein Mann in Regenkleidung, die ihn fast von Kopf bis Fuß bedeckte, winkte mit seinem Arm über dem Kopf zur Bestätigung. Der Motor änderte seinen Klang, als das Schiff weiter verlangsamte.

„Haben Sie jemanden im Wasser gesehen?"

„Eh? Wossa?" Der Akzent war unmöglich zu erraten, und die Art, wie der Mann sich hielt, sprach von hohem Alter. „Die hier?"

Er deutete zum Heck, wo sich ein niedriges Tor befand, und als Liz ihr Gefährt dorthin manövrierte, schlurfte er gebückt dorthin und öffnete es. Es war nur etwa einen halben Meter über Liz, und ein Paar Beine erschien durch die Öffnung.

Triefend nasse Beine in einem Pyjama.

Der Mann grunzte, als er der Person half, sich aufrecht hinzusetzen.

„Lyndall! Oh mein Gott, Lyndall."

Ein müdes, aber vertrautes Gesicht lächelte zu ihr herunter.

„Kannst du mich mitnehmen?"

Mit viel Hilfe des alten Fischers schaffte es Lyndall schließlich auf das Jetski und schlang ihre Arme um Liz, als würde sie sie nie wieder loslassen, den Kopf an Liz' Rücken gelehnt. Sie trug einen übergroßen Pullover, der nach Fisch und Diesel stank, aber das war Liz egal.

Der Fischer schloss das Tor.

„Wie heißen Sie?", rief Liz.

„Eh?" Er zuckte mit den Schultern.

„Danke."

Mit einem Winken drehte er sich um und verschwand aus dem Blickfeld. Liz bewegte das Jetski weg und drehte es dann, um einige Fotos von dem Trawler zu machen. Er musste für das, was er heute Nacht getan hatte, gewürdigt werden. Dann rief sie Candace an.

„Liz! Alles, was ich weiß, ist, dass Schüsse gefallen sind!"

„Ich hab sie, Candace. Lyndall ist in Sicherheit."

Die Worte fühlten sich unwirklich an, aber die Frau, die sie umklammerte, war sehr real.

„Gott sei Dank. Wo seid ihr?"

„Auf dem Weg zum Rye Pier. Kannst du bitte dafür sorgen, dass uns dort jemand empfängt? Ein Krankenwagen, um sie zu untersuchen."

„Brauche keinen Krankenwagen", murmelte Lyndall.

„Kommt an Land und ich kümmere mich darum."

Liz steckte das Telefon weg. „Ich fahre langsam. Bitte halt dich fest."

„Fahr schnell. Ich hatte nicht viel von der Fahrt im Schnellboot."

Das brachte Liz zum Lachen.

„Jawohl, gnädige Frau."

VIERZIG

Die Nachricht auf seinem Handy, dass Lyndall in Sicherheit war, brachte Pete fast zum Weinen. Es war weder die Zeit noch der Ort dafür, also murmelte er stattdessen ein leises Dankeschön an jeden, der zuhörte.

Er war an dem Punkt angelangt, diese wahnwitzige Verfolgungsjagd entlang der Küste abbrechen zu müssen, weil die Bedingungen zu gefährlich wurden, je näher sie der Spitze der Halbinsel kamen.

Reuben zog neben ihm auf und deutete nach rechts und nach oben, wo der Polizeihubschrauber an Boden gewann. Er nickte und hob die Hand, um anzuzeigen, dass sie anhalten sollten, und nahm den Schub zurück.

Sie waren hin und her gefahren, um das Schnellboot in Sicht zu behalten, aber nicht erschossen zu werden, und hatten nicht ein einziges Mal die Gelegenheit gehabt, selbst zu schießen. Aber jetzt, da seine Hände frei waren, schwang Pete das Gewehr von seinem Rücken, bereitete es vor und richtete es auf das sich schnell bewegende Schnellboot. Es war noch in Reichweite und er schoss und verfehlte.

Nicht weit von ihm entfernt tat Reuben genau dasselbe. Und verfehlte.

„Der entkommt uns nicht!", brüllte Pete seine Frustration heraus und zielte erneut.

Wieder daneben.

Doch Reuben ließ sich Zeit, selbst als das Ziel schon fast außer Reichweite war. Der Schuss wirkte sofort, der Fahrer fiel auf den Boden des Bootes. Bonner hielt sich an einer Reling fest, als das Boot ins Schlingern geriet, dann kletterte er ins Cockpit und schaltete den Motor aus.

„Alles klar, Kumpel." Pete steuerte den Jetski wieder vorwärts, aber nicht mehr so schnell.

Der Hubschrauber schwebte über dem Schnellboot, und ein heller Lichtkreis überflutete das Meer ringsum. Bonner beschattete seine Augen mit dem Arm, doch dann hob sich sein anderer Arm mit dem Gewehr und in einer Sekunde zielte er auf das Licht.

Gleichzeitig feuerten Pete und Reuben, und ein weiterer Schuss kam aus dem Hubschrauber.

Bonners Körper zuckte und fiel nach hinten.

Wie in Zeitlupe verringerte der Hubschrauber seine Höhe um die Hälfte. Hamish hing halb aus der Tür, gesichert durch einen Gurt, das Gewehr auf das Boot unter ihm gerichtet. Und dann blickte er zu den Jet-Skis hinüber und hob den Daumen.

Liz hatte das Ende des Piers nicht verlassen, seit die Sanitäter Lyndall vom Strand aus in Sicherheit gebracht hatten. Sie konnte von hier aus verdammt noch mal nichts sehen, aber Ben hatte ihr aufgetragen, nicht wieder aufs Wasser zu gehen.

Sie brannte vor Adrenalin und hätte ihr Handy fast fallen lassen, als es klingelte.

„Du hast sie gefunden, Lizzie. Das werde ich dir nie vergessen."

„Oh, Vince, ich konnte meinen Augen kaum trauen, aber ja, sie ist in Sicherheit und soweit ich weiß unverletzt. Erschöpft und hungrig und wütend."

Vince gluckste. „Hab gerade mit ihr telefoniert und ja, all das.

Aber sie ist dir und deinem Team unendlich dankbar und ich auch. Sogar dem Blödmann."

Liz starrte aufs Meer hinaus.

Komm schon, Alter. Ich brauche einen Anruf von dir.

„Liz? Es geht ihm gut, oder?"

„Du kennst Pete, mitten im Ärger. Ich bin sicher, es geht ihm gut."

„Mist. Okay, ich leg auf, aber sag mir Bescheid."

Ein weiterer Anruf kam durch, als sie das Gespräch mit Vince beendete.

Megs Stimme war fröhlich. „Gut, dass du noch lebst. Und gute Arbeit, unsere Lyndall zu finden."

„Nur, dass ich das nicht getan habe. Jedenfalls nicht im Wasser. Ein Fischer hat sie aufgegabelt."

„Nun, dann werden wir auch für ihn eine Party schmeißen. Ich rufe an, weil zwei Jet-Skis auf dem Weg zum Pier sind. Ein Wachmann kommt runter, um sie über Nacht zu bewachen, bevor wir sie aufmöbeln, ihre Tanks auffüllen und sie ihrem netten Besitzer zurückgeben."

Erleichterung durchflutete Liz und sie sank zu Boden. „Oh, Gott sei Dank."

„Ja, wäre blöd, die ganze Hardware zu ersetzen", lachte Meg. „Oder sie. Wahrscheinlich."

„Was ist mit Bonner?"

„Noch nicht bestätigt, aber wir werden nach der Autopsie wissen, ob Pete, Reuben oder Hamish den tödlichen Schuss abgegeben hat. Ich wette auf Hamish."

„Dann ist es vorbei."

„Man hofft es. Mehr oder weniger, jedenfalls."

„Ich schau mal, ob Lyndall noch hier ist. Sie will nirgendwo anders hin als nach Hause."

Lyndall saß auf der hinteren Stufe des Krankenwagens in trockener Kleidung und sprach leise am Telefon. Als sie Liz sah, entschuldigte sie sich beim Anrufer und hielt ihre Arme offen.

Liz umarmte sie, setzte sich neben sie und ließ die andere

Frau Tränen vergießen. Der Sanitäter ließ sie allein und eine Weile blieben sie so. Dann richtete sich Lyndall auf und wischte sich die Augen.

„Das ist nie passiert."

„Keine Ahnung, was du meinst. Ich habe Neuigkeiten."

„Sie haben Marcus geschnappt?"

„Inoffiziell ... Marcus Bonner ist tot. Er kann dir nie wieder etwas antun."

Statt der erwarteten Erleichterung auf Lyndalls Gesicht zeigte sich plötzlich Trauer. Sicher nicht um diesen schrecklichen Entschuldigung von einem Menschen. Aber Lyndall fasste sich wieder.

„Mein Sohn, Claude, lebt noch. Ich fürchte, Marcus war der Einzige, der seinen Aufenthaltsort kannte."

Und wir haben dir gerade die Chance genommen, wieder vereint zu werden.

„Vielleicht. Du weißt das alles nicht, weil wir noch keine Gelegenheit hatten zu reden, aber ich arbeite zufällig mit einer Elitegruppe zusammen, die es sich zur Aufgabe gemacht hat, Dinge in Ordnung zu bringen. Sie sind der Grund, warum wir herausgefunden haben, wo Bonner dich gefangen hielt. Das und deine kryptischen Hinweise. Meine Güte, hinterlass nächstes Mal schriftliche Anweisungen!"

Lyndalls Lachen klang hohl.

„Nein, wirklich. Wir sind schlau, aber es gab Momente, in denen wir keine Ahnung hatten, wovon du redest." Aber Liz lächelte. „Mein Punkt ist, wenn Claude zu finden ist, dann kennst du jetzt die richtigen Leute, um eine Suche zu beginnen. Nicht alles ist verloren."

Es war fast Morgendämmerung und Liz war wieder am Ende des Piers. Diesmal, um den Sonnenaufgang zu beobachten, wissend, dass sie Teil von etwas Unglaublichem gewesen war.

Später, nachdem das Team geschlafen und sich erholt hatte, würde es Besprechungen geben, und Liz machte sich Sorgen darüber, was dabei herauskommen würde. Ihr Instinkt sagte ihr, dass Bonner Informationen erhalten hatte, die sicherlich nur jemand aus dem Team oder jemand mit enger Verbindung wissen konnte.

Lyndall war nach einer gründlichen Untersuchung zu Hause. Vince war bei ihr im Haus und die Sicherheitspatrouille blieb für einen weiteren Tag oder so lange, wie Lyndall es wünschte.

Pete war der Einzige, der noch in Rye geblieben war, und er war auf der Suche nach Essen, was zu dieser Uhrzeit am Morgen unmöglich schien. Sie hatte ihm vorgeschlagen, durch das Fenster der Bäckerei zu schauen, falls der Besitzer noch drin wäre.

Sie waren in Sicherheit. Das Team. Lyndall.

Zum ersten Mal waren die Bösen tot oder verhaftet.

Und für heute konnte sie aufhören, sich ständig umzusehen.

Als ihr Handy klingelte, nahm sie ab, ohne hinzusehen, weil sie wusste, dass es Pete sein würde, der sich über den Mangel an offenen Cafés beschwerte.

Aber am anderen Ende herrschte eine lange Stille, die nur von einem vertrauten Geräusch unterbrochen wurde. Das Tuckern eines Motors... ein Fischerboot. Liz' Herz wurde zu Eis.

„Elizabeth. Ich hoffe, deine Freundin Lyndall hat sich gut erholt."

„Papa?"

„Was denn? Eh?"

Sie kniff die Augen zu gegen aufkommende Verzweiflung.

„Erkennst nicht mal deinen eigenen Vater. Du hättest an Bord kommen und mir eine Umarmung geben können."

Ihre Augen flogen auf. „Sie verhaften, meinen Sie wohl."

„Nicht nett. Ich habe deine Freundin aus dem tiefen, dunklen Ozean gerettet."

„Haben Sie sie überhaupt erst dort hineingebracht? *Sie* sind das Gehirn hinter all dem, oder?"

„Das ist schon besser. Ein bisschen Anerkennung."

„Wir müssen uns treffen, Papa. Von Angesicht zu Angesicht."

„Und das werden wir, Elizabeth. Eine Warnung. Du magst

diesmal gewonnen haben, aber wenn du glaubst, dass sich das Blatt gewendet hat... so ein passender Ausdruck... sei vorbereitet. Lass die Vergangenheit ruhen, du und dein Team, denn es wird keine Gefälligkeiten mehr geben. Keine Chancen mehr. Eure Operation Nobody? Lasst es bleiben, oder ich werde dafür sorgen, dass niemand überlebt. Nettes Gespräch. Lass uns das wiederholen."

Er war weg.

„Hey, Liz. Ich habe etwas Kaffee gefunden."

Sie konnte sich nicht umdrehen, um Pete zu begrüßen. Noch nicht.

Die ersten Sonnenstrahlen berührten das Meer, draußen beim South Channel Pile Light.

EPILOG

Eine Woche später

Vince hatte Lyndalls Hand nicht losgelassen, seit sie sich auf ein Sofa gesetzt hatten, Liz und Ben gegenüber auf dem anderen. Zwischen ihnen stand ein Tablett mit heißen Getränken und Apfelkuchenstücken, die Lyndall und Melanie aus Vinces Äpfeln gebacken hatten.

Wenn das kein verliebter Mann ist, was dann?

Lyndalls Augen strahlten wieder und sie war beim Friseur gewesen und trug einen kurzen Bob, der sich offensichtlich wieder in Locken verwandeln wollte. Sie hatte sich für Befragungen und Gegenüberstellungen zur Verfügung gestellt und Lücken bezüglich ihrer Entführung sowie Teile ihrer Vergangenheit gefüllt.

Draußen passten der graue Himmel und der anhaltende Regen zur ernsten Stimmung des Treffens.

„Bitte nehmt euch etwas Kuchen", sagte Lyndall. Sie schien sich nicht bewegen zu wollen, ihre Finger mit Vinces verschränkt. „Wir können genauso gut essen, während wir über die Zukunft reden."

Ben brauchte eine Minute, um Kuchen auf vier Teller zu

verteilen, bot Liz einen an und nahm selbst einen. Aber keiner von ihnen machte Anstalten, ihn zu probieren.

„Du bist vor jeglicher Strafverfolgung sicher, Lyndall", sagte Ben. „Es gibt keinerlei Hinweise darauf, dass du an der Rolle deines Mannes als Auftragsmörder beteiligt warst oder davon wusstest, bis nach dem dritten Mord, und dann hast du den vierten vereitelt. Das erforderte Mut."

„Ich musste meine Kinder schützen. Und trotzdem habe ich versagt."

Liz konnte den Kummer nicht ertragen, den sie in den letzten Tagen mehrmals hatte aufflackern sehen. Lyndalls streng kontrollierte Emotionen waren jetzt entfesselt und Tränen flossen oft. Candace arbeitete mit ihr, aber es war ein langer Weg zur Heilung.

„Du hast nicht versagt, Lyndall. Nach allem, was ich über deine Vergangenheit gehört habe, standest du einer zu dunklen und zu mächtigen Kraft gegenüber, als dass ein anderes Ergebnis möglich gewesen wäre, und ich weiß, du hast gesagt, du hättest zu den französischen Behörden gehen sollen, aber es gibt keine Möglichkeit zu wissen, ob man dir geglaubt hätte, und es besteht durchaus die Chance, dass der Kopf dieser widerlichen Organisation eigene Leute in Machtpositionen hatte. Infiltration ist offensichtlich eines der Markenzeichen der Gruppe."

Genau wie bei uns, und der Polizei, und wer weiß, wo noch.

„Lizzie hat recht", sagte Vince. „Du bist mit zwei Kindern aus dem Land geflohen und dem einzigen Sicherheitsnetz, das du finden konntest. Der Mikrochip. Ein Druckmittel."

„Viel gebracht hat es ja nicht."

Ben lehnte sich vor. „Jetzt, wo wir den Inhalt kennen, ist es kein Wunder, dass Marcus und seine Leute ihn zurückhaben wollten. Er nennt Dutzende der europäischen Agenten und viele werden noch aktiv sein. Das wird einen Unterschied machen, Lyndall."

Leider für Liz enthielten die gewonnenen Daten keine Informationen außerhalb Europas. Keine Hierarchie in Australien. Keine Erwähnung von Marcus oder Kyle.

„Ich bewundere dich", sagte Ben. „Du entdeckst, dass dein Mann mehr als ein Kunsthändler und Hobbyjäger war, und als du tiefer gräbst, erfährst du von der Existenz der Liste auf dem Mikrochip. Ihn Marcus zu stehlen, war ein Akt des Mutes, und ihn in ein Gemälde einzubetten, war genial. Du konntest nicht vorhersehen, wie weit er und Alain gehen würden, um ihn zurückzubekommen."

Alain war Lyndall und den Kindern nach Australien gefolgt und hatte sie um die Rückgabe des Mikrochips angefleht. Es kam ein Punkt, an dem er sich für seine Familie und gegen seinen Arbeitgeber entschied, und das war der Moment, als er und Jean-Paul entführt und ermordet wurden.

Marcus änderte seine Taktik und versprach Lyndall eine große Summe Geld, um sich und Claude ein neues Leben aufzubauen, im Austausch für das Gemälde. Nachdem sie stundenlang am vereinbarten Treffpunkt gewartet hatte, kehrte Lyndall nach Hause zurück und fand ihren jüngsten Sohn verschwunden und die Freundin, die auf ihn aufgepasst hatte, tot vor.

„Sie wollten es, aber jemand anderes beschloss, Gott zu spielen", sagte Lyndall. „Ich rief die Polizei an. Ich war verzweifelt, Claude zu finden, und verängstigt, als ich meine Freundin tot sah. Und ein Polizist kam, nur einer. Er gab mir eine Tasche und sagte mir, ich solle verschwinden. Die Tasche war voll mit Geld und einem Brief. Meg hat ihn jetzt, und ihr kennt den Inhalt. Ich sollte The Tides nie preisgeben, bis jemand danach käme, und solange ich den Anweisungen folgte, würde Claude sicher und glücklich aufwachsen."

Tränen liefen ihr Gesicht hinunter und Vince zog sie in seine Arme.

„Ben, bitte." Liz konnte das nicht länger ertragen.

„Fahr fort."

„Lyndall, erinnerst du dich, dass ich gesagt habe, nicht alles sei verloren? Dass mein Team nicht aufgeben würde?"

Sie hatte Lyndalls volle Aufmerksamkeit und auch die von Vince.

„Wir wollten keine falschen Hoffnungen wecken, aber heute Morgen hat Meg ihn gefunden."

Kopfschüttelnd stand Lyndall auf und stapfte davon. Sie kam bis zur Küche, drehte sich dann um und blieb stehen, die Arme verschränkt. „Lizzie ..."

„Was willst du wissen?"

„Ist er in Sicherheit?"

„Ja."

„Wird er sicher bleiben, wenn ich Kontakt aufnehme?"

Vince ging zu Lyndall, nah, aber ohne sie zu berühren. Sie warf ihm einen Blick zu und schaute dann wieder zu Liz.

„Wird Claude in Gefahr geraten, wenn er erfährt, dass ich am Leben bin?"

„Wir wissen es nicht. Solange wir meinen Vater nicht finden, können wir uns bei nichts sicher sein. Es tut mir so leid."

„Dann sag vorerst nichts mehr über ihn. Lass mich nachdenken." Lyndall streckte ihre Hand nach Vince aus, der sie ergriff. „Findet ihn, Liz. Ben. Denn bis ihr das tut, kann keiner von uns ruhig schlafen, und ich bin so unendlich müde vom Davonlaufen."

„Lyndall ist einer der zähesten Menschen, die ich je getroffen habe", sagte Ben. „Und du auch."

„Ich stimme dir bei ihr zu, aber ich fühle mich nicht ... eigentlich bin ich so wütend. Sie muss sich mit ihrem Sohn wiedervereinen oder ihn zumindest mit eigenen Augen aus der Ferne sehen. Wir könnten das ermöglichen."

„Wir könnten, aber wir werden es nicht tun."

Sie standen vor dem SUV, der in der Nähe von Lyndalls Haus geparkt war. In der Ferne waren die Esel am Schreien, aber zur Begrüßung, als Vince und Lyndall zu ihrer Koppel schlenderten.

„Sei so wütend, wie du musst, Liz, aber kanalisiere es in unser Team. Wir sind sowohl von innen als auch von außen bedroht."

„Glaubst du, Hamish arbeitet für meinen Vater?"

Ben verzog das Gesicht. „Ich möchte diese Möglichkeit nicht in Betracht ziehen, aber die Indizien häufen sich. Sogar bis hin zu der Tatsache, dass er den Schuss abgegeben hat, der Marcus tötete, weil Kyle ihn wahrscheinlich loswerden wollte."

„Was machen wir also, Ben? Wenn er eingeschleust wurde, wird er bei einem Verhör kaum zusammenbrechen."

„Stimmt. Ich möchte ein Treffen mit Candace und Pete und uns arrangieren, abseits des Hauptquartiers oder jeglicher Abhörmöglichkeiten. Ich hasse es, das zu tun, aber wir müssen Hamish vielleicht auf einen bestimmten Weg schicken und sehen, was dabei herauskommt. Aber nicht heute."

Schließlich stiegen sie in das Fahrzeug ein.

„Ich fahre für ein paar Tage nach Hause, Liz. Ich muss Ellie und Michael sehen und Luft atmen, die nicht nach Verbrechern stinkt." Er startete den Motor und fuhr auf die Einfahrt.

Liz blickte aus dem Fenster auf die friedlichen Weiden. Sie hatten gute Arbeit geleistet. Lyndall war zu Hause. Ein organisiertes Verbrechersyndikat war aufgeflogen ... zumindest ein Teil davon. Der Großteil des Teams war versammelt. Operation Nobody war in vollem Gange, und ihre nächsten Schritte waren entscheidend für ihre Zukunft. Heute Abend würde sie ihre Schwester zum Essen ausführen und sie würden lachen und sich Geschichten erzählen und Leute beobachten.

Und dann werden wir Kyle finden.

AUCH IN DER DETECTIVE LIZ MOORLAND-SERIE

Damit Wir Nicht Vergeben

Damit Brücken nicht brennen

Damit die Gezeiten nicht drehen

Damit niemand überlebt

ÜBER DEN AUTOR

Phillipa lebt etwas außerhalb einer wunderschönen Stadt im australischen Victoria. Sie lebt auch in den vielen Welten ihrer Fantasie und hortet Geschichten neben ihrem Laptop.

Sie schreibt aus tiefstem Herzen über Liebe, Träume, Geheimnisse, Entdeckungen, das Meer, die Welt, wie sie sie kennt … oder sich wünscht, sie wäre. Sie liebt Happy Ends, mitreißende Spannung und Charaktere, die einem noch lange nach der letzten Seite in Erinnerung bleiben.

Mit einer Leidenschaft für Musik, das Meer, Tiere, die Natur, Lesen und Schreiben findet man sie oft im Gemüsegarten, wo sie über eine neue Geschichte nachdenkt.

Phillipa's website is www.phillipaclark.com

ENGLISCHSPRACHIGE BÜCHER VON PHILLIPA NEFRI CLARK

Detective Liz Moorland

Lest We Forgive

Lest Bridges Burn

Lest Tides Turn

Lest Nobody Lives

Connected to this series through several characters is

Last Known Contact

Rivers End Romantic Women's Fiction

The Stationmaster's Cottage

Jasmine Sea

The Secrets of Palmerston House

The Christmas Key

Taming the Wind

Temple River Romantic Women's Fiction

The Cottage at Whisper Lake

The Bookstore at Rivers End

The House at Angel's Beach

Charlotte Dean Mysteries

Christmas Crime in Kingfisher Falls

Book Club Murder in Kingfisher Falls

Cold Case Murder in Kingfisher Falls

Plan to Murder in Kingfisher Falls

Festive Felony in Kingfisher Falls

Daphne Jones Mysteries

Daph on the Beach

Time of Daph

Till Daph Do Us Part

The Shadow of Daph

Tales of Life and Daph

Bindarra Creek Rural Fiction

A Perfect Danger

Tangled by Tinsel

Maple Gardens Matchmakers

The Heart Match

The Christmas Match

The Menu Match

The Cookie Match

Doctor Grok's Peculiar Shop Short Story Collection

Simple Words for Troubled Times

(Short non-fiction happiness and comfort book)

———

Prefer Audiobooks?

The Stationmaster's Cottage

Jasmine Sea

The Secrets of Palmerston House

Simple Words for Troubled Times

Till Daph Do Us Part

Lest We Forgive

The Cottage at Whisper Lake